KB095849

Behind Closed Doors

비하인드 도어

Behind Closed Doors
비하인드 도어

B. A. 패리스 장편소설
이수영 옮김

나의 딸들
소피, 클로이, 셀린, 엘로이즈, 마고에게

주방의 대리석 조리대 위로 쾅 하고 샴페인 병이 쓰러진다. 그 소리에 나는 심장이 펄쩍 뛰어오를 듯 깜짝 놀란다. 내가 얼마나 긴장했는지 알아챌까 두려워 얼른 잭을 쳐다본다.

그러는 나에게 잭은 미소를 지으며 조용히 말한다. "아주 잘했네."

그는 손님들이 기다리는 곳으로 나를 잡아 끈다. 복도를 지나가는데 흐드러지게 피어난 백합꽃이 보인다. 다이앤과 애덤이 정원에 심으라고 가져다준 꽃이다. 너무나 아름다운 분홍색 꽃을 내 방 창문에서 내다볼 수 있게 잭이 심어주었으면 좋겠다. 정원 생각을 하자 마음 깊은 곳에서부터 눈물이 차오르지만 재빨리 눌러 삼킨다. 모든 것이 위태로운 오늘 밤, 나는 지금 여기에 집중해야 한다.

응접실에서는 고색창연한 창살 안의 벽난로에서 불꽃이 잔잔히

타오른다. 3월 중순이지만 공기 중에는 아직 쌀쌀한 기운이 남아 있다. 잭은 손님들을 최대한 아늑히 대접하고 싶어 한다.

"집이 정말 멋져. 당신도 그렇게 생각하지, 에스터?" 루퍼스가 감탄하며 말한다.

나는 루퍼스도 에스터도 잘 모른다. 그들은 이사 온 지 얼마 안 됐고 우리는 오늘 처음 만났다. 그래서 나는 평소보다 더 긴장이 된다. 하지만 잭을 실망시키면 안 되니 애써 미소를 지어 보이며 그들이 나를 마음에 들어 하길 기도한다. 에스터는 우리에 대한 판단을 보류한다는 듯이 미소로 화답해주지 않는다. 그렇다고 비난할 수는 없다. 한 달 전 우리 모임에 들어온 이후 뛰어난 변호사 잭 에인절의 아내 그레이스 에인절이 모든 것을 갖춘 여자의 완벽한 표본이라는 말을 듣고 또 들었을 것이다. 완벽한 집과 완벽한 남편에 완벽한 생활까지……. 내가 에스터라도 거리감을 느낄 것이다.

에스터가 가방에서 꺼내는 비싼 초콜릿 상자에 나는 바로 눈이 간다. 잭에게 주면 안 될 것 같아서 얼른 몸을 움직이자 에스터가 내 쪽으로 상자를 내민다.

"고마워요, 멋지네요." 나는 감사를 표하고 탁자에 놓는다. 초콜릿은 이따 커피를 마실 때 내면 되리라.

나는 에스터에게 관심이 간다. 그녀는 다이앤과 정반대의 여자다. 키가 크고 마른 체격에 금발이고 성격 또한 조용하다. 우리 집에 들어오자마자 집이 멋지다고 칭찬을 늘어놓지 않는 사람은 처음이어서 나는 놀란다. 잭은 결혼 선물이라며 이 집에 대한 모든 걸 혼자 결정해버렸다. 나는 신혼여행에서 돌아와서야 이 집을 처음 보았다. 잭이 우리에게 딱 맞는 집일 거라고 말은 했지만 실제로 보기 전까지는 나는 그게 무슨 말인지 깨닫지 못했다. 마을 끝의 넓은 부지에 자리한 이 집은 잭이 절실히 원하는 사생활 보호가 가능하고 이튼의 스프링 거리에서 가장 아름다운 집인 데다 가장 보안이 철저한 집이기도 하다. 복잡한 경보 장치들이 설치돼 있고 창문에는 철제 셔터가 설치돼 있다. 낮에도 종종 셔터가 내려져 있는 게 이상해 보일 수 있지만, 이유를 물어보는 사람에게 잭은 변호사에게는 안전이 최고라고 대답한다.

응접실 벽에는 그림이 많이 걸려 있지만 사람들의 시선은 대개 벽난로 위의 커다랗고 빨간 캔버스에 머문다. 이미 그 그림을 본 적 있는 다이앤과 애덤도 한참을 다시 쳐다본다. 루퍼스가 그림을 감상하는 동안 에스터는 크림색 가죽 소파에 앉는다.

"대단하네요." 루퍼스가 그 그림의 대부분을 구성하는 수백 개의 조그만 점들을 홀린 듯 바라보며 말한다.

"〈반딧불이〉라는 작품입니다." 잭이 말하며 샴페인 병의 철사를 풀었다.

"이런 그림은 처음 보는 것 같아요."

"그레이스가 그렸대요. 엄청나죠?" 다이앤이 말한다.

"그레이스의 다른 그림도 보셔야 하는데. 걸작이 많아요." 잭이 작은 소리만 내며 병마개를 딴다.

루퍼스가 관심을 보이며 주변을 둘러본다. "이 방에 있나요?"

"아뇨, 집 안 다른 곳에 걸려 있어요."

"잭 혼자 보려고." 애덤이 농담조로 말한다.

"그레이스도 같이 보죠. 그렇지, 여보? 우리만을 위한 그림이니까." 잭이 나를 건너다보며 미소 짓는다.

"네, 맞아요." 내가 잭을 외면하며 대답한다.

우리는 에스터와 함께 소파에 앉는다. 다이앤은 잭이 샴페인을 긴 잔에 따르자 즐거운 탄성을 지른다. 그러더니 나를 보며 걱정스런 표정을 짓는다.

"지금은 괜찮아?" 다이앤이 묻는다. "그레이스가 어제 아파서 점심을 같이 못 먹었거든요." 에스터에게 설명한다.

"편두통 때문에요." 내가 변명한다.

"자주 아파서 걱정이에요." 잭이 슬픈 표정을 짓는다. "다행히도 오래가진 않죠."

"나 바람맞은 게 벌써 두 번째야." 다이앤이 한마디한다.

"미안해." 내가 사과한다.

"뭐, 그래도 이번엔 그냥 잊어버린 건 아니니까." 다이앤이 타박한다. "다음 금요일에 한턱내. 그때 시간 괜찮아? 막판에 갑자기 치과 예약이 생각나는 건 아니지?"

"안 그럴 거야. 편두통도 괜찮을 거고. 그래야지."

다이앤이 에스터에게 말한다. "우리랑 같이 먹을래요? 내가 일을 해서 시내 식당에서 만나야 할 텐데."

"나도 끼고 싶어요. 고마워요." 에스터가 의사를 확인하고 싶은 듯 나를 쳐다본다. 나는 얼른 미소를 지어 보이지만, 마음이 몹시 불편하다. 어차피 가지 못할 걸 이미 알고 있으니까.

잭이 자, 자, 하면서 이 동네로 이사 온 에스터와 루퍼스를 환영하는 건배를 제안한다. 나도 잔을 들고 샴페인을 한 모금 마신다. 기포가 입안에서 춤을 추자 갑자기 행복감이 퍼진다. 그 느낌을 붙잡아두려 애쓰지만, 행복감은 올 때만큼이나 금방 사라져버린다.

　루퍼스와 유쾌하게 대화를 나누는 잭을 건너다본다. 그와 애덤은 몇 주 전 골프 클럽에서 루퍼스를 만났다. 함께 골프를 치자고 제안하면서 그들은 루퍼스가 무척 잘 친다는 것을 곧 알게 되었다. 그래도 잭을 이길 만큼은 아니었다. 잭은 루퍼스와 에스터를 저녁 식사에 초대했다. 대화하는 모습을 보니, 잭은 루퍼스에게 좋은 인상을 남기고 싶은 게 분명하다. 그렇다면 나도 에스터의 환심을 사야 한다. 하지만 쉽지는 않을 것 같다. 다이앤은 우리를 마냥 좋게만 보는 것 같지만 에스터는 심기가 복잡해 보인다.

　나는 손님들에게 양해를 구하고서 저녁 식사 준비도 마무리하고 미리 준비해둔 카나페도 가져올 겸 주방으로 간다. 잭은 예의를 까다롭게 따지므로 너무 오래 자리를 비우면 안 된다. 달걀 흰자를 재빨리 저어 볼 안에서 봉긋 솟아오르게 만든 뒤, 아까 만들어둔 수플레 베이스에 부었다.

　용기에 각각 덜어내면서 나는 초조하게 시계를 흘긋거린다. 용기를 중탕 쟁반에 넣고 오븐에 넣는다. 시간을 맞춘다. 오늘의 요리를 모두 완수하지 못할까 봐 순간적으로 공황이 밀려오지만 공포는 나의 적이라고 되뇌며 침착하려 애쓴다. 카나페 접시를 들고 응접실로 돌아간다. 사람들에게 돌리는데 다행스럽게도 칭찬을 듣는다. 잭에게도 이들의 말이 들릴 것이다. 잭은 내가 최고의 요리사라는 다이앤의 칭찬에 동의하며 내 이마에 키스한다. 나는 조용히 안도의 한숨을 내쉰다.

나는 에스터와의 관계에서 진전을 이뤄보기로 결심하고 그녀의 옆에 앉는다. 그걸 본 잭이 나에게서 카나페 접시를 빼앗아 간다.

"좀 쉬어, 여보. 오늘 정말 고생 많았어." 잭은 길고 우아한 손가락으로 솜씨 있게 접시를 들어 올린다.

"고생한 거 하나도 없어." 부정해보지만 거짓말이다. 잭도 안다. 자신이 메뉴를 골랐으니까.

나는 에스터에게 실례되지 않을 질문만 한다. 동네가 익숙해졌는지, 전에 살던 켄트가 많이 그리운지, 아이들은 학교에 잘 적응했는지. 어쩐지 에스터는 내가 이것저것을 이미 알고 있는 게 기분 나쁜 듯하다. 그래서 아들과 딸 이름을 일부러 물어본다. 서배스천과 아이즐링이라는 걸 알고는 있지만 말이다. 심지어 그 아이들이 일곱 살과 다섯 살이라는 것까지 안다. 내 말을 한마디도 빼놓지 않고 듣는 잭은 내 속셈이 무엇인지 의아해하겠지만 나는 모르는 척한다.

"아이가 없죠?" 에스터가 단정하듯 묻는다.

"아직입니다. 먼저 우리끼리 몇 년 즐기려고요." 잭이 끼어든다.

"저런, 결혼한 지 얼마나 됐죠?" 놀란 기색이다.

"1년요." 내가 순순히 털어놓는다.

"지난주가 결혼기념일이었죠." 다이앤이 끼어든다.

"게다가 내가 아직 아름다운 아내를 아무와도 나눌 준비가 안 되어 있어서요." 잭이 에스터의 잔을 채워주며 말한다.

샴페인 한 방울이 잔에서 튕겨 나와 잭이 입은 청결한 치노 바지 무릎에 떨어지는 모습을, 나는 잠시 멍하니 지켜본다.

"이런 질문은 실례긴 하지만." 에스터의 호기심이 조심성을 이겼다. "혹시 두 분, 전에 결혼한 적 있나요?"

에스터는 그렇다는 대답을 원하는 것 같다. 마치 앙심을 품은 전 배우자가 어딘가 살아 있다면 우리가 완벽한 부부가 아니라는 증거라도 되는 것처럼.

"아뇨, 우리 둘 다 첫 결혼이에요." 내가 대답한다.

에스터가 잭을 흘긋 본다. 저렇게 잘생긴 남자를 그렇게 오랫동안 아무도 채가지 않았다는 것이 믿기지 않는다는 듯이. 에스터의 시선을 느낀 잭이 온화한 미소를 짓는다.

"나도 마흔 살이 될 즈음엔 완벽한 여성을 찾는 건 불가능한 게 아닐까 슬슬 체념하기 시작했던 게 사실이에요. 하지만 그레이스를 보자마자 내가 오랫동안 기다려온 사람이라는 걸 알았죠."

"너무 낭만적이야." 이미 우리의 만남 사연을 알고 있는 다이앤이 탄식한다. "내가 잭이랑 엮어주려 한 여자가 한 트럭은 됐을 거예요. 하지만 그레이스를 만나기 전까진 아무와도 이어지지 않았죠."

"당신은요, 그레이스? 잭과 마찬가지로 첫눈에 반한 거예요?" 에스터가 묻는다.

"네, 그랬죠." 나는 대답하며 갑자기 옛 기억이 밀려와 감정이 격해져서 벌떡 일어난다. 잭이 홱 고개를 돌린다. 나는 사람들에게 차분히 설명한다. "수플레가 이제 다 됐을 거예요. 그만 식탁으로 갈까요?"

수플레는 아무도 기다려주지 않는다는 다이앤의 닦달에 다들 잔을 비우고 식탁으로 향한다. 하지만 에스터가 가다 말고 〈반딧불이〉

를 자세히 보기 위해 멈춰 선다. 잭이 그런 에스터를 재촉하지 않고 따라 멈춰 섰을 때, 나는 안도의 숨을 내쉰다. 수플레는 아직 다 구워지지 않았다. 만일 수플레가 다 됐는데도 저렇게 멈춰 선다면, 더구나 잭이 그림에 적용된 색다른 기법을 설명하는 동안 수플레가 타버린다면, 나는 스트레스 때문에 눈물을 흘렸을 것이다.

5분 후 모두가 자리에 앉았을 때, 수플레는 완벽하게 익어 있었다. 다이앤이 감탄을 연발하자, 잭은 식탁 건너편에서 나를 향해 미소 지으며 다른 사람들에게 내가 정말 영리하지 않냐고 말한다.

이런 저녁이면 내가 어떻게 잭과 사랑에 빠지게 되었는지 또렷이 기억난다. 매력적이고 재미있고 지적인 그는 어떤 자리에서든 무슨 말을 어떻게 해야 하는지 정확히 아는 사람이다. 잭은 우리가 수플레를 먹는 동안 이제 막 이사 온 에스터와 루퍼스에게 도움이 되는 대화가 이어지도록 분위기를 이끌어간다. 다이앤과 애덤에게도 어디서 장을 보고 운동을 하는지 따위의 정보를 알려주도록 운을 띄운다. 에스터는 예의 바른 태도로 다이앤과 애덤의 여가 활동, 정원사와 유모의 이름, 생선 가게 등에 대해 듣고 있지만, 사실 온 관심이 나에게 쏠려 있는 것 같다. 곧 다시 잭과 내가 어쩌다 결혼이 늦어졌는지 물어보겠지. 그래서 보기보다 완벽한 부부는 아니라는 걸 밝혀내고 싶겠지. 안됐지만 그녀는 실망하게 될 것이다.

에스터는 잭이 웰링턴 비프를 잘라줄 때까지 기다린다. 고기는 감자 그라탱과 꿀을 살짝 입힌 당근과 함께 낸다. 고기를 오븐에서 꺼내기 직전 끓는 물에 익힌 조그만 사탕 완두콩도 곁들인다. 내가 모든 것을 동시에 해내는 것을 보고 다이앤은 놀라워한다. 자기는 항상 커리 같은 것을 주요리로 미리 준비해두고 마지막에 데워 먹을 수 있게 한다는 것이다. 나 역시 얼마나 그렇게 하고 싶은지 말해주고 싶다. 고통스런 계산과 잠 못 이루는 밤들을 대가로 치르며 차려내야 하는 완벽한 저녁 식사 대신에 말이다. 하지만 조금이라도 덜 완벽한 것을 내보인다는 건 있을 수 없는 일이다.

에스터가 식탁 너머에서 나를 본다. "그래서, 둘은 어떻게 만났어요?"

"리젠트 파크에서요. 어느 일요일 오후였죠."

"자세히 들려줘요." 다이앤이 재촉한다. 그녀의 창백한 피부가 어느덧 샴페인에 달아올라 있다.

전에 했던 얘기라 나는 잠시 망설인다. 하지만 잭이 좋아하는 얘기니까 다시 해도 상관없을 것이다. 다행히도 에스터가 도와준다. 내가 수줍어하는 줄 알고 마구 재촉한다.

"제발 들려줘요."

"들었던 분들은 지겨울 텐데." 나는 미안한 미소를 지으며 말을 시작한다. "동생 밀리와 일요일 오후에 자주 공원에 갔어요. 그날따라 어떤 밴드가 연주를 하고 있었죠. 음악을 무척 좋아하는 밀리가 흥에 겨운 나머지 일어나서 밴드 앞으로 나가 춤을 추기 시작했어요. 그 무렵 밀리는 왈츠를 배웠는데 그곳에서 팔을 쭉 내밀고 춤을 추었죠. 앞에 누가 있는 것처럼요." 그때 생각이 떠올라 나도 모르게 미소를 짓는다. 단순하게 살았던 시절의 순진했던 나로 돌아갈 수만 있다면. "대부분의 사람들은 즐거워하며 밀리가 흥에 들떠 하는 행동을 너그럽게 보고 있었지만, 한두 사람은 불편해했어요. 동생을 그만 말려야 하지 않을까 하는 생각이 들었죠. 하지만 왠지 그러기 싫었어요. 왜냐하면…….”

“동생이 몇 살이었죠?” 에스터가 끼어든다.

“열일곱 살이요.” 나는 현실을 인정하고 싶지 않아 망설인다. “거의 열여덟 살이었죠.”

에스터가 눈썹을 추켜올린다. “관심 끌길 좋아하는 성격인가 보네요.”

“아니, 그게 아니라…….”

“아니긴요. 웬만해선 공원에서 즉흥적으로 나가 춤추지 않죠. 안 그래요?” 에스터가 의기양양하게 주변을 둘러보지만 다들 그녀의 눈을 피한다. 그녀가 안됐다는 생각이 든다.

“밀리에겐 다운증후군이 있어요.” 잭이 식탁에 내려앉은 어색한 침묵을 깬다. “그러다 보니 쾌활한 즉흥 행동을 할 때가 많죠.”

에스터의 얼굴에 당혹감이 번진다. 나에 대해 다른 얘기는 다 해주었을 사람들이 밀리 얘기는 쏙 빼놓았다는 생각에 나는 약간 화가 난다.

“어쨌든 내가 어떻게 하기 전에.” 나는 에스터를 구해주기 위해 얼른 말을 잇는다. “어느 완벽한 신사가 자리에서 일어나더니 밀리가 춤추고 있는 곳으로 가서 고개 숙여 인사하고 손을 내미는 거예요. 밀리는 기뻐하며 손을 잡았어요. 두 사람이 왈츠를 추기 시작하자 모두 환호했고 다른 커플들도 나가서 춤을 추기 시작했죠. 아주 특별한 순간이었어요. 그리고 당연히 나는 그러한 순간을 만들어준 잭에게 첫눈에 반했죠.”

"그때 그레이스는 몰랐겠지만, 실은 바로 전주에 그녀와 밀리를 공원에서 보고 첫눈에 반했어요. 밀리를 아주 자상하고 헌신적으로 대하더군요. 그렇게 이타적인 사람은 처음 보았어요. 좀 더 알고 싶다고 생각했죠."

나도 잭의 말을 이어받는다. "그때 잭이 몰랐던 건, 나도 전주에 그를 보았다는 사실이에요. 하지만 나 같은 사람에게 관심을 보일 거라고는 생각도 못했어요."

모두 고개를 끄덕이는 모습이 재미있다. 내가 매력적이라 해도 잭의 외모가 워낙 영화배우 같다 보니 다들 나를 행운아라고 생각하는 것이다. 하지만 나는 그런 뜻으로 한 말이 아니었다.

"다른 형제자매가 없다 보니 언젠가는 그레이스가 혼자 밀리를 맡아야 할 거고, 그걸 내가 부담스러워 할 거라고 생각한 거예요." 잭이 설명한다.

"다들 그렇게 생각했으니까요." 내가 덧붙인다.

잭이 고개를 젓는다. "저는 오히려 그레이스가 밀리를 위해서라면 무슨 일이든 하리라는 걸 알게 되니, 내가 평생 찾아왔던 여자가 바로 그레이스라는 사실을 깨달았어요. 법조계에서 일하다 보면 인간에 대해 회의적인 태도를 갖기 쉽거든요."

"어제 신문에서 보니 축하할 일이 또 있더군요." 루퍼스가 잭에게 말하며 잔을 들어 올린다.

"그래, 또 승소 하나 챙겼지. 훌륭해." 잭과 같은 법률회사에서 일하는 애덤도 끼어든다.

"상당히 틀에 박힌 사건이었잖아. 비록 원고가 자해 성향이 있어서 스스로 상처를 내지 않았다는 점을 증명하는 게 좀 어렵긴 했지만." 잭이 겸손하게 말한다.

"하지만 일반적으로 학대 사건은 증명이 쉽지 않나요?" 루퍼스가 묻는 동안 다이앤은 에스터가 모를까 봐 잭이 약자들을, 더 정확히는 폭행당한 아내들을 변호하고 있다고 말해준다. "훌륭한 일을 하고 계신데 깎아내리려는 건 아니지만, 폭행을 당하면 흔적이 남고 목격자도 있잖아요?"

"잭의 장점은 피해자들이 변호사를 믿고 솔직하게 말하도록 만드는 거예요." 아무래도 잭의 매력에 좀 빠진 게 아닌가 싶은 다이앤이 설명한다. "의지할 사람이 없는 데다 아무도 자기 이야기를 믿지 않을까 봐 겁을 내는 여자들이 많거든요."

"게다가 잭은 범죄자가 형을 아주 오래 살도록 확실히 해놓죠." 애덤이 덧붙인다.

"아내에게 폭력을 행사하는 남자들에겐 경멸스럽다는 생각밖에 들질 않아서." 잭이 단호히 말한다. "가장 무거운 형을 받아 마땅해요."

"동감입니다." 루퍼스가 다시 잔을 들어 올린다.

"지금까지 한 번도 진 적이 없죠, 잭?" 다이앤이 말한다.

"네, 맞아요. 되도록 지고 싶지 않아요."

"흠 없는 실적이라……. 대단하네요." 루퍼스가 감탄한다.

에스터가 나를 본다. "동생과…… 나이 차가 꽤 나는군요." 다시 원래 화제로 돌아가려는 셈이다.

"네, 열일곱 살 차이가 나죠. 엄마가 마흔여섯 살 때 밀리를 낳았거든요. 처음엔 임신했을 거라고 생각도 못 했기 때문에 다시 엄마가 된다는 걸 알고 좀 충격을 받으셨어요."

"밀리는 부모님과 살고 있나요?"

"아뇨, 런던 북부의 훌륭한 기숙학교에 있어요. 하지만 4월이면 열여덟 살이라 이번 여름에는 학교를 떠나야 해요. 밀리가 학교를 무척 좋아하는데 안타까운 일이죠."

"그럼 어디로 가나요? 부모님 집?"

"아뇨." 나는 뜸을 들인다. 말을 들으면 에스터가 놀랄 게 분명하다. "부모님은 뉴질랜드에 사셔서요."

에스터가 내 말을 되풀이한다. "뉴질랜드요?"

"예, 작년에 은퇴하고 그리 가셨어요. 우리의 결혼식 직후에요."

"그랬군요." 전혀 짐작이 안 간다는 표정이다.

"밀리는 우리랑 살 거예요." 잭이 설명하며 나에게 미소를 건넨다. "그것이 그레이스의 결혼 조건일 거라고 짐작했죠. 나도 기꺼이 따를 수 있는 조건이기도 했고요."

"정말 너그럽네요." 에스터가 말한다.

"전혀요. 밀리가 여기 살게 되어 기쁩답니다. 우리에게 인생을 바라보는 새로운 시각을 열어줄 거예요. 그렇지, 여보?"

나는 잔을 들어 한 모금 마시며 대답을 피한다.

"잭은 밀리와도 정말 잘 지낼 거예요." 에스터가 말한다.

"글쎄요……. 내가 밀리를 좋아하는 만큼 밀리도 나를 좋아해주면 좋을 텐데……. 그레이스와 내가 결혼했을 때 밀리는 적응하는 데 시간이 꽤 걸렸어요."

"왜요?"

"우리 결혼이 현실로 닥치니 충격을 약간 받은 모양이에요." 내가 에스터에게 설명한다. "밀리는 처음부터 잭을 좋아했지만 잭이 나와 같이 살 거라는 사실은 우리가 신혼여행에서 돌아온 후에 알게 되었어요 그래서 질투한 거죠. 지금은 괜찮아요. 밀리가 제일 좋아하는 사람은 다시 잭이 됐어요."

"고맙게도 조지 클루니가 나를 대신해 미움의 대상이 됐죠." 잭이 웃는다.

"조지 클루니라고요?" 에스터가 의아해한다.

"그래요." 나는 그 이야기가 나와 기쁜 마음에 고개를 끄덕인다. "제가 한때 조지 클루니에게 빠졌거든요……."

"우리 다들 그러지 않았나요?" 다이앤이 중얼거린다.

"밀리는 질투를 심하게 한 나머지 친구가 나에게 크리스마스 선물로 준 조지 클루니 달력 위에 '조지 쿠니 싫어'라고 낙서를 하기도 했어요. 철자는 다 틀렸지만, 무척 귀여웠죠. 밀리가 원래 철자에 좀 약해요." 내가 설명한다.

다들 웃는다.

"이제는 만나는 사람마다 잭은 좋아하지만 조지 클루니는 좋아하지 않는다고 말하고 다닌답니다. 다짐 같은 거예요. '잭은 좋아, 하지만 조지 클루니는 안 좋아.' 조지 클루니와 같이 거론되다니 황송할 따름이고죠." 잭이 웃으며 겸손하게 덧붙인다.

에스터가 잭을 본다. "그러고 보니 진짜 좀 닮았네요."

"잭이 훨씬 더 잘생겼지." 애덤이 씩 웃는다. "잭이 결혼해서 사무실 사람들이 얼마나 안도했는지 몰라. 적어도 여자들이 더 이상 환상을 품진 않을 테니까. 남자들도 몇 명은⋯⋯."

잭이 사람 좋게 한숨을 쉰다. "그만 좀 해, 애덤."

"당신은 일을 안 하나요?" 에스터가 나에게 묻는다. 일하는 여성이 그러지 않는 여성에게 품는 멸시가 희미하게 묻어나는 듯한 말투를 들으니 방어를 해야 할 것 같다.

"했죠. 결혼 직전에 그만뒀어요."

"정말요? 왜요?" 에스터가 얼굴을 찌푸린다.

"그레이스가 원하지 않았으니까요." 잭이 끼어든다. "하지만 그레이스도 책임이 막중한 일을 맡고 있었어요. 하지만 내가 지쳐서 집에 돌아왔을 때 그레이스도 나처럼 지쳐 있는 건 바라지 않았어요. 그만두라는 내 부탁이 이기적이었을 수도 있지만, 집에 돌아오면 하루의 스트레스를 내려놓고 싶었어요. 내가 스트레스 해소의 대상이 되는 게 아니라요. 게다가 그레이스는 출장을 꽤 많이 다녀야 했어요. 결혼해서까지 또다시 빈집으로 퇴근하는 건 좀 그렇잖아요."

"직업이 뭐였어요?" 에스터가 연푸른빛 눈동자를 나에게 고정시키고 묻는다.

"해러즈 백화점의 상품 구매 담당자였어요."

흔들리는 눈동자로 보아 놀란 모양이다. 더 이상 질문을 이어가지 않는 것은 놀란 티를 내기 싫다는 의미다.

"일등석을 타고 전 세계를 다녔대." 다이앤이 호들갑스레 끼어든다.

"전 세계는 아니고." 내가 정정한다. "남미만 다녔어. 주로 칠레와 아르헨티나에서 과일을 수입했거든요." 에스터를 위한 부연 설명이다.

루퍼스가 감탄하며 나를 본다. "재밌었겠네요."

"그랬죠. 일이 정말 즐거웠어요." 내가 고개를 끄덕인다.

"다시 일하고 싶겠어요." 또다시 단정적으로 말하는 에스터.

"아뇨, 별로요. 지금도 할 일이 참 많아요." 나는 거짓말을 한다.

"곧 밀리도 돌봐야 할 거고." 잭이 끼어들며 말한다.

"밀리는 아주 독립적이에요. 곧 메도 게이트에서 일도 할 거예요."

"원예용품점 말인가요?"

"맞아요. 식물과 꽃을 좋아하니, 완벽한 직장을 찾은 것 같아요."

"그럼 그레이스는 하루 종일 뭐하려고요?"

"대부분 하던 일들을 계속해야죠. 아시잖아요, 요리, 청소, 날씨가 좋을 때는 정원 가꾸기……."

"다음에는 일요일에 와서 점심 식사도 하고 정원 구경도 하세요." 잭이 말한다. "그레이스는 아주 재능 있는 원예가랍니다."

"세상에." 에스터가 가볍게 한탄한다. "재능이 몇 가지예요? 나는 학교에 자리를 얻어서 얼마나 다행인지. 집에 하루 종일 있으면 너무 심심해서요."

"언제 시작해요?"

"다음 달이요. 육아휴직하는 교사를 대신하는 거예요."

나는 루퍼스에게 시선을 돌린다. "잭이 그러는데, 정원이 엄청나다면서요." 운을 띄워놓고 등심에 푸아그라를 바르고 다시 파이로 감싸 구운 비프 웰링턴과 야채를 핫플레이트에서 덜어 조금 더 나눠준다. 이제 식탁 위의 대화는 나보다는 조경에 대한 이야기로 옮겨 간다. 다들 웃고 떠드는 동안 나도 모르게 부러운 눈으로 다이앤과 에스터를 바라보며 밀리 같은 동생을 신경 쓰지 않아도 되는 삶은 어떤 것일까 생각해보지만, 곧바로 죄책감이 든다. 그렇지만 나는 밀리를 내 목숨보다 더 사랑하며 세상 그 무엇과도 바꿀 생각이 없다. 그 생각만으로도 새로운 결의가 솟아나고 단호히 일어서게 된다. "이제 디저트를 먹어볼까요?" 내가 묻는다.

잭과 나는 식탁을 치우고 함께 주방으로 간다. 나는 접시를 나중에 잘 씻을 수 있도록 개수대에 차근차근 쌓고 잭은 고기를 자른 칼을 정돈한다. 내가 만든 디저트는 거의 작품 수준이다. 갈라진 틈 하나 없는 완벽한 10센티미터 높이의 머랭 파이에 우윳빛의 고소한 데번 생크림을 채웠다. 미리 준비해둔 망고, 파인애플, 파파야, 키위 조각들을 조심스레 크림 위에 얹고 딸기, 라즈베리, 블루베리로 장식한다.

석류를 집어 들다가 그 감촉에, 문득 지난날 다른 장소에서의 기억에 빠진다. 얼굴에 내리쬐는 따뜻한 태양과 흥겹게 떠드는 목소리가 너무나 당연했던 곳……. 나는 눈을 감고 잠시 추억 속으로 돌아간다.

나는 잭이 내 다음 동작을 기다린다는 것을 안다. 그가 뻗은 손을 느끼며 나는 석류를 그에게 건넨다. 잭이 석류를 반으로 가르면 내가 씨를 숟가락으로 떠내 과일 위에 뿌린다. 디저트가 완성된다.

식당으로 가져가자마자 터져 나오는 환호성이 밤을 넣은 초콜릿 케이크를 만들려 했던 나보다는 잭의 생각이 옳았음을 증명한다.

"그레이스가 요리 수업을 받아본 적 없다는 걸 믿을 수 있겠어요?" 다이앤이 에스터에게 말하며 숟가락을 들어 올린다. "이렇게까지 완벽하다니 무서울 정도예요. 비키니는 또 못 입겠구나 싶지만." 남색 린넨 원피스를 입은 다이앤이 탄식하며 배를 두드린다. "올여름에 여행 가려고 예약한 게 엊그제라 정말 이런 걸 먹어서는 안 되지만, 너무 맛있어서 멈출 수가 없네!"

"어디로 가나요?" 루퍼스가 묻는다.

"태국요. 베트남에 가려고 했는데 잭과 그레이스의 최근 태국 휴가 사진을 보니까 베트남은 다음에 가야겠다 싶었죠. 잭과 그레이스가 머물렀던 호텔을 보더니, 다이앤이 바로 결정해버렸어요." 애덤이 대답한다.

"같은 호텔로 가는 거예요?"

"아뇨, 예약이 다 차서. 슬프지만 우리는 학기 중에 휴가를 가는 호사는 못 누려요."

"즐길 수 있을 때 즐겨요." 에스터가 나에게 말한다.

"그러려고요."

"올해 태국에 다시 갈 거야?" 애덤이 묻는다.

"6월 전에 갈 수 있으면 좋겠지만, 토머신 재판이 시작되니 힘들겠지." 잭이 말하고서 의미심장하게 식탁 너머의 나를 본다. "그 후에는 밀리도 있고."

그 후에는 밀리와 함께 가는 거냐고 누가 묻지 않을까 싶어 나는 숨을 죽인다.

"토머신?" 루퍼스가 눈썹을 추켜올린다. "나도 알아요. 그 남자의 부인도 잭의 의뢰인이에요?"

"그래요."

"디나 앤더슨." 루퍼스가 잠시 생각에 잠긴다. "흥미로운 재판이겠군요."

"맞아요." 잭도 동의한다. 그러고는 나를 본다. "여보, 다 먹은 것 같은데, 에스터에게도 우리 태국 여행 사진 보여주면 어떨까?"

나는 심장이 덜컥 내려앉는다. "별 사진도 아닌데, 재미없을 거야." 가벼운 어조를 유지하느라 애쓰지만, 우리 사이의 이만한 불화도 에스터에겐 충분한 흥밋거리가 된다.

"정말 보고 싶어요!" 에스터가 외친다.

잭이 의자를 밀고 일어선다. 서랍에서 사진첩을 꺼내 에스터에게 건네준다. "그럼 그레이스와 나는 커피를 만들 테니까, 사진 좀 보고 계세요. 아예 응접실에 가 있는 건 어떨까요? 그게 더 편하겠네요."

커피 쟁반을 들고 주방에서 돌아오니, 다이앤은 또다시 사진을 보며 탄성을 지르고 있지만 에스터는 별 말이 없다.

사진들이 놀랍도록 아름답다는 것은 인정할 수밖에 없다. 그리고 거기 찍힌 내 모습은 최고로 멋져 보인다. 예쁘게 탄 피부, 이십 대 때처럼 날씬한 몸, 갖가지 디자인의 비키니를 입고 있다. 대부분의 사진에서 나는 화려한 호텔 앞에 서 있거나, 호텔 전용 해변에 누워 있거나, 색색의 칵테일과 이국적 음식들을 앞에 두고 술집이나 식당에 앉아 있다. 모두 카메라를 보며 웃고 있는데, 남편에게 푹 빠진 속 편한 응석받이 여자의 전형 같다. 엄청난 완벽주의자인 잭은 만족스러운 사진이 찍힐 때까지 찍고 또 찍는다. 그래서 나는 처음부터 제대로 해내는 법을 배워야 했다. 순순히 말을 들어준 낯선 이들이 찍은 우리 둘의 사진도 몇 장 있다. 그런 사진들에서 잭과 내가 카메라를 바라보기보다는 사랑스러운 눈빛으로 서로를 마주볼 때가 많다는 점을 다이앤이 지적하며 놀린다.

잭이 커피를 따른다.

"초콜릿 드실 분?" 에스터가 사온 초콜릿 상자를 최대한 아무렇지 않게 집으며 내가 묻는다.

"다들 배가 다 찼을걸." 잭이 말하며 확인받듯 둘러본다.

"당연하죠." 루퍼스가 말한다.

"더 이상 아무것도 못 먹어." 애덤이 신음한다.

"그럼 다음 기회에 내놓지." 잭이 상자로 손을 내밀고, 나 역시 맛도 못 보고 초콜릿을 포기하려 할 때 다이앤이 구원의 손길을 내민다.

"어쩜 그럴 수가. 한두 개 정도는 먹을 수 있다고요."

"저러면서 비키니 타령은 왜 하는지." 애덤이 한숨을 쉬는 척하며 고개를 절레절레 젓는다.

"당연히 그냥 하는 소리였지." 다이앤이 대꾸하며 잭이 건네준 상자에서 초콜릿을 하나 꺼내고 나에게 상자를 넘긴다. 나도 하나 꺼내고 입에 쏙 넣은 다음 에스터에게 내민다. 에스터가 거절하자 나는 하나 더 집은 다음 다이앤에게 돌려준다.

"어떻게 그래?" 다이앤이 놀라서 나를 쳐다본다.

"뭐가?"

"그렇게 많이 먹는데도 살이 안 쪄?"

"운이 좋은 데다 관리도 하니까." 내가 하나 더 집으며 말한다.

거우 열두 시 반밖에 안 됐는데 에스터가 가야겠다고 일어선다. 복도에서 잭은 코트를 나눠주고 다이앤과 에스터는 서로 입는 걸 도와준다. 다음 금요일 열두 시 반에 시내의 '셰 루이즈'에서 점심을 먹기로 하고 다이앤과는 포옹을, 에스터와는 악수를 나누면서 그 날 보자고 인사를 한다. 남자들과는 작별 키스를 나눈다. 다들 완벽한 저녁이었다고 인사하며 떠난다. 정말이지 현관문을 닫을 때까지 '완벽'이란 말이 계속 반복되어서 저녁 식사 초대는 대성공이었음을 알 수 있었지만, 나는 잭에게도 오늘 저녁이 완벽했는지 확인을 받아야 한다.

"내일 열한 시에 출발해야 해. 점심에 맞춰 밀리를 데리고 나갈 수 있도록 도착하려면." 내가 잭에게 돌아서며 말한다.

과거

1년 반 전, 잭이 밀리와 공원에서 춤을 추던 날에 내 인생은 완벽해졌다. 에스터에게 한 말 중 일부는 진실이었다. 그전 일요일에도 잭을 보았지만 나 같은 사람에게 관심을 가질 줄은 몰랐다. 그때나 지금이나 눈에 띄게 잘생긴 그에 비해, 당시 내 외모는 지금처럼 근사하지 않았으니까. 그리고 밀리도 있었다.

　남자 친구를 사귈 때 나는 처음부터 밀리에 대해 이야기했다. 하지만 때로는 남자 친구를 많이 좋아하는 마음에 기숙학교에 여동생이 있다고만 말하고 여동생에게 다운증후군이 있다는 건 사귄 지몇 주가 지나고 나서야 말하기도 했다. 말을 하면 몇몇은 무슨 말을해야 할지 알 수 없어 했고, 밀리에 대해 뭐라고 더 말할 새도 없이떠나버렸다. 관심을 보이거나 응원을 해주는 경우도 있었지만, 막상 밀리를 만나고 나면 그녀의 즉흥성을 잭처럼 진심으로 멋지다고 이야기해줄 수는 없는 모양이었다. 그중 가장 훌륭했던 둘은 밀리를 만나고 나서도 오래 곁에 있어주었지만 그들조차도 내 삶에서밀리가 차지하는 크기를 받아들이는 것은 힘들어했다.

　내 사랑에 결정타를 가하는 건 언제나 밀리였다. 밀리가 지금 다니고 있는, 훌륭하지만 매우 비싼 학교를 졸업해야 할 때가 되면 나와 같이 살기로 돼 있었다. 이제 와서 밀리를 배신할 생각은 전혀없었다. 그래서 나는 6개월 전에 평생을 함께하지 않을까 했던 알렉스를 떠나보내야 했다. 2년간 그와의 행복했던 동거를 끝내야 했다. 밀리가 열여섯 살이 되자 곧 들이닥칠 그녀의 존재가 알렉스에게 부담이 되기 시작했기 때문이었다. 결국 나는 서른두 살의 나이에 다시 혼자가 되었고, 밀리와 나를 둘 다 감당할 수 있는 남자를 찾을 수 있을지 심각한 회의에 빠졌다.

그날 공원에서 잭을 쳐다본 것은 나뿐이 아니었다. 어쩌면 가장 안 보는 척했을지 모른다. 몇몇 젊은 여성은 잭에게 노골적으로 미소를 지어 보이며 그의 주의를 끌려 애썼다. 십 대 여자아이들은 입을 가리고 킬킬거리며 흥분해서는 영화배우 아니냐며 속닥거렸다. 나이 든 여성들은 감상하듯 그를 바라보고서 상당수가 자기 옆에 있는 남자를 돌아보았다. 옆의 남자가 얼마나 모자란 인간인지 새삼 깨달은 것처럼. 남자들까지도 잭을 쳐다보았다. 잭이 산책하는 모습에 깃든 자연스런 우아함을 못 본 척할 수 없었다. 잭을 발견하지 못한 유일한 사람은 밀리였다. 밀리는 우리가 하고 있던 카드 게임에 완전히 몰두해 머릿속에 이겨야겠다는 생각밖에 없었다.

8월 말이라 남들처럼 우리도 야외 음악당에서 멀지 않은 풀밭 위에 자리를 폈다. 근처 벤치에 앉는 잭이 언뜻 보였다. 주머니에서 책을 꺼내 드는 것을 보고 나는 다시 밀리에게 관심을 돌렸다. 내가 보고 있다는 것을 그가 알게 하고 싶지 않았다. 밀리가 또 게임을 하자고 카드를 돌렸다. 나는 잭이 이탈리아인이나 비슷한 계통의 외국인일 거라고 결론지었다. 주말 동안 런던에 와 있는데 아내와 아이들은 어딘가 구경 갔다가 이따가 만나기로 한 거라고.

내가 아는 한 그는 그날 오후 내가 있는 쪽은 쳐다보지도 않았다. 밀리가 "짠!" 하며 내는 커다란 목소리도 전혀 신경 쓰이지 않는 듯했다. 우리는 공원을 곧 떠났다. 기숙학교에서 일곱 시에 제공하는 저녁 식사를 먹을 수 있게 하려면 밀리를 여섯 시까지는 데려다 줘야 했다. 그를 다시 볼 수 없으리라고 생각하면서도 마음으로는 그가 결혼을 하지 않았고 나를 보고 사랑에 빠졌다고 상상하며 돌아오는 일요일에 다시 나를 보러 공원으로 오는 모습을 그리고 또 그려보았다. 십 대 이후로 이런 식의 공상에 빠진 적은 처음이었다. 내가 결혼하고 가정을 이루지 못할까 봐 얼마나 절망하고 있는지 깨달았다. 비록 밀리에게 최선을 다하고 있었지만, 밀리와 살기 전까지는 나에게도 아이가 생기지 않을까 기대했다. 둘이 가족을 이루는 것이 아니라, 밀리가 나의 가족 구성원 중 하나가 되는 모습을 그려왔다. 밀리를 깊이 사랑했지만 둘이서만 늙어간다는 생각은 어쩐지 무섭고 끔찍했다.

다음 주 공원에서 악단이 연주를 하던 날, 악단 앞으로 나가 혼자 춤을 추는 밀리에게 잭이 다가갈 때까지 나는 잭을 보지 못했다. 밀리는 보이지 않는 상대를 껴안고 춤을 추고 있었다. 그럴 때 밀리가 일깨우는 감정은 나로서도 종종 감당하기 힘들었다. 밀리가 왈츠 스텝을 제대로 익힌 것이 가슴 아프게 뿌듯하면서도 주위 시선에 온 신경이 곤두서고 있었다. 뒤에서 누가 웃는 소리가 들리기까지 하자 나는 그 웃음소리가 친절하다고, 설령 친절하지 않더라도 밀리의 즐거움을 방해할 수는 없을 테니 상관없다고 스스로를 다독여야만 했다. 하지만 벌떡 일어나 밀리를 데려오고 싶은 마음이 너무나 강해지는 내 자신이 미웠다. 처음으로 밀리가 평범한 사람이었으면 하는 마음이 들었다. 그럴 때 우리 삶이, 나의 삶이 되었을 꿈같은 장면들이 순간적으로 머릿속을 스쳐 지나갔다. 그렇게 차오른 절망의 눈물을 얼른 눈꺼풀을 깜빡여 지워버렸을 때 잭이 밀리에게 다가가는 것이 보였다.

처음엔 잭을 알아보지 못하고 어떤 남자가 밀리에게 가서 앉아 달라고 요구하려는 줄 알았다. 나는 벌떡 일어나 밀리를 도와주러 갈 준비를 했다. 그때 남자가 절을 하며 손을 내밀었고 그제야 그가 그 주 내내 내가 몽상에 빠져 있던 남자였다는 걸 알아차렸다. 남자가 밀리와 두 곡을 추고 밀리를 다시 우리 자리로 데려올 때쯤 나는 이미 그에게 푹 빠져버렸다.

"앉아도 될까요?" 그가 내 옆자리를 가리키며 물었다.

"물론이죠." 나는 감사의 미소를 지으며 답했다. "밀리와 춤을 춰줘서 고마워요. 참 친절한 분이군요."

"오히려 내가 고맙죠. 밀리가 춤을 아주 잘 춰서 즐거웠어요." 그가 진중하게 말했다.

"멋진 남자!" 밀리도 잭을 향해 환하게 웃었다.

"잭입니다."

"멋진 잭!"

"정식으로 내 소개를 해야겠네요." 그가 손을 내밀었다. "잭 에인절입니다."

"그레이스 해링턴이에요." 그의 손을 잡고 흔들며 내가 말했다. "밀리는 내 동생이에요. 런던은 여행 오셨나요?"

"아뇨, 여기 삽니다."

나는 잭이 아내와 아이들과 같이 산다든지 하는 말을 덧붙이길 기다렸지만 그는 그러지 않았다. 그래서 왼손을 슬쩍 보았더니 결혼반지가 없었다. 순간 안도감이 밀려오는 것은 어쩔 수 없었지만 그렇다고 해서 무슨 가능성이 있는 건 아니라고 애써 스스로를 일 깨우려 했다.

"당신은요? 밀리와 런던에 여행 온 건가요?"

"아뇨. 난 윔블던에 살아요. 주말엔 밀리와 여기에 자주 와요."

"둘이 같이 사나요?"

"아뇨, 밀리는 주중엔 기숙학교에 있어요. 주말에는 되도록 만나 려고 해요. 출장을 많이 다녀서 어려울 때도 있지만, 다행히 도와주 는 훌륭한 분이 있어요. 물론 부모님도 계시고요."

"재밌는 직장에 다니나 봐요. 무슨 일을 하는지 물어봐도 될까 요?"

"과일을 사는 게 직업이에요."

잭이 의아한 표정으로 나를 보았다.

"해로즈 백화점에서 일해요."

"그럼 출장은……."

"아르헨티나와 칠레에서 과일 구매를 해야 해서요."

"그거 재밌겠네요."

"그런 편이죠. 당신은 무슨 일을 하나요?"

"변호사입니다."

우리 대화에 지루해진 밀리가 내 팔을 잡아당겼다. "음료수, 그 레이스. 또 아이스크림. 나 더워."

나는 잭에게 미안한 표정으로 미소를 지었다. "이제 가야겠네요. 밀리와 춤춰준 거 다시 한 번 감사드려요."

"내가 두 분께 차를 한잔 사면 어떨까요?" 잭이 몸을 굽혀 내 다른 쪽 옆에 앉은 밀리를 보며 말했다. "어떻게 생각해요, 밀리? 차 한 잔할까요?"

"주스. 차 말고 주스. 차 싫어." 밀리가 말하며 환하게 웃었다.

"그럼 주스." 잭이 일어섰다. "갈까요?"

"아뇨, 그럴 순 없어요. 아까도 너무 큰 친절을 베푸셨는데."

"아니에요, 내가 하고 싶어서 그러는걸요." 잭이 밀리에게 고개를 돌렸다. "케이크 좋아해요, 밀리?"

밀리가 열광적으로 고개를 끄덕였다. "응, 케이크 좋아."

"그럼 됐네요."

우리는 공원을 가로질러 레스토랑까지 갔다. 밀리와 나는 팔짱을 끼고 잭은 우리 옆을 걸었다. 한 시간 후에 헤어지면서 돌아오는 목요일에 저녁을 먹기로 했다. 그리고 잭은 순식간에 내 인생에서 없어서는 안 될 사람이 되었다. 잭과 사랑에 빠지는 건 어렵지 않았다. 잭에게는 뭔가 구식인 면이 있었는데 그런 면들이 내게는 오히려 신선하게 다가왔다. 나를 위해 문을 열어주었고 코트를 받아주었고 꽃을 보내주었다. 그러한 행동들이 그가 나를 특별한 존재로 여기고 세심히 배려한다는 느낌이 들게 만들었다. 무엇보다 그는 밀리를 귀여워했다.

사귄 지 세 달이 되었을 때 잭은 내게 부모님을 만나게 해주겠냐고 물었다. 내가 부모님과 그다지 가깝지 않은 사이라는 말을 한 터라 약간 놀랐다. 에스터에겐 거짓말을 했다. 부모님은 또 다른 아이를 갖고 싶어 하지 않았다. 밀리의 임신을 알게 되었을 때도 당연

히 낳고 싶어 하지 않았다. 어릴 때 동생을 낳아달라고 계속 졸랐는
데 하루는 나를 앉혀놓고 더는 아이를 낳을 생각이 없다고 꽤 거칠
게 말했다. 그러니 10년쯤 지나서 어머니가 임신했을 때 기겁했던
것도 당연했다. 어느 날 어머니가 아버지와 늦은 중절의 위험에 대
해 의논하는 것을 엿듣고, 어머니가 임신했으며 내가 그토록 바라
던 동생을 없애버리려 한다는 것을 알게 되어 분노했다.

　나는 부모님과 논쟁을 벌였다. 부모님은 어머니가 이미 마흔여
섯이며 그 나이에 임신은 위험하다는 점을 들어 나를 설득하려 했
다. 나는 벌써 임신 다섯 달째인데 그 시기에 중절은 불법이라고, 게
다가 대죄라고 주장했다. 부모님은 둘 다 가톨릭 신자였다. 법과 신
이 내 편이었고 결국 내가 이겼다. 어머니는 어쩔 수 없이 임신을 유
지했다.

　밀리가 태어났는데 다운증후군뿐만 아니라 다른 문제도 있음이
밝혀졌다. 그러나 나는 부모님의 거부 반응을 이해할 수 없었다. 밀
리와 즉시 사랑에 빠진 나는 다른 아기와 다른 점을 전혀 느낄 수 없
었다. 그래서 어머니가 육아에 대한 의욕을 전혀 내지 못하자 내가
육아를 도맡다시피 했다. 학교에 가기 전에 먹이고 기저귀를 갈고,
점심시간에 돌아와서 마찬가지로 밀리를 보살폈다. 밀리가 세 달이
됐을 때 부모님은 밀리를 입양 보내고 외조부모가 사는 뉴질랜드로
이민 가겠다고 말했다. 늘 해오던 말이긴 했다. 나는 집이 떠나가라
고함을 지르며 입양 보낼 수 없다고, 대학에 안 가고 내가 밀리를 돌
보겠다고 했다. 하지만 부모님은 내 의견을 무시하고 입양 절차를
밟았다. 나는 약을 먹었다. 내 진심을 전달하기 위해서이긴 했지만

멍청하고 유치한 짓이었다. 그래도 효과는 있었다. 나는 이미 열여덟 살이었기 때문에 사회복지사들의 이런저런 도움으로 밀리의 주양육자가 될 수 있었고, 부모에게 재정 지원을 받으면서 밀리를 꽤잘 키울 수 있었다.

나는 차근차근 해나갔다. 근처에 밀리를 맡길 곳이 생기자 아르바이트 일을 시작했다. 첫 직장은 슈퍼마켓 체인이었는데 과일 구매 부서에서 일하게 됐다. 밀리는 열한 살이 되어 한 학교로부터 입학 제의를 받았지만 내 눈엔 시설이나 다름없는 섬뜩한 곳이었다. 나는 부모님에게 더 적당한 곳을 찾아보겠다고 했다. 나는 밀리에게 시간을 쏟아부어 다른 곳에서는 도무지 배울 수 있을 것 같지 않은 자립 능력을 가르쳤다. 내가 보기에 밀리의 사회생활을 어렵게 하는 것은 낮은 지능이라기보다는 언어 능력의 부족이었다.

밀리를 맡겠다는 일반 학교를 찾는 과정은 길고도 힘든 싸움이었다. 겨우 찾아낸 곳의 교장은 진보적이고 열린 사고의 소유자였다. 그것은 우연히도 그녀에게 다운증후군의 남동생이 있기 때문이었다. 그녀가 운영하는 사립 여자 기숙학교는 밀리에게 완벽한 곳이었지만 부모님이 감당할 수 없을 만큼 학비가 비싼 학교였다. 나는 내가 감당하겠다고 결심하고 몇 군데 회사에 이력서를 보냈다. 이력서에는 내가 꼭 돈을 많이 받는 좋은 직장을 찾아야 하는 이유를 분명히 설명하는 편지를 동봉했다. 결국 해로즈에서 나를 받아 줬다.

출장을 많이 다니는 업무를 맡을 기회가 생기자 나는 그 기회를 얼른 붙잡았다. 자유 시간을 활용할 수 있었기 때문이다. 부모님은 내가 없을 때 주말에 밀리를 집에 데려오는 것도 힘들어했다. 하지만 학교로 밀리를 보러 가기는 했고, 나머지 시간에는 밀리의 복지사인 재니스가 돌봐주었다. 밀리가 학교를 졸업하고 어디로 가느냐 하는 문제가 떠오르자 나는 부모님이 뉴질랜드로 이민 갈 수 있도록 내가 밀리와 같이 살겠다고 약속했다. 그 뒤로 부모님은 그날이 오기만을 손꼽아 기다렸다. 나는 부모님을 비난하지 않는다. 그들도 나름대로 나와 밀리를 아꼈고, 우린 어차피 그들이 낳은 자식들이었으니까. 하지만 아이를 낳아 기르는 데 적합한 사람들은 아니었다.

잭이 꼭 만나야겠다고 하는 통에, 나는 어머니에게 전화를 걸어 다음 일요일에 가도 되느냐고 물었다. 11월 말이었다. 밀리도 데리고 갔다. 비록 두 팔 벌려 환영하는 분위기는 아니었지만, 어머니가 잭의 흠잡을 데 없는 매너에 감명받는 게 눈에 보였다. 아버지는 자신이 수집한 초판본들에 잭이 관심을 보여 기뻐했다. 우리는 점심만 먹고 곧 나왔다. 밀리를 학교에 데려다주고 나니 늦은 오후였다. 나도 집으로 갈 생각이었다. 다음 주에 아르헨티나로 출장 가기 전에 할 일이 많았다. 하지만 잭이 리젠트 공원으로 산책가자고 했을 때 선선히 그 제안을 따랐다. 날이 어두워지기는 했지만 멀리 가진 않을 것 같았고, 잭을 만난 이후로는 출장을 너무 자주 다니느라 둘이 같이 보낸 시간이 거의 없어 속상했기 때문이다. 친구들과 어울리거나 밀리와 같이 다녀야 할 때도 잦았다.

"우리 부모님 어때?" 좀 걷다가 내가 물었다.

"완벽한 분들이던데." 잭이 미소를 지었다.

그의 단어 선택에 나도 모르게 이맛살을 찌푸렸다. "무슨 뜻이야?"

"그냥 내가 기대했던 모습 그대로라서."

나는 잭을 보며, 우리를 위해 거의 아무런 애도 쓰지 않으려는 부모님을 비꼬아 말하는 건지 의아해했다. 하지만 그때 잭이 자기 부모님에 대해 했던 말이 기억났다. 몇 해 전에 돌아가셨는데, 자식에게 극단적으로 무관심했다고 했다. 그래서 우리 부모님의 미적지근한 환영도 그렇게 고마워하는가 싶었다.

계속 걷다가 잭이 밀리와 춤을 추었던 야외 공연장까지 왔을 때였다.

그가 갑자기 나를 멈춰 세웠다. "그레이스, 당신과 결혼하는 영광을 베풀어주겠어?"

뜻밖의 청혼이라 처음엔 농담하는 줄 알았다. 물론 우리가 언젠가 결혼하지 않을까 하는 희망을 남몰래 키우고 있었지만, 적어도 일이 년 후의 일로 상상하고 있었다. 내가 당황하는 걸 눈치챘는지 잭이 나를 끌어당겨 안았다.

"저기 잔디에 밀리와 앉아 있는 당신을 본 순간 내가 평생을 기다려온 여자라는 걸 알았어. 더 이상 누군가를 기다리고 싶지 않아. 당신이 내 아내가 돼주었으면 좋겠어. 당신 부모님을 만난 건 우리의 결혼을 축복해달라고 말씀드리고 싶어서였어. 기꺼이 그러겠다고 해주셔서 기뻐."

아버지가 이제 막 만나 아무것도 모르는 남자에게 나와의 결혼을 선뜻 허락했다니, 우습다는 생각이 들지 않을 수 없었다. 그러나 잭의 품에 안겨 그의 청혼에 감격하던 나는 이내 환희의 감정이 점차 차오르는 불안감에 잠식되는 것을 느끼고 몹시 당황스러웠다. 그 불안감이 밀리 때문이라는 깨달음이 서서히 나를 짓누를 때 잭이 다시 입을 열었다. "대답을 듣기 전에, 그레이스. 나 하고 싶은 말이 있어." 너무 진지한 어조라서 나는 그가 결혼 경험이라든지 아이나 무서운 질병 같은 게 있다는 고백을 하려는 줄 알았다. "어디에 살든, 우리에겐 언제나 밀리를 위한 공간이 존재할 거라는 점을 알려주고 싶어."

"그게 나에게 얼마나 큰 의미가 있는 말인지 모를 거야." 나는 눈물이 그렁그렁한 채 말했다. "고마워."

"그럼 나랑 결혼해주는 거야?" 잭이 물었다.

"물론이지."

잭이 주머니에서 반지를 꺼내 내 손가락에 끼웠다. "언제 할까?" 잭이 속삭였다.

"당신이 좋을 때." 나는 외알 다이아몬드를 내려다보았다. "잭, 너무 아름다워!"

"마음에 든다니 잘됐네. 그럼 3월쯤 어때?"

"3월? 그렇게 빨리 결혼식을 준비할 수 있을까?" 나는 웃음을 터뜨렸다.

"크게 어렵진 않을 거야. 벌써 생각나는 데가 있어. 헤클레스컴의 크레인리 파크라는 곳인데, 내 친구 별장이야. 보통은 친척들 결혼식에만 빌려주지만 우리 결혼식이라면 흔쾌히 쓰라고 할 거야."

"좋을 것 같아." 나는 기쁘게 대답했다.

"하객이 너무 많지만 않으면."

"그냥 부모님과 친구 몇 명만 부를 거야."

"그럼 됐네."

그러고 나서 차로 나를 집에 데려다주며 잭은 다음 날 저녁에 한잔할 수 있는지 물었다. 수요일에 내가 아르헨티나에 출장을 가기 전에 의논하고 싶은 일이 있다고 했다.

"원하면 지금 들어와서 얘기해도 돼." 내가 제안했다.

"지금은 정말 가봐야 할 것 같아. 내일 일찍 일어나야 하거든."

나는 실망을 감출 수 없었다.

"나도 얼마나 밤을 함께 보내고 싶은지 몰라." 잭이 알아채고 말했다. "하지만 밤에 읽어둬야 할 서류가 있어."

"아직 잠도 같이 안 자본 남자랑 결혼하기로 하다니 이래도 되는 걸까?" 내가 투덜거렸다.

"그럼 아르헨티나에서 돌아온 주말 동안 여행을 가는 건 어떨까? 밀리랑 점심 먹은 다음에 학교에 데려다주고 크레인리 파크에 갔다가 근처 호텔에서 자는 거야. 어때?"

"좋아." 나는 기뻐서 고개를 끄덕였다. "내일 저녁엔 어디서 만나?"

"코노트의 그 술집 어때?"

"퇴근하고 바로 가면 일곱 시쯤 도착할 거야."

"완벽해."

다음 날 하루 종일 잭이 무슨 말을 하려고 하는 걸까 궁금했다. 직장을 그만두고 런던 밖으로 이사 가자고 할 줄은 생각도 못했다. 결혼하고 난 뒤에도 내가 더 중심가에 있는 그의 아파트로 이사 가는 것 말고는 예전과 거의 비슷하게 살 거라고 생각했기 때문이다. 그의 제안을 듣고 머릿속이 빙빙 도는 듯했다. 내가 충격받는 모습을 보고 잭은 나를 차근차근 설득하려 했다. 나는 지난 날을 돌이켜 보았다. 세 달을 사귀면서도 함께 보낸 시간이 거의 없었다.

"서로 얼굴도 못 보고 살 거면 결혼이 무슨 의미야? 계속 이런 식으로 살 순 없어. 더구나 내가 그러고 싶지 않아. 뭔가는 포기해야 해. 그리고 조만간 아이들도 생길 텐데……." 잭이 말을 멈추었다. "당신도 아이를 원하지, 그렇지 않아?"

"응, 잭. 원하고 말고." 내가 미소를 지었다.

"다행이네." 그가 내 손을 잡았다. "밀리와 함께 있는 당신을 본 순간 훌륭한 엄마가 되리라는 걸 알 수 있었어. 나도 아버지가 될 때까지 너무 오래 기다리고 싶지 않아."

갑자기 그의 아이를 갖고 싶다는 욕망이 밀려들어 말도 제대로 할 수 없었다.

"하지만 당신은 몇 년 있다가 가지고 싶을지도 모르지." 잭이 내키지 않는 듯 말했다.

"그렇지 않아." 나는 간신히 대꾸했다. "그저 직장을 그만두기가 쉽지 않을 것 같아서. 밀리가 아직 학교를 다니니까, 1년 반은 더 비용을 대야 하거든."

"열여덟 달을 더 일해야 하다니 절대 그럴 순 없어." 잭이 단호하게 말했다. "밀리는 신혼여행에서 돌아오자마자 우리와 같이 살면 돼."

나는 가책을 약간 느끼며 잭을 보았다. "밀리를 정말 사랑하긴 해도, 우리끼리 먼저 시간을 좀 갖고 싶어. 게다가 학교에서 즐겁게 지내고 있는데, 1년이나 먼저 데려오면 실망할 거야." 나는 잠시 생각에 잠겼다. "학교에서는 어떻게 생각하는지 먼저 물어도 될까?"

"물론이지. 그리고 밀리 본인의 생각도 물어봐야겠지. 나로서는 바로 우리와 살겠다고 하면 기쁠 거야. 하지만 당분간은 학교에 있는 게 좋다고 하면 내가 학비를 내게 해줘. 어차피 밀리도 내 동생이 되는 거니까." 잭이 내 손을 감싸 줬다. "내가 돕는 걸 허락한다고 약속해줘."

나는 어찌할 바를 몰랐다. "무슨 말을 해야 할지 모르겠어."

"그럼 아무 말도 하지 마. 그냥 사직서 제출을 생각해보겠다고 약속만 해주면 돼. 결혼하고 나서도 매일 못 보는 건 싫어. 자, 그리고 어떤 집이 좋은지 얘기해볼까? 당신이 허락하면 내가 꿈에 그리던 집을 결혼 선물로 주고 싶어."

"정말 생각도 하지 못했어." 나는 그렇게 말할 수밖에 없었다.

"그럼 생각해봐. 중요한 문제잖아. 넓은 정원, 수영장, 방 많은 집이 좋아?"

"정원이 넓으면 정말 좋겠다. 수영장이나 방 개수는 상관없어. 아이를 몇이나 낳을 거냐에 달렸겠지."

"그럼 많이 낳자." 잭이 미소 지었다. "나는 서리에 살고 싶어. 런던에서 가까워서 출퇴근도 힘들지 않을 거고. 어떻게 생각해?"

"당신이 좋은 곳이면 어디든 괜찮아. 당신은 어때? 어떤 집이 좋아?"

"예쁜 마을 가까이에 있으면서도 집들이 서로 적당히 떨어져 있어서 소음이 신경 쓰이지 않는 곳이었으면 좋겠어. 나도 정원이 넓은 게 좋아. 가급적 담이 높이 둘러쳐 있어서 안이 들여다보이지 않으면 더 좋지. 넉넉한 크기의 서재와 지하실도 있으면 하고. 그 정도야."

"멋진 주방도." 내가 말했다. "테라스가 딸린 멋진 주방에서 아침을 먹으면 좋겠어. 거실엔 진짜 모닥불을 피울 수 있는 커다란 벽난로가 있고. 그리고 밀리를 위해선 노란 침실이 필요해."

"아예 우리가 꿈꾸는 집 배치를 그려볼까?" 잭이 말하며 서류 가방에서 종이 한 장을 꺼냈다. "계속 참고할 수 있게."

두 시간 후 잭이 택시를 태워주기 전까지, 나무가 우거진 정원, 테라스, 응접실 세 개, 벽난로, 주방, 서재, 밀리의 노란 방을 포함한 다섯 개의 침실, 화장실 세 개 그리고 지붕에 작고 둥근 창이 달린 아름다운 집의 스케치가 완성되었다.

"이런 집은 내가 아르헨티나에서 돌아오기 전에는 못 구할걸." 내가 미소를 지었다.

"최선을 다해보도록 하지." 잭이 나에게 키스하며 약속했다.

몇 주가 정신없이 지나갔다. 아르헨티나에서 돌아온 나는 사직서를 제출하고 집을 내놨다. 출장지에서 내 앞에 놓인 상황을 찬찬히 생각해보았다. 잭이 요청한 대로 하는 게 옳은 길이라는 데 전혀 의심이 들지 않았다. 나는 그와 확실히 결혼하고 싶었다. 그리고 내년 봄이면 시골의 아름다운 집에서 살면서 어쩌면 첫 아이도 낳게 되리라는 생각을 하자 황홀했다. 13년을 쉬지 않고 일해오면서 이 쳇바퀴에서 벗어나는 날이 올까 회의가 드는 때도 있었다. 게다가 밀리와 함께 살게 되면 더 이상 출장을 다니거나 오랜 시간 일하기 힘들다는 것을 알았기에 또 다른 일자리를 알아봐야 하는 게 아닌지 불안했다. 그러다 갑자기 모든 고민이 사라졌고 나는 친구와 가족에게 보낼 결혼 청첩장을 고르면서 내가 세상에서 가장 운이 좋은 사람이라고 생각했다.

현재

잭은 늘 그렇듯 꼼꼼하게, 오전 열 시 반에 침실로 와서 열한 시에 정확히 떠나자고 말한다. 내가 제시간에 준비를 마치지 못할 것 같지는 않다. 샤워는 이미 했으니 30분이면 옷 입고 화장하기에 충분한 시간이다. 여덟 시에 일어난 이래 잠시도 가만있질 못하는 흥분 상태였는데, 샤워를 하니 조금 진정이 된다. 곧 밀리를 만난다는 사실을 믿을 수가 없다. 그 어느 때보다 조심하며 무슨 일이 일어나든 대비해두려 한다. 그러나 잭을 대하는 얼굴에선 내면의 동요가 드러나지 않도록 해야 한다. 차분하고 담담한 표정을 유지한다. 잭은 내가 지나갈 수 있도록 뒤로 물러선다. 나는 외출 준비를 하는 평범한 젊은 여성의 모습으로 지나친다.

내 옷들이 걸려 있는 옆방으로 잭도 나를 따라 들어온다. 한쪽 벽 전체를 차지한 거대한 옷장으로 간다. 거울 문을 밀어 열고 서랍을 열어 지난주에 잭이 사준 크림색 브래지어와 한 쌍인 팬티를 꺼낸다. 나는 타이츠를 선호하지만 다른 서랍에서 살색 스타킹을 꺼낸다. 잭이 지켜보는 가운데 나는 파자마를 벗고 속옷과 스타킹을 입는다. 그러고 나서 옆 칸으로 가, 색깔별로 가지런히 걸린 옷들을 잠시 바라본다. 한동안 입지 않은 파란 원피스를 꺼낸다. 내 눈동자와 색이 같다며 밀리가 좋아하는 옷이다.

"크림색을 입어." 잭이 말한다. 잭은 내가 무채색 옷을 입는 걸 좋아한다. 나는 파란 옷을 도로 넣고 크림색 옷을 입는다.

구두는 옷장 다른 쪽 선반의 투명 상자 안에 들어 있다. 굽이 있는 베이지 구두를 고른다. 점심을 먹고 산책을 갈 때는 굽 없는 구두가 편하지만 잭은 내가 호숫가를 걷든, 친구들과 저녁을 먹든 언제나 우아하기를 바란다. 선반에서 어울리는 가방도 꺼내 잭에게 건넨 후 화장대로 가서 앉는다. 아이펜슬과 블러셔, 립스틱을 조금씩 사용해 화장하는 데에는 시간이 그리 오래 걸리지 않는다. 그러고 나니 15분이 남아 시간을 때우기 위해 매니큐어도 바른다. 화장대 위에 줄줄이 놓인 다양한 병들 가운데 예쁜 분홍색 매니큐어를 고른다. 이걸 가져가서 밀리도 칠해주면 굉장히 좋아할 텐데. 매니큐어가 다 마르자 일어나 잭에게서 가방을 받고 아래층으로 간다.

"어떤 코트 입을래?" 현관에서 잭이 묻는다.

"베이지색 울 코트가 좋겠어."

잭이 외투 장에서 코트를 가져와 입혀준다. 나는 단추를 채우고 주머니를 뒤집어 보인다. 잭이 현관문을 열고 문을 잠그자, 나는 그를 따라 자동차로 간다.

3월 말이지만 공기는 차갑다. 나는 본능적으로 최대한 깊이 숨을 들이마셔 삼키려다, 내 앞에 온전한 하루가 놓여 있음을 상기하고 조용히 그 기쁨을 즐긴다. 이번 외출은 힘들게 얻어낸 상이었으니 최대한 활용할 생각이다. 차 앞에서 잭이 리모컨을 누르자 집 앞의 커다란 검은 대문이 열리기 시작한다. 잭이 조수석으로 와서 문을 열어준다. 차에 타는데 조깅을 하면서 집 앞을 지나가는 남자가 대문 너머로 우리를 쳐다본다. 잭은 좋은 아침이라고 인사하지만 남자는 숨이 차서인지 힘을 아끼려는 것인지 손만 흔든다. 잭이 조수석 문을 닫고 드디어 대문을 나선다. 문이 천천히 닫히는 동안 나는 고개를 돌려 잭이 나를 위해 사준 아름다운 집을 바라본다. 잠시나마 나도 다른 사람들처럼 저 집의 외관을 보고 싶다.

우리는 런던으로 향한다. 차를 타고 가는 동안 어제 저녁 파티 생각을 해본다. 어떻게 그처럼 완벽하게 해냈는지 아직도 신기하다. 자칫 잘못될 수도 있는 순간이 그렇게 많았는데.

"수플레가 정말 완벽했어." 잭이 말한다. 그도 어제 저녁을 생각하는 것이다. "식탁으로 가다가 그림 보느라 시간 걸릴 것까지 계산에 넣다니, 정말 영리했어. 하지만 에스터는 널 별로 안 좋아하는 것 같던데. 왜 그럴까?"

신중히 대답해야 한다. "완벽한 걸 별로 안 좋아하는 것 같더라고."

잭을 만족시키는 대답이다. 잭이 작게 흥얼거리기 시작하고 나는 창밖의 풍경을 바라본다. 에스터 생각이 난다. 다른 상황이었다면 나는 아마 그녀를 좋아했을 것이다. 하지만 그녀의 의심 많은 지성이 나 같은 사람에게는 위험하다. 에스터는 완벽을 안 좋아하는 게 아니다. 처음 든 생각은 그녀가 완벽을 의심한다는 것이었다.

밀리의 학교까지 가는 데 꼬박 한 시간이 걸린다. 나는 그동안 잭의 고객인 디나 앤더슨을 생각한다. 최근 부유한 독지가와 결혼했다는 사실 말고는 별로 아는 게 없다. 다양한 자선 활동으로 존경받는 터라 아내를 구타하리라고는 생각할 수 없는 독지가였다. 그러나 외양이란 얼마나 기만적일 수 있는지 나야말로 너무나 잘 아는 사람 아닌가. 잭이 변호를 맡기로 했다면 뭔가 강력한 근거가 있을 것이다. 자기 사전에 실패란 없다고, 잭은 끊임없이 나에게 되새겨주고 있다.

우리는 밀리를 한 달이나 보지 못했다. 한시라도 빨리 우리를 보고 싶어 하는 밀리가 건물 밖으로 나와 복지사 재니스와 함께 벤치에서 기다리고 있다. 노란 모자를 쓰고 노란 목도리를 목에 두르고 있다. 노란색은 밀리가 제일 좋아하는 색이다. 차에서 나오는 내게 달려드는 밀리의 눈에 안도의 눈물이 그렁그렁하다. 나는 밀리를 꼭 안아준다. 잭이 우리를 보고 있다는 걸 안다. 잭이 재니스에게 밀리가 기다릴 건 알았지만 나의 독감이 너무 심해서 완전히 나을 때까지 도저히 올 수 없었노라고 말하는 게 들린다. 재니스는 잘했다고 끄덕이며 자기가 밀리에게 잘 설명해주었다고 대답한다.

"하지만 아주 힘들어했지요. 밀리는 두 사람을 너무 좋아하거든요." 재니스가 덧붙인다.

"우리도요." 잭이 말하며 밀리를 향해 미소를 짓는다.

"잭에게 인사해, 밀리." 나는 조용히 일러준다.

밀리가 나에게서 몸을 떼고 잭을 보고 함박 웃음을 짓는다. "안녕, 잭. 만나서 반가워."

"나도 만나서 정말 반가워." 잭이 밀리의 뺨에 키스한다. "우리가 왜 못 왔는지 이해하지?"

밀리가 끄덕인다. "응. 불쌍한 그레이스 아파. 하지만 나았어."

"이제 다 나았지. 잘 참아줘서 선물을 가져왔어." 잭이 코트 주머니에 손을 넣는다. "뭔지 맞혀볼래?"

"애거사 크리스티?" 밀리의 갈색 눈이 기쁨으로 빛난다. 세상에 살인자가 나오는 추리소설보다 재밌는 건 없다는 듯이.

"똑똑한데." 잭이 주머니에서 오디오북을 꺼낸다. "《그리고 아무도 없었다》는 아직 없지?"

밀리가 고개를 끄덕인다.

"내가 제일 좋아하는 작품이네요." 재니스가 미소를 짓는다. "오늘 밤부터 들을까?"

"응. 고마워, 잭."

"별말씀을. 그럼 이제 내가 제일 좋아하는 숙녀분들과 점심을 먹으러 가볼까? 어디 가고 싶어?"

"호텔." 밀리가 즉시 대답한다.

"호수 옆 레스토랑으로 갈까?" 아무 말 못 들었다는 듯이 잭이 말한다. "아니면 디저트로 그 맛있는 팬케이크 나오는 데로 갈까?"

나는 밀리가 왜 호텔을 골랐는지 잘 안다. 그리고 잭이 왜 밀리의 요청을 거부하려 하는지도 안다.

밀리가 낙담한다.

"어느 쪽이 좋아?"

"호수." 밀리가 중얼거리며 고개를 푹 숙여 검은 머리로 얼굴을 가린다.

가는 동안 밀리는 별로 말이 없다. 밀리가 나에게 뒷좌석에 같이 앉자고 하니 잭이 그러면 자신이 택시 기사가 된 기분이 들 거라고 말한다.

레스토랑에 도착한 후 주차를 하고 걸어가는데 잭이 우리 손을 하나씩 잡아 양옆에 두고 걸어간다. 직원들이 오랜 친구처럼 맞아준다. 우리가 밀리를 데리고 자주 왔기 때문이다. 잭이 좋아하는 구석의 창가 옆 둥근 탁자로 안내한다. 늘 그랬듯 창을 내다보며 앉은 잭의 양쪽 옆에 밀리와 내가 앉는다. 메뉴를 보는 동안 나는 탁자 아래로 다리를 뻗어 밀리의 다리를 건드린다. 우리만의 비밀 신호다.

잭은 식사하며 밀리와 계속 얘기한다. 밀리가 말을 하도록 분위기를 만들어주며, 우리가 가지 않은 주말 동안 무엇을 하며 보냈는지 묻는다. 한번은 재니스가 자기 집으로 데리고 가 함께 점심을 먹었다고 한다. 한번은 오후에 차를 마시러 나갔고, 또 한번은 재니스의 친구인 페이지의 집에 초대를 받았단다. 나는 재니스가 밀리의 담당 복지사라는 게 무척 감사하다. 그녀는 내가 없을 때 밀리를 잘 돌봐준다.

"그레이스, 산책?" 점심을 마치고 나자 밀리가 묻는다. "호수 한 바퀴."

"물론이지." 나는 냅킨을 얌전히 접어 탁자에 올리며 일부러 천천히 움직인다. "갈까?"

잭이 의자를 밀고 일어선다. "나도 함께 가지."

뻔히 예상한 상황이라 해도, 실망감은 참담하게 밀려온다.

"우리 한 바퀴 다 돌아." 밀리가 경고한다.

"그럴 순 없지. 그러기엔 너무 추워." 잭도 가만있지 않는다.

"그럼 잭 여기 있어." 밀리가 말한다. "나 그레이스랑 가."

"아니. 우리 모두 갈 거야."

밀리가 엄숙한 표정으로 잭을 건너다본다. "난 잭 좋아. 하지만 조지 쿠니 안 좋아."

"나도 알아. 나도 그 남자 안 좋아해." 잭이 고개를 끄덕이며 말한다.

"그 남자 못생겨." 밀리가 말한다.

"응. 그 남자 아주 못생겼어."

그러자 밀리가 왁 하고 웃음을 터뜨린다.

우리는 호수 주변을 조금 돈다. 잭이 나와 밀리 사이에서 걷는다. 잭은 밀리에게 그녀가 이사 올 방을 준비하느라 바쁘다고 말한다. 밀리가 방이 노란색이냐고 묻자 잭이 당연히 그렇다고 말한다.

잭이 옳았다. 이렇게 오래 밖에 있기엔 추운 날씨다. 20분쯤 걷고 우리는 다시 차로 돌아간다. 학교로 돌아가는 길에 밀리는 학교에서 나올 때보다 더 말이 없다. 나와 마찬가지로 좌절감을 느낀다는 걸 알 수 있다. 작별 인사를 하면서 밀리가 우리에게 다음 주말에도 올 거냐고 묻자 잭은 당연히 그럴 거라고 대답한다. 재니스도 그 소리를 들어서 다행이다.

과거

잭과 내가 결혼할 거라고 밀리에게 말했을 때, 밀리가 가장 먼저 물어본 것은 자기가 들러리가 될 수 있냐는 것이었다.

"물론이지!" 내가 밀리를 안아주며 말했다. 그러나 "그래도 되지, 그렇지 잭?" 하고 돌아보니 잭이 인상을 쓰고 있어 나는 깜짝 놀랐다.

"결혼식은 간단히 할 줄 알았는데." 잭이 날카롭게 말했다.

"그럴 거야, 하지만 그래도 들러리는 필요하잖아."

"정말?"

"그렇지." 나는 당황스러웠다. "전통이니까. 그래도 괜찮지?"

"밀리에게는 좀 힘들 것 같지 않아?" 잭이 목소리를 낮추며 물었다. "정말 들러리가 필요하면 케이트나 에밀리한테 부탁하면 되잖아?"

"하지만 난 밀리가 해줬으면 좋겠어." 내가 고집했고 밀리가 나와 잭을 불안하게 바라보았다.

잠시 어색한 침묵이 흘렀다. "그럼 밀리가 해야지." 잭이 미소를 지으며 한 팔로 밀리의 어깨를 감쌌다. "자, 가서 교장 선생님께 좋은 소식을 전해드리자."

구드리치 부인과 재니스는 우리의 결혼 소식을 듣고 기뻐했다. 밀리에게 저녁 식사 전에 손을 씻으라고 보낸 후, 구드리치 부인은 밀리가 열여덟 살이 되기 전까지 열다섯 달 동안 더 학교에 있는 게 좋을 거라는 데 동의했다. 잭은 우리가 밀리와 바로 같이 살아도 정말 괜찮다는 말을 되풀이했다. 하지만 구드리치 부인은 친절하게도 신혼 생활을 좀 즐기는 것도 좋지 않겠냐고 제안했다. 우리가 아이를 바로 가지려 한다는 걸 짐작한 게 아닌가 싶었다.

얼마 후 우리는 히클리스컴을 방문했다. 크레인리 파크는 잭이 말한 대로 어디 하나 아름답지 않은 부분이 없었다. 결혼식에 더할 나위 없이 완벽한 장소였다. 나는 이런 집을 사용하게 해준 잭의 친구 자일스와 모이라에게 고마웠다. 이렇게 아름다운 곳에서 오후와 저녁을 보낸다면 하객들이 런던에서 40분이나 운전해서 올 보람 있을 것 같았다. 더구나 자일스와 모이라는 친절하게도 저녁 식사 후 바로 돌아가기 힘든 사람들을 재워주겠다고 제안했다. 50명에게 어떤 음식을 제공할지, 요리 업체는 어떻게 할지 몇 시간 동안 의논하고 나서야 우리는 호텔로 향했다. 내가 아르헨티나로 출장 간 사이에 잭이 예약한 호텔이었다.

드디어 잭이 나를 침대로 데려가려나 기대했지만, 때는 저녁 식사 시간이었다. 저녁은 맛있었지만 나는 둘만의 방으로 돌아갈 시간만 기다렸다.

내가 먼저 샤워했다. 그러나 잔뜩 기대에 부풀어 나와 보니, 잭은 이미 침대에서 깊이 잠들어 있었다. 잭이 지쳐 있었다는 걸 알기에 깨울 마음이 나지 않았다. 저녁을 먹으면서 그는 실은 일이 너무 많아 약속을 취소해야 하는 게 아닌가 고민했다고 털어놓았다. 하지만 나를 실망시킬 수는 없었다고도 했다. 결국 몇 시간 후 화들짝 깨어난 그는 자기가 잠들어버렸다는 것을 알고 어쩔 줄 몰라 했다. 그는 나를 안아주더니 나와 사랑을 나누었다.

우리는 다음 날 오전 내내 침대에 있다가 점심을 먹고 나서 런던으로 돌아왔다. 결국 다음 주 내내 잭을 볼 수 없었지만, 결혼 준비까지 겹쳐 정신없는 와중에서도 함께 시간을 보낼 수 있었다는 사실에 그나마 만족했다. 그리고 잭을 만날 수 없게 된 덕에 나는 두 달 전 시작했던 그림을 마칠 여유가 생겼다. 원래는 잭에게 크리스마스 선물로 주고 싶었지만 좀처럼 작업할 시간이 없어서 결혼 선물로나 주어야겠다고 체념한 그림이었다. 그런데 저녁마다 잭은 바빴고 내 출장 가방도 무기한으로 벽장 뒤쪽으로 들어가버리게 되자, 나는 원래 계획대로 크리스마스 날에 맞추어서 그림을 완성할 수 있었다. 우리 신혼집 벽에 걸 만큼 잭이 이 그림을 마음에 들어 하기를 바랐다. 우리가 의논했던 벽난로 위에 이 그림이 걸린 모습이 상상이 되었다.

커다란 그림이었다. 언뜻 보면 알록달록한 붉은색 위에 아주 작은 은빛 점들이 종종 찍혀 추상적 무늬 같아 보였다. 하지만 가까이서 들여다보면 붉은색 덩어리는 수백 마리의 조그만 반딧불이라는 것을 알 수 있었다. 그리고 그 붉은 덩어리가 사실 물감이 아니라 립스틱이라는 것을 아는 사람은 잭과 나뿐일 것이었다. 다 그린 다음에는 투명 칠로 코팅을 해두었다.

나는 잭에게 취미가 그림이라고 말한 적이 없었다. 내 주방에 걸린 캔버스 가운데 하나를 보고 잭이 감탄할 때도 내가 그린 거라고 말하지 않았다. 크리스마스 날도 잭이 그림을 좋아하는 것을 보고 나서야 내가 이 〈반딧불이〉를 그렸을 뿐만 아니라 서로 다른 붉은색의 립스틱을 직접 바르고 캔버스에 수백 번 키스해서 만들어낸 것이라고 말했다. 잭은 칭찬을 퍼부었고 이번에는 그를 좀 놀라게 해준 것 같아서 나도 즐거웠다. 잭은 기뻐하며 새 집으로 이사를 가면 벽들을 나의 작품으로 전부 채우자고 했다.

내 집은 금방 팔렸다. 그 돈도 스프링이튼에서 잭이 발견한 집을 구매하는 데 보태기를 바랐지만 잭은 그럴 수 없다면서 집은 자신이 나에게 주는 결혼 선물이라고 했다. 어느 일요일에 그는 애덤과 다이앤의 집에 갔다 오다가 스프링이튼의 조용한 마을을 발견했는데, 런던에서 남쪽으로 30킬로미터쯤 떨어진 위치가 이상적이라고 생각했단다. 이사 가기 전에 약간 집을 수리해야 할 필요가 있어서 잭은 신혼여행에서 돌아오기 전까지는 집을 보여주지 않겠다고 했다. 어떤 집이냐고 계속 캐묻자 잭이 미소를 지으면서 그저 완벽하다고만 대답해주었다. 우리가 그렸던 그림이랑 같은지 묻자 물론 그렇다고 진지하게 대답했다. 내가 살던 집을 판 돈을 그에게 주면서 결혼 선물이니 새 집의 가구를 사는 데 써 달라고 거듭 설득하자 잭은 마지못해 동의했다. 본 적도 없는 집을 위해 가구를 사는 이상한 쇼핑이었지만 잭은 정확히 원하는 것이 있었고 그의 취향은 흠잡을 데가 없었다.

나는 결혼하기 한 달 전에 직장을 그만뒀다. 그리고 일주일 후 하루 종일 할 일이 없는 것도 지겹다고 응석 부리듯 불평했더니 잭이 빨간 리본을 묶은 상자를 가지고 집에 왔다. 열어보니 태어난 지 석 달쯤 된 래브라도 강아지가 빤히 나를 올려다봤다.

"너무 귀엽다!" 강아지를 안아 올리며 외쳤다. "어디서 난 거야? 당신 거야?"

"아니, 당신 거야. 이제 좀 바빠지겠지?"

"정말 그렇겠네." 나는 웃으며 강아지를 내려놓았다. 강아지는 마구 뛰며 사방을 둘러보았다. "하지만 태국으로 신혼여행을 가 있는 동안에는 어떻게 하지? 부모님께 봐달라고 부탁할 수도 있지만 들어주실지 모르겠어."

"걱정 마. 내가 다 생각해 놓았으니까. 우리가 여행 가 있는 동안 집을 돌봐줄 가정부를 구했어. 그냥 비워놓기도 그렇고 배달될 가구도 아직 남았으니까. 우리가 돌아올 때까지 가정부가 살면서 몰리도 돌봐줄 거야." "몰리?" 나는 강아지를 보았다. "정말 어울리는 이름이야. 밀리가 정말 좋아할 거야. 늘 개를 원했거든. 밀리와 몰리. 이름도 잘 어울려!"

"나도 그렇게 생각했어."

"밀리가 정말 좋아할 거야."

"당신은? 당신도 마음에 들어?"

"물론이지!" 나는 강아지를 들어 꼭 안았다. "정말 예뻐." 강아지가 내 얼굴을 핥기 시작하는 바람에 나는 웃음을 터뜨렸다. "태국에 갈 때쯤에는 두고 가기 싫어질 것 같아."

"돌아와서 다시 보면 얼마나 기쁠지도 생각해봐. 벌써 둘이 얼싸안고 좋아하는 모습이 그려지네." 잭도 미소를 지었다.

"밀리에게 어서 보여주고 싶어! 정말 고마워, 잭." 나는 그에게 부드럽게 키스했다. "당신이 하루 종일 바쁠 때 그 동안 내 곁에 있어줄 친구가 필요했어, 바로 이런 친구가. 우리가 살 동네에도 산책하기 좋은 곳이 있었으면 좋겠다."

"아주 많아. 특히 강가 쪽에."

"얼른 보고 싶어." 나는 행복에 차서 말했다. "집도 빨리 가고 싶고 당신과도 어서 빨리 결혼했으면 좋겠어!"

"나도 그래." 잭이 말하며 내게 키스를 돌려주었다.

몰리를 보내기 싫었지만 집을 돌봐줄 존스 부인이 아주 친절한 사람이고 기꺼이 몰리를 돌봐주기로 했다고 잭이 나를 안심시켰다. 며칠 전에 이삿짐 차량이 마지막으로 남은 내 물건을 스프링이튼으로 실어나르기 위해 떠난 후로, 나는 근처 호텔에서 묵고 있었다. 나는 밀리와 다음 날 있을 결혼식을 준비하기 위해 호텔로 갔다. 우리는 저녁 내내 드레스가 잘 맞는지 입어보고 결혼식을 위해 특별히 산 화장품을 발라보며 보냈다. 전통적인 웨딩드레스는 입고 싶지 않아서 몸에 달라붙어 몸매가 드러나면서도 종아리까지 내려오는 크림색 실크 원피스를 샀다. 밀리 역시 크림색 원피스를 골랐지만 자신이 들 부케와 똑같은 색의 분홍색 허리띠가 달린 점이 달랐다.

다음 날 아침, 드레스를 입은 내 모습은 내 생에서 최고로 아름다웠다. 아침 일찍 웨딩 부케가 호텔에 도착했다. 밀리의 것은 분홍 장미였고 내 것은 진한 붉은 장미가 늘어진 다발이었다. 잭이 우리가 결혼식을 올릴 호적등기소까지 나와 밀리를 데려다줄 차를 예약해두었기에, 노크 소리가 들리자마자 나는 밀리를 보냈다.

"1분만 있다가 나간다고 전해줘." 마지막으로 내 모습을 점검하기 위해 욕실로 들어서면서 소리쳤다. 완벽하다고 안심한 후에야 침실로 돌아와서 부케를 집어 들었다.

"정말 눈부셔."

나는 깜짝 놀라 고개를 들었다. 문간에 잭이 서 있었다. 어두운 색 정장에 진빨강 조끼를 받쳐 입은 그가 너무 잘생겨 보여 심장이 쿵 내려앉았다.

"정말 밀리만큼이나 아름다운걸."

잭 옆에 있던 밀리가 신나서 손뼉을 쳤다.

"왜 온 거야?" 나는 기쁘기도 하고 불안하기도 해서 외쳤다. "무슨 일 있어?"

잭이 다가와 나를 안아주었다. "보고 싶어서 기다릴 수가 있어야지. 그리고 이걸 가져왔어." 나를 놓아주며 주머니에서 검은 상자를 꺼냈다. "오늘 아침에 은행에 가서 찾아왔어." 상자 안에는 세련된 진주 목걸이와 귀걸이가 검은 공단 위에 놓여 있었다.

"잭, 너무 아름다워."

"어머니 것이었는데, 까맣게 잊고 있다가 어젯밤에야 생각났어. 오늘 당신이 이걸 하면 좋을 것 같아서. 마음에 들지 않으면 물론 안 해도 돼."

"꼭 하고 싶어." 나는 목걸이를 들어 걸쇠를 풀었다.

"자, 내가 해줄게." 잭이 목걸이를 받아서 내 목에 채워주었다. "어때?"

"드레스랑 너무 잘 어울려." 나는 거울을 보면서 목걸이를 매만졌다. "정확히 같은 크림색이잖아." 그러고는 하고 있던 금 귀걸이를 떼어낸 후 진주 귀걸이를 달았다.

"그레이스, 예쁘다, 아주아주 예쁘다!" 밀리가 웃으며 말했다.

"맞아." 잭이 진지하게 말하며 다른 쪽 주머니에서 작은 상자를 꺼냈다. "네 선물도 있어, 밀리."

밀리는 물방울 모양의 진주가 달린 은 목걸이를 보고 기쁨의 비명을 질렀다. "고마워, 잭. 지금 할래."

"정말 고마워, 잭." 나도 밀리의 목에 목걸이를 걸어주며 말했다. "하지만 결혼식 전에 웨딩드레스를 입은 신부를 미리 보면 안 좋다잖아."

"뭐, 운에 맡겨야지." 잭이 미소를 지었다.

"몰리는? 잘 데려다줬어?"

"그럼. 자, 봐." 잭이 전화기를 꺼내 바구니 안에 잠든 몰리 사진을 보여주었다.

"아, 바닥이 타일이네. 내가 미래에 살 집에 대해 한 가지는 알았어."

"지금으로선 그게 다일걸." 잭이 전화기를 주머니에 넣었다. "자, 이제 갈까? 내가 같이 가자니까 운전기사가 깜짝 놀라더군. 얼른 나가지 않으면 내가 다 취소하러 온 거라고 생각할지도 몰라."

잭이 나와 밀리를 각각 양옆에 두고 팔짱을 끼었고 우리는 그대로 내려가 호적등기소로 향했다.

도착하니 우리 부모님을 비롯해 모두 모여 우리를 기다리고 있었다. 부모님은 뉴질랜드로 이민 가기 위한 준비를 거의 다 마친 상태라 우리가 신혼여행에서 돌아오는 날로부터 2주 후에 떠나기로 되어 있었다. 그렇게나 서둘러 떠난다는 걸 알고 나는 약간 충격을 받았지만 생각해보면 그분들로서는 16년이나 미루고 기다려온 것이었다. 결혼식 전주에 부모님은 나와 잭과 식사하면서 공식적으로 밀리를 우리에게 맡기는 서류에 사인했다. 이제 우리가 밀리의 법적 보호자가 된 것이다. 우리 모두에게 흡족한 정리였다. 잭에게 경제적 부담을 넘긴 데 죄책감을 느꼈을 부모님은 도울 일이 있으면 돕겠다고 말했지만 잭은 단호하게 자신과 내가 밀리를 책임질 것이며 무엇도 부족하지 않게 하겠다고 약속했다.

하객들은 잭과 내가 밀리와 함께 차에서 나오는 것을 보고 놀랐다. 호적등기소 계단을 올라오는 우리를 본 하객들이 잭에게 롤스로이스가 타보고 싶어서 함께 온 거냐고 놀렸다. 아빠가 나를 에스코트하고 잭은 밀리를 에스코트했으며, 몇 년간 못 봤던 레너드 삼촌이 엄마에게 팔을 내밀었다. 계단을 다 올라갔을 때 밀리의 비명이 들려왔다. 돌아보니 밀리가 계단 아래로 굴러 떨어지고 있었다.

"밀리!" 나 역시 비명을 지르며 밀리의 이름을 불렀다.

계단 밑바닥에 처박힌 밀리에게 달려 내려간 나는 모여든 사람들을 헤치고 밀리 옆에 무릎을 꿇었다. 드레스가 더러워지는 건 안중에도 없었다. 꼼짝없이 누워 있는 밀리만이 중요했다.

"괜찮아, 그레이스. 숨을 쉬고 있어." 내가 정신없이 밀리의 맥을 확인하려는데, 옆에서 애덤이 외쳤다. "다이앤이 전화하고 있으니 곧 구급차가 도착할 거야."

"어떻게 된 거야." 나는 손을 떨며 밀리를 감히 들어올리지는 못하고 머리만 쓸어주었다. 내 옆에는 엄마와 아빠가 앉아 있었다.

"그레이스, 정말 미안해." 고개를 들어보니 잭의 얼굴이 하얗게 질려 있었다. "밀리가 갑자기 비틀거려서……. 드레스 자락에 발이

걸린 것 같아. 어떻게 할 새도 없이 넘어져버렸어. 내가 잡으려고 했는데 놓쳤어.”

“괜찮아.” 내가 재빨리 말했다. “당신 잘못이 아냐.”

“내가 좀 더 꼭 잡았어야 했는데.” 잭이 머리를 마구 쓸어 넘기며 당황해서 말을 이었다. “계단은 늘 조심해야 한다는 걸 생각했어야 했는데…….”

“다리가 이렇게 꺾이다니…….” 아빠가 중얼거렸다. “부러진 것 같네.”

“맙소사…….” 나는 신음하듯 말했다.

“밀리! 정신이 돌아오나 봐!” 엄마가 밀리의 손을 잡자 밀리가 몸을 꿈틀거렸다.

“괜찮아, 밀리.” 내가 말했다. “괜찮을 거야.”

금방 구급차가 왔다. 나도 따라가고 싶었지만 결혼을 해야 할 거 아니냐면서 엄마와 아빠가 가겠다고 했다.

“지금 어떻게 결혼식을 해요.” 나는 구급차 안으로 옮겨지는 밀리를 따라가며 흐느꼈다.

“왜 안 해?” 엄마가 강경하게 말했다. “밀리는 괜찮을 거다.”

“다리가 부러졌잖아요. 다른 데도 다쳤을지 모르고요.”

“결혼식을 취소한다고 해도 어쩔 수 없지.” 잭이 조용히 말했다.

“밀리가 얼마나 다쳤는지도 알 수 없는데 어떻게 다른 일을 할 수가 있어? 난 아무것도 못하겠어.”

구급대원들의 대처는 정말 훌륭했다. 내가 처한 상황을 이해하고 구급차 안에서 철저히 밀리를 검사한 다음, 다리 말고 다른 뼈는 안 부러진 것 같다고, 결혼식을 계속 진행하기를 원한다면 부모님이 밀리의 치료 경과를 알려줄 수 있을 거라고 말했다. 게다가 병원에 도착하자마자 엑스레이를 찍을 테니 계속 옆에 있을 수도 없다는 점을 지적했다. 나는 여전히 가슴이 아팠지만 그제야 잭이 어디 있는지 돌아보았다. 잭은 애덤이랑 조용히 이야기를 하고 있었는데, 그의 얼굴이 너무나 쓸쓸해 보였다. 나는 구급차에 올라 정신이 가물가물한 밀리에게 키스하고 작별 인사를 했다. 다음 날 아침 보러 가겠다고 약속한 후 부모님에게 잭의 휴대전화 번호를 알려주었다. 내 것은 두고 왔기 때문이다. 그리고 무슨 일이 있으면 바로 알려달라고 부탁했다.

"정말 식을 계속해도 괜찮겠어?" 구급차가 떠난 뒤 잭이 불안하게 물었다. "밀리가 다쳤는데, 다들 축하 기분을 내기도 힘들 것 같아. 밀리가 정말 괜찮은지 확실해질 때까지 기다리는 게 어떨까?"

나는 하객들을 바라보았다. 우리 결혼식이 계속 진행될지 알 수 없어 우왕좌왕하고 있었다. "우리만 괜찮으면 다들 괜찮을 것 같아." 그리고 잭을 보았다. "잭, 지금도 나랑 결혼하고 싶어?"

"물론이지. 무슨 일이 있어도. 하지만 당연히 당신 결정을 따라야지."

"그럼 결혼하자. 밀리도 그러길 바랄 거야." 거짓말이었다. 밀리는 왜 우리가 자기 없이 결혼식을 했는지 이해하지 못할 것이었다. 밀리를 배신한다는 생각에 자꾸 눈물이 솟아났다. 하지만 잭이 이런 내 모습을 보지 못하게 재빨리 눈을 깜빡여 눈물을 털어버렸다. 다시는 밀리와 잭 두 사람 중 하나를 선택해야 하는 일이 없었으면 하고 바랐다.

결국 우리가 결혼식을 올리기로 하자 다들 기뻐했다. 엄마도 몇 시간 후 전화를 해서 밀리는 다리가 부러진 것 말고는 다 괜찮다고 말해주었다. 안도와 동시에 힘이 빠지는 것 같았다. 피로연은 짧게 하고 저녁에 밀리를 보러 가고 싶었지만, 엄마는 밀리가 진통제를 먹고 푹 자고 있으니 다음 날 아침까지 깨우면 안 된다고 했다. 게다가 엄마가 밤새 병원에 있겠다고 해서 나는 다음 날 아침 공항으로 가는 길에 들르겠다고 했다.

그럭저럭 즐거운 저녁이기는 했지만 마지막 손님까지 떠나고 드디어 호텔로 향하게 되자 너무 기뻤다. 잭의 차가 아직 런던에 있어서 모이라와 자일스가 자기들 차 중에 하나를 빌려주었다. 자기들 차고엔 다른 차도 잔뜩 있으니 공항으로 갔다가 태국에서 돌아와 스프링이튼으로 갈 때도 사용하고 아무 때나 돌려주면 된다고 했다.

결혼식이 끝나고 호텔로 돌아온 나는 곧장 욕실로 가서 뜨거운 욕조에 몸을 담갔다. 그동안 잭은 혼자 위스키를 마셨다. 욕조에 있는 동안에도 밀리 생각이 떠나질 않았다. 그리고 드디어 그날 하루가 끝나 기쁠 뿐이었다. 물이 차가워지기 시작하자 욕조에서 나와 서둘러 몸을 말렸다. 결혼식 날 밤을 위해 특별히 구입한 크림색 실크 란제리와 팬티를 입은 모습에 잭이 어떤 표정을 지을지 기대되었다. 나는 설레며 문을 열고 방으로 들어갔다.

밀리를 보고 집으로 돌아오는 길에 나는 잭에게 금요일 전에 다이앤에게 전화해서 에스터와의 점심 약속에 참석할 수 없다고 알려야 한다고 말한다.

"그러지 말고 가는 게 좋을 것 같은데." 잭이 말한다. 이제는 그 말이 진심이 아니라는 것을 안다. 그동안 많이 들어왔기 때문이다. "벌써 두 번이나 취소했잖아." 섣부르게 희망을 품을 순 없다.

하지만 금요일 아침에 잭이 나에게 제일 예쁜 원피스를 입으라고 하자, 그토록 기다려왔던 순간이 드디어 온 건가 싶은 생각이 든다. 마음이 마구 앞서 너무 멀리까지 달려나간다. 결국 실망으로 끝난 경우들을 모두 떠올리며 마음을 다잡으려 애를 쓴다.

차에 타면서도 정말 점심 약속에 가는 건지 믿을 수가 없다. 하지만 차가 시내까지 들어가자, 믿을 수밖에 없게 된다. 나는 몹시 홍

분한 상태로 계획을 짜기 시작하는 한편 마음 한구석은 이 기회를 그냥 날려버리게 될까 봐 두려움에 사로잡힌다. 그러나 잭이 식당 밖의 길가에 주차하고 문을 열고 나가는 순간 내가 완전히 착각했다는 사실을 깨닫는다.

다이앤과 에스터는 벌써 자리에 앉아 있다. 손을 흔드는 그들에게 향하면서 씁쓸한 실망감을 숨기고, 내 허리에 닿아 있는 잭의 손을 의식한 채 미소를 짓는다.

"이번엔 나와줬네." 다이앤이 짧은 포옹을 해주며 말한다. "잭, 이렇게 와주다니 친절도 하지, 점심시간이라 나온 거예요?"

"오전에 집에서 일했어요. 오늘은 사무실에 오후 늦게 가도 돼서, 불청객으로 끼고 싶다고 생각했죠. 그 대신 점심 값은 당연히 제가 내죠."

"그렇다면 기꺼이 끼워드리죠." 다이앤이 웃으며 말했다. "어차피 원래 네 사람용 자리니까."

"하지만 잭 얘기는 꺼낼 수 없게 됐네요." 에스터가 농담을 던졌다. 잭이 다른 자리에서 의자를 끌어오는데, 언뜻 에스터의 말보다 더 정곡을 찌르는 말이 있을까 싶다. 정곡을 찌른다 해도 상황은 변하지 않겠지만.

"저 말고도 훨씬 재밌는 이야깃거리가 많을 텐데요." 잭이 미소지으며 나를 앉히고 웨이트리스를 불러 테이블 세팅을 하나 더 부탁한다.

"게다가 그레이스는 잭에 대해 좋은 얘기밖에 안 하겠죠. 그러니 재미없었을 거예요." 다이앤이 한숨을 쉰다.

"그래도 사소한 단점 몇 개는 분명 찾아냈을 텐데." 에스터가 도발하듯 나를 쳐다본다. "안 그래요, 그레이스?"

"글쎄요. 보다시피 잭이 꽤 완벽해서요."

"참 나, 그럴 순 없죠! 분명 뭐라도 있을 거예요!"

나는 눈살을 찌푸리며 생각에 잠긴 척해 보인다. 그러고 나서 유감스럽다는 듯 고개를 절레절레 흔든다. "없네요. 미안해요. 정말로 아무것도 생각이 안 나요. 꽃을 너무 많이 사줘서 꽃병이 부족하다거나 하는 걸 불평하면 모를까."

옆에 앉은 다이앤이 짜증을 낸다. "그건 단점이 아니잖아, 그레이스." 그리고 잭을 본다. "저렇게 아내에게 나쁜 버릇을 들이는 법, 애덤에게는 안 가르쳐줄 거죠?"

"우리에 비해 둘은 결혼한 지 얼마 안 됐잖아. 게다가 아이도 없고. 시간이 지나고 아기가 생기면 신사도 같은 건 멀리 날아가 버리게 마련이지." 에스터가 잠시 쉬었다가 묻는다. "결혼하기 전에 같이 오래 안 살았나요?"

"같이 살 시간이 없었어요." 잭이 설명한다. 만난 지 여섯 달도 안 되어서 결혼했거든요."

에스터가 눈썹을 추켜올린다. "와, 빨랐네요!"

"그레이스가 내 짝이라는 걸 알게 되니 시간을 끌 필요가 없겠더라고요." 하면서 잭이 내 손을 잡는다.

에스터가 나를 보며 보일 듯 말 듯한 미소를 짓는다. "결혼해보니 벽장 속에 해골이 들어 있진 않았고요?"

"하나도 없더라고요." 나는 웨이트리스에게서 메뉴를 받아 열심히 들여다본다. 에스터의 취조를 피하고 싶기도 하지만 배가 고프기도 하다. 할인가 메뉴를 보니 안심 스테이크에 버섯, 양파, 감자튀김이 포함된다. 이거다.

"조금이라도 살찔 거 먹을 사람?" 다이앤이 간절한 눈빛으로 주위를 둘러보며 묻는다.

에스터는 고개를 저었다. "미안, 난 샐러드로 할래."

"나는 안심 스테이크 먹을 거야." 내가 말한다. "감자튀김도 곁들여서. 디저트로 초콜릿 퍼지 케이크도 먹을까 봐."

"그렇다면 난 에스터랑 샐러드 먹고 너랑 퍼지 케이크 먹을래." 다이앤이 신나서 말한다.

"와인 드실 분?" 언제나 완벽한 접대자인 잭이 묻는다.

"난 됐어요." 다이앤이 거절하자 나도 아쉽지만 알코올은 포기하기로 한다. 잭은 낮엔 절대 술을 안 마시니까.

"난 좀 마시고 싶은데." 에스터가 말한다. "하지만 그레이스와 잭이 안 마시면 관둘래요."

"나는 오후에 할 일이 많아서요." 잭이 말한다.

"내가 마실게요." 내가 에스터에게 말한다. "레드? 아니면 화이트?"

음식을 기다리는 동안 지역 음악 축제로 화제가 옮겨간다. 매년 7월에 열려 조금 떨어진 지역에서도 사람들이 오는 꽤 유명한 축제로 우리 세 부부가 살고 있는 마을과 적당히 가까운 곳에서 열린다. 구경 가기 좋을 만큼은 가깝고 수천 명의 사람들에게 시달리지 않아도 될 정도는 떨어져 있다. 다이앤과 애덤은 늘 축제에 갔지만 잭과 나는 한 번도 참석한 적이 없다. 다이앤은 다 같이 가자며 우리도 끌어들인다. 음악 얘기를 하다가 에스터가 피아노를 치고 루퍼스는 기타를 친다는 사실을 알게 된다. 나는 아무것도 못한다고 했더니, 에스터가 독서를 좋아하냐고 묻는다. 나는 그렇다고 말하면서 하지만 별로 못 읽는다고 대답한다. 우리가 좋아하는 책 얘기를 하는데 에스터가 최근 나온 베스트셀러를 언급하며 읽어봤냐고 묻는다. 아무도 읽은 사람이 없다.

"빌려줄까요?" 에스터가 묻는데 웨이트리스가 우리 음식을 가져온다.

"그럼 고맙죠." 에스터가 다이앤이 아닌 내게 책을 빌려준다니, 나는 내 처지도 잊고 감동한다.

"오늘 오후에 갖다줄게요." 에스터가 제안한다. "금요일엔 수업이 없거든."

그제야 생각난다. "그냥 우편함에 넣어야 할지도 몰라요. 정원일을 하고 있으면 초인종 소리가 안 들리거든요."

"그 정원 꼭 한번 보고 싶어요." 에스터가 반색한다. "그렇게 식물을 잘 키운다는 얘기까지 잭한테 들으니."

"힘들게 갖다주지 않아도 돼요." 잭이 때맞추어 끼어들며 지뢰를 제거한다. "그레이스가 사서 보면 되죠."

"전혀 힘들 게 없는데." 에스터가 자기 샐러드를 바라보며 좋아한다. "와, 정말 예쁘네요."

"식사 마치고 나서 아예 사러 가죠, 뭐. 바로 저기가 서점이잖아요."

"금요일에만 일을 안 하는 거예요?" 나는 화제가 바뀌길 바라며 에스터에게 묻는다.

"아뇨, 화요일도 일 없어요. 교사 하나와 내가 수업을 나눠서 하니까."

"나도 그랬으면 좋겠다." 다이앤이 부러운 듯 말한다. "아이들 키우면서 온종일 일하는 건 쉽지 않아. 그렇다고 일을 그만두긴 싫고. 우리 사무실은 일을 나눠서 하는 법 따위는 몰라."

에스터가 나를 바라본다. "일에 미련이 없다니 믿을 수가 없어요. 결혼 전 직장이 꽤 재밌어 보이던데."

나는 스테이크를 자르는 데 온 신경을 집중한다. 예전의 삶이 떠오르면 아무렇지 않은 척하기 힘들어지니까. "전혀요. 지금도 얼마나 할 게 많은데요."

"그림, 정원 일, 독서 말고 또 취미가 있어요?"

"아, 이것저것 조금씩요." 말하고 보니 한심하다.

"그레이스가 아직 말 안 했나 봐요. 자기 옷도 많이 만든답니다." 잭이 끼어든다. "저번에는 예쁜 드레스도 만들었죠."

"정말요?" 에스터가 흥미롭다는 듯이 나를 본다.

이 정도쯤이야 눈 하나 깜짝하지 않고 대처할 수 있다. "그냥 집에서 입는 홈드레스였어요. 외출용이나 그런 복잡한 건 못 만들어요."

"바느질도 잘하는지 몰랐네." 다이앤이 눈을 반짝인다. "나도 바느질을 잘했으면."

"나도." 에스터가 말한다. "좀 가르쳐줘요, 그레이스."

"바느질 모임을 만들어서 그레이스를 선생님으로 모시면 되겠다."

"정말 잘 못해. 그래서 한 번도 얘기 안 한 건데. 내가 만든 옷 누가 보자고 할까 봐 겁날 정도야."

"뭐, 요리 실력을 보면 바느질도 정말 잘할 것 같은데."

"정말 언제 보여줘요."

끊임없이 대응해줘야 하는 관심에 너무 긴장돼 후식은 먹지 말까 하는 생각까지 든다. 내가 후식을 안 먹으면 에스터는 방금 조금도 더 못 먹겠다고 선언을 했으니 다이앤도 못 먹을 것이고 식사는 바로 끝날 것이다. 나는 장점과 단점을 저울질해본다. 하지만 초콜릿 퍼지 케이크의 유혹이 너무 강하다. 와인을 한 모금 더 마시며 에스터가 나에 대한 심문을 그만 거두고 다이앤에게 관심을 돌리기를 고대한다.

내 마음을 읽은 듯 에스터는 다이앤의 아들에 대해 물어본다. 아들의 식습관은 다이앤이 제일 좋아하는 화제라, 아이들에게 야채를 먹이는 법에 대한 대화가 오가는 동안 나는 잠시 한숨을 돌린다. 잭은 정말 관심이라도 있는 듯 대화를 경청한다. 다시 밀리 생각이 나자 주말에 또 보러 가지 못하면 밀리가 얼마나 실망할까 걱정이 된다. 가지 못하는 이유를 점점 더 설명하기가 힘들어지고 있다. 또 이렇게 밀리가 지금과 같지 않았더라면, 하고 바라게 될 줄은 몰랐다. 이제 나는 늘 밀리가 다운증후군이 아니었더라면, 나한테 의존하지 않고도 혼자 잘 살 수 있었더라면 하고 다시 또다시 바란다.

다이앤이 나를 위해 디저트를 주문하는 바람에 화들짝 놀라며 정신이 돌아온다. 에스터가 무슨 생각에 빠져 있었냐고 묻자 밀리를 생각하고 있었다고 대답한다. 다이앤이 최근에 보러 갔었냐고 물어 지난 일요일에 만나서 잭이 근사한 점심을 샀다고 대답한다. 이번 주에도 보러 갈 거냐고 누가 묻기를 기다려보지만 아무도 묻지 않는다. 난 아직도 희망을 버리지 못한다.

"같이 살게 되길 고대하고 있겠네요." 디저트가 도착하자 에스터가 말한다.

"네, 그래요." 내가 대답한다.

"밀리가 앞으로 살 집에 대해 뭐라고 해요?"

나는 잔을 든다. "사실은 아직 못 봤어요."

"하지만 이사 온 지 1년이나 됐잖아요."

"네, 하지만 밀리에게 보여주기 전에 완벽히 해놓고 싶어서요." 잭이 설명한다.

"내가 보기엔 완벽하던데요."

"아직 밀리 방을 다 꾸미지 못했어요. 실은 밀리 방을 고치는 게 너무 재밌더라고요. 그렇지, 여보?"

갑자기 눈물이 나올 것 같아서 나는 정신을 바짝 차리고 재빨리 고개를 끄덕인다. 에스터가 나를 빤히 쳐다보고 있다.

"어떤 색 방으로 만들고 있어요?" 다이앤이 묻는다.

"빨간색이요." 잭이 대답한다. "밀리가 제일 좋아하는 색이죠." 그러고는 내 초콜릿 퍼지 케이크를 본다. "어서 먹어, 여보."

숟가락을 든다. 어떻게 하면 잭이 말한 대로 할 수 있을까.

"맛있겠다." 에스터가 말한다. "나랑 나눠 먹기 싫죠?"

나는 내키지 않는 척을 하는데, 어차피 잭이 다 눈치챘을 텐데 연기를 하고 있는 스스로가 한심하게 느껴진다. "얼마든지 들어요." 내 포크를 에스터에게 준다.

"고마워요." 에스터가 케이크를 자른다. "그레이스는 잭이랑 다른 차를 타고 왔어요?"

"아뇨, 같이 왔어요."

"그럼 그레이스는 내가 데려다줄게요."

"괜찮아요. 내가 데려다주고 사무실에 가면 돼요."

"갔다가 또다시 온다고요?" 에스터가 얼굴을 찌푸린다. "여기서 바로 고속도로 타고 런던 가면 되는데. 집에는 내가 데려다줄게요. 가는 길이니까요."

"정말 친절하시네요. 하지만 사무실 가기 전에 집에서 가져와야 할 서류가 좀 있어요. 서류를 가져왔으면 기꺼이 그레이스를 부탁드렸을 텐데요."

"다음에 하죠, 뭐." 에스터가 나를 쳐다본다. "그레이스, 우리 전화번호 교환할까요? 이번에는 내가 저녁 초대를 하고 싶은데, 루퍼스랑 스케줄을 좀 살펴봐야 해요. 곧 베를린으로 출장을 가야 해서."

"물론이죠." 내가 집 전화번호를 불러주자 에스터는 자기 휴대전화에 번호를 입력한다.

"휴대전화 번호는요?"

"없어요."

에스터가 깜짝 놀란다. "없다고요?"

"네."

"왜요?"

"필요가 없으니까요."

"하지만 열 살 이상, 팔십 대 이하는 휴대전화가 없는 사람이 없
잖아요!"

"음, 난 필요가 없더라고요." 내 처지를 잠시 잊고 에스터의 반응
을 은근히 재밌어하며 대꾸한다.

"정말 엄청나지?" 다이앤이 말한다. "사라고 설득해봤는데 꿈쩍
도 않더라고."

"그럼 외출했을 때는 어떻게 연락해야 돼요?"

"못하죠." 내가 어깨를 으쓱한다.

"그거 참 괜찮네." 다이앤이 심드렁하게 말한다. "쇼핑이라도 가
면 애덤이나 애들이 전화해서 뭐가 어딨냐, 언제 오냐, 묻지 않는 적
이 없어. 허구한 날 테스코 계산대에서 정신없이 물건들 주워 담으
며 전화로 집안일까지 해결해야 하니, 생각만 해도 넌더리가 나."

"하지만 무슨 문제라도 생기면 어떻게 해?" 여전히 납득을 못하
는 에스터가 묻는다.

"휴대전화가 없을 때도 잘 살았는데 뭘." 내가 지적한다.

"그랬죠. 중세 유럽 암흑기에는." 에스터가 잭을 쳐다본다. "잭,
아내 휴대전화 좀 사줘요!"

잭이 손을 양쪽으로 들어 어깨를 으쓱한다. "나도 기꺼이 그러고
싶죠. 하지만 사줘도 안 쓸 거예요."

"그럴 리가 없어요. 얼마나 편리한지 알게 되면……."

"잭이 맞아요. 난 안 쓸 거야."

"설마 컴퓨터는 있죠?"

"물론이죠."

"그럼 이메일 주소 알려줄래요?"

"네, jackangel@court.com이에요."

"그건 잭의 메일 주소 아녜요?"

"나도 같이 쓰는 거예요."

에스터가 전화기에서 고개를 들고 황당하다는 표정으로 건너다본다. "당신 메일 주소는 없고요?"

"뭐 하려요? 잭과 나는 서로 비밀이 없답니다. 게다가 이메일도 주로 우리를 저녁에 초대하거나 하는 경우라서요. 잭도 관련된 일이니까 같이 이메일을 보는 게 편하죠."

"특히 그레이스가 나한테 얘기해주는 걸 자주 잊어버려서요." 잭이 너그러운 미소를 띠며 나를 바라본다.

에스터가 생각에 잠긴 듯한 표정으로 우리 둘을 바라본다. "정말 일심동체가 따로 없네요. 뭐 전화기가 없으니 내 전화번호를 적으려면 종이와 펜을 써야겠군요. 가지고 다녀요?"

당연히 안 가지고 다닌다. 하지만 "글쎄요" 하면서 의자 등에 걸쳐놓은 핸드백을 찾아보는 척한다.

에스터가 먼저 들어 건네준다. "맙소사, 아무것도 들어 있지 않은 것 같아!"

"짐이 될 건 안 가지고 다녀." 나는 가방을 열고 들여다본다. "미안해요. 없네."

"그럼 내가 적을게요." 잭이 자기 전화기를 꺼낸다. "이미 집 전화번호는 루퍼스에게 받았고요. 에스터의 휴대전화 번호를 줄래요?"

에스터가 부르는 동안 나는 그 번호를 머릿속에 저장하려 애를 쓰지만 끝 번호가 가물가물하다. 눈을 감고 생각해내려 해도 불가능하다.

"고마워요, 에스터. 집에 도착하면 그레이스에게 적어주죠." 잭의 말에 나는 눈을 뜬다.

에스터가 호기심 어린 표정으로 나를 쳐다본다. "잠시만. 가운데가 721이었나, 712였나?" 에스터가 미간을 찌푸린다. "자꾸 헷갈리네. 끝 부분은 쉬운데. 9146의 앞부분이 어려워. 확인 좀 해줄래, 다이앤?"

다이앤이 자기 전화기를 꺼내 에스터의 번호를 확인해준다. "응 그래…… 07517129146. 맞아요, 잭?"

"네, 잘 적었어요. 자, 커피 드실 분?"

하지만 우리는 생략하기로 한다. 다이앤은 사무실에 돌아가야 하고 에스터는 마시지 않겠다고 한다. 잭이 계산서를 요청하고 다이앤과 에스터는 화장실로 사라진다. 나도 가고 싶지만 굳이 위험을 무릅쓰지 않는다.

계산을 마치고 잭과 나는 다이앤과 에스터에게 인사한 후 차로 간다.

"그래서, 나의 완벽한 아내, 점심은 즐거웠어?" 잭이 차 문을 열어주며 묻는다. 잭만의 지독한 의미를 담은 질문 가운데 하나다.

"별로."

"그토록 고대하던 디저트까지도?"

나는 침을 꿀꺽 삼킨다. "생각했던 것만큼은 아니었어."

"그럼 에스터가 먹어줘서 다행이었겠네?"

"난 그래도 먹었을 거야."

"그래서 나의 큰 즐거움을 빼앗고?"

나는 부르르 떤다. "물론이지."

잭이 눈썹을 치켜올린다. "이거 투지가 되살아난 건가? 정말 기쁘네. 솔직히 말하면 꽤 지루해지던 참이었어." 잭이 재미있다는 눈길을 던진다. "잘해 봐, 그레이스. 기대할게."

결혼식 날 밤에 목욕을 마치고 나왔을 때, 방에 아무도 없는 것을 보고 나는 경악했다. 잭이 전화 통화를 하러 나갔다고 생각하면서도 화가 났다. 결혼식 날 나보다 중요한 일이 있나 싶었다. 하지만 병원에 있는 밀리 생각이 나자 짜증은 곧바로 두려움으로 바뀌었다. 그리고 단 몇 초 만에, 뭔가 끔찍한 일이 일어났을 거라는 확신이 들었다. 엄마가 잭에게 전화를 했고 잭은 내가 통화 내용을 듣지 못하도록 나갔을 것이다.

나는 입구로 달려가 문을 확 열어젖혔다. 잭이 복도에서 서성거리며 뭔가 비극적인 소식을 어떻게 전하나 고민하고 있을 줄 알았다. 하지만 복도엔 아무도 없었다. 로비로 내려갔나 싶었지만 그를 찾으러 돌아다니는 데 시간을 낭비하기보다 전화를 하는 편이 나을 것 같아 짐 가방을 뒤져 휴대전화를 찾았다. 엄마에게 전화를 걸다가 엄마가 잭과 통화를 하고 있을 거란 생각이 들었다. 끊고 아빠에게 걸려는데 엄마가 전화를 받았다.

"엄마, 무슨 일이에요?" 엄마가 '여보세요'라고 하기도 전에 내가 울부짖었다. "합병증이라도 일어난 거야?"

"아니, 아무 일 없어." 엄마는 놀라 대답했다.

"그럼 밀리는 괜찮아?"

"응, 푹 잠들었어." 엄마는 잠시 말을 끊었다. "너 무슨 일 있니?"

나는 안도감에 침대에 주저앉았다. "잭이 없어졌어. 그래서 무슨 안 좋은 전화가 온 줄 알았지. 나한테 안 들리게 통화하려고 나간 줄 알았어."

"없어졌다니 무슨 소리야?"

"목욕하고 나와 보니 방에 없어."

"안내 데스크에 가거나 했겠지. 금방 돌아올 거야. 결혼식은 어땠어?"

"정말 좋았어, 정말. 밀리 생각에 정신이 없긴 했지만. 밀리도 없이 결혼식을 하다니. 알게 되면 얼마나 실망할까."

"이해할 거야." 엄마가 달랬다.

밀리에 대해 아무것도 모르는 엄마에게 새삼 화가 났다. 밀리는 당연히 이해하지 못할 것이다. 또 눈물이 나려 해 진저리가 났지만, 이 모든 일에 더해 잭까지 사라지고 나니 더 이상 참기가 힘들었다. 엄마에게 내일 아침 보자고 말하고 전화를 끊었다. 나 대신 밀리에게 키스해달라고 부탁했다.

곧바로 잭에게 전화를 걸었다. 침착하자고 다짐했다. 우리는 싸운 적이 한 번도 없었고 저잣거리 아줌마들처럼 전화로 소리를 질러서 얻을 것은 없었다. 분명 의뢰인에게 무슨 일이, 태국으로 떠나기 전에 급히 해결해야 하는 문제가 생겼을 것이다. 잭도 결혼식 날 방해를 받아 나만큼이나 짜증이 났을 것이다.

다행히 신호가 걸려 안도했다. 누구랑 통화하고 있지 않으니 문제가 해결되었을 수도 있다고 기대해보았다. 잭이 전화를 받지 않자, 좌절해 신음이 터져 나오는 것을 참고 음성 메시지를 남겼다.

"잭, 대체 어디야? 바로 전화해줄래?"

나는 전화를 끊고 안절부절못해 방을 서성였다. 그가 어디로 갔는지 도무지 알 수 없었다. 시계를 보니 아홉 시였다. 왜 전화를 받지 않는지, 왜 전화를 받을 수 없을지 온갖 추측을 다 해보았다. 회사 동료 중 하나가 호텔로 온 것일까? 10분이 지나고 다시 전화를 걸었다. 이번에는 바로 음성 메시지로 넘어갔다.

"잭, 제발 전화해줘." 목소리가 날카로워졌다. 내 전화를 받고 전화기를 껐을 거라는 생각이 들었다. "어디 있는 거야?"

나는 가방을 침대에 올리고 안에서 다음 날 여행을 떠날 때 입으려 했던 베이지 색 바지와 셔츠를 꺼냈다. 슬립 위에 재빨리 입고 주머니에 키 카드를 넣은 후 전화기를 들고 방을 나왔다. 너무 흥분해 승강기를 기다릴 수 없어 계단으로 로비까지 내려가 안내 데스크로 갔다.

"에인절 부인?" 젊은이가 나를 보고 미소를 지었다. "무얼 도와드릴까요?"

"실은 남편을 찾고 있어요. 혹시 봤나요?"

"예, 한 시간 전쯤, 두 분이 체크인한 지 얼마 안 되어서 내려오셨어요."

"어디로 갔는지 알아요? 혹시 바 쪽으로 갔나요?"

젊은이가 고개를 저었다. "출입구로 나갔어요. 차에서 뭔가 가져올 게 있는 줄 알았는데요."

"돌아오는 건 봤나요?"

"그러고 보니, 못 봤네요. 하지만 업무를 보느라 바빴기 때문에 제가 놓친 걸 수도 있습니다." 젊은이가 내 손에 들린 전화기를 보았다. "전화는 해봤나요?"

"네, 하지만 꺼져 있네요. 바에 있나 봐요. 이제 유부남이 된 슬픔에 잠겼나." 내가 애써 가볍게 대꾸했다. "찾아봐야겠네."

하지만 바에도 잭은 없었다. 호텔 안의 이런저런 라운지, 피트니스 클럽, 수영장까지 다 찾아보았다. 식당 두 곳을 더 확인하고 로비로 돌아가면서 음성을 하나 더 남겼다. 이제 목소리가 불안하게 갈라졌다.

"없나요?" 안내 데스크의 직원이 딱하다는 표정을 지었다.

나는 고개를 저었다. "아무 데도 없는 것 같아요."

"자동차는 주차장에 있나요?"

나는 밖으로 나가 자동차를 찾아 호텔 뒤의 주차장을 한 바퀴 돌았다. 자동차는 원래 주차해두었던 데에도, 그 어디에도 없었다. 로비로 돌아가 직원 얼굴을 보기 민망해 뒷문으로 들어가 계단을 달려 올라가며 그동안 잭이 돌아왔길 빌었다. 방이 그대로 비어 있는 것을 보자 울음이 터져 나왔다. 자동차가 없어졌으니 잭이 전화를 안 받는 건 당연했다. 그는 운전 중에는 절대로 전화를 받지 않으니까. 하지만 급한 일이 있어 사무실로 돌아가야 했다면 왜 욕실 문을 두드리고 나에게 알려주지 않았을까? 방해하고 싶지 않아서 그랬다면 왜 메모를 남기지 않았을까?

점점 더 걱정이 되어 나는 전화를 걸고 울음 섞인 음성을 또 남겼다. 10분 내로 다시 전화하지 않으면 경찰에 전화하겠다고. 경찰에 전화하는 건 가장 마지막 수단이 될 것이다. 먼저 애덤에게 전화를 할 테니까. 하지만 경찰 얘기를 꺼내면 잭도 내가 얼마나 걱정하는지 깨달을 것 같았다.

내 생애 가장 긴 10분이었다. 애덤에게 전화를 걸려는 찰나에 전화기가 울렸다. 문자였다. 떨리는 한숨을 내쉬고 열어보니 잭에게서 온 것이었다. 안도의 눈물이 흘러 글자가 잘 보이지 않았다. 하지만 상관없었다. 무슨 내용일지 짐작이 갔으니까. 부득이하게 일이 생겼고 걱정시켜서 미안하지만, 지금은 회의 중이라 전화를 받을 수 없다고. 곧 돌아갈 거고 사랑한다는 문자가 틀림없었다.

나는 티슈를 뽑아 눈물을 닦고 코를 푼 다음 문자를 보았다.

'그렇게 신경질적으로 굴지 마. 당신한테 안 어울려. 일이 좀 생겼어. 아침에 봐.'

너무 놀라 침대에 앉아 문자를 읽고 또 읽었다. 내가 뭔가 오해를 하고 있는 게 분명했다. 그가 이렇게 잔인하고 냉정하게 말을 할 수 있다는 게 믿어지지 않았다. 나에게 이런 식으로 말한 적은 한 번도 없었다. 목소리 한번 높인 적이 없었다. 마치 따귀를 얻어맞은 기분이었다. 게다가 왜 아침까지 못 온다는 거지? 분명 나는 해명을 들을 권리가 있고 최소한 사과라도 받아야 하지 않나? 분노가 치솟아 떨리는 손으로 잭에게 다시 전화를 걸었으나 받지 않았다. 자제력을 발휘해 음성을 남기지 않았으나 나중에 그 일을 두고두고 후회했다.

누군가와 간절히 얘기를 하고 싶어진 나는 문득 전화를 걸 사람이 아무도 없다는 사실을 깨닫고 정신이 번쩍 들었다. 부모님과는 전화를 걸어 울먹일 수 있는 관계가 아니었고, 잭이 결혼식 날 밤에 나를 혼자 내버려두었다는 말을 하는 건 어떤 친구에게도 너무 창피했다. 보통은 케이트나 에밀리에게 속내를 털어놓았지만 잭을 만난 이후로 얼마나 그 애들에게 소홀했는지 결혼식 때에야 깨달았다. 애덤에게 전화해서 잭에게 갑자기 무슨 일이 생겼는지 아냐고 물어볼까 싶었지만, 두 사람은 같은 분야에서 일하는 게 아니라 애덤도 알지 못할 것 같았다. 그리고 역시 잭에게 결혼식 날 나보다 더 중요한 일이 있을 수 있다는 게 수치스러웠다.

솟아오르는 눈물을 티슈로 닦으면서 상황을 이해해보려 애썼다. 다른 변호사들과 같이 있고 까다로운 상황에 붙잡혀 있다면 내 전화를 받기 힘들어 꺼버렸을 수 있다고 추측해보았다. 아마 여유가 생기면 바로 전화하려고 했을 것이다. 하지만 회의가 생각보다 길어졌다. 그러다 짧은 쉬는 시간 동안 내 메시지를 듣고 내 말투에 화가 나서 전화를 거는 대신 쏘아붙이는 문자를 보냈을지 모른다. 그리고 직접 대화를 하면 지나치게 격앙되어 있는 나를 얼른 달래고 다시 회의에 참석하기 힘들 거라고 생각했을지 모른다.

이렇게 생각하니 다 말이 되는 것 같아서 신경질적으로 행동했던 게 후회가 되었다. 잭이 화를 내는 것도 당연했다. 나는 이미 그의 일이 우리 관계에 얼마나 영향을 미치는지 경험했다. 잭이 너무 지치거나 스트레스를 받아 섹스를 할 수가 없었던 때가 얼마나 많았는지. 잭은 사과하고 이해해달라고 부탁했다. 업무 특성상 정신적으로나 육체적으로 수시로 일에 매여 내 곁에 있어줄 수 없을 때가 많을 거라는 걸. 우리가 한 번도 싸운 적이 없다는 사실이 자랑스러웠는데, 이제 첫 번째 장애물에 걸려 넘어져버렸다.

나는 이제 잭만 다시 볼 수 있으면 더 바랄 게 없었다. 그에게 미안하다고 말하며 그의 품에 안겨 나를 용서한다는 그의 말을 듣고 싶었다. 그의 문자를 다시 읽으며 아침이라는 게 새벽을 말할지도 모른다고 생각하니 훨씬 차분해지면서 갑자기 피로가 몰려왔다. 나는 옷을 벗고 침대에 들어갔다. 오래 지나지 않아 잭의 손길에 깨어날 거라는 달콤한 생각에 잠겼다. 그리고 밀리도 계속 잘 자고 있었으면 좋겠다는 생각을 하며 깊은 잠에 빠져들었다.

잭이 다른 여자와 밤을 보냈을지 모른다는 생각이 든 것은 다음 날 아침 여덟 시가 지나서 눈을 뜨고 결국 잭이 돌아오지 않았다는 것을 깨달은 뒤였다. 공포심과 싸우며 나는 전화기를 들어 메시지를 확인해보았다. 혹시 몇 시에 도착한다는 내용이라도 있는지. 하지만 아무것도 없었다. 혹시 나를 깨우지 않고 사무실에서 몇 시간이라도 자려고 했을 수도 있으니 전화를 걸면 그를 깨울 수 있다는 생각에 전화를 걸기가 망설여졌다. 그러나 전화로라도 그의 목소리를 듣지 않고는 견딜 수 없을 것 같았다. 역시 음성으로 넘어갔다. 나는 깊이 숨을 들이쉬고 최대한 정상적인 말투로 호텔에 언제 올건지 알려달라고, 공항으로 가는 길에 밀리가 입원한 병원에 가야한다고 말했다. 그러고 나서 샤워를 하고 옷을 입은 다음 앉아서 기다렸다.

잭을 기다리며 나는 우리가 탈 비행기가 몇 시에 출발하는지도 모른다는 사실을 깨달았다. 어렴풋이 오후에 출발한다고 들은 기억이 났다. 그래도 몇 시간 후면 공항에 도착해야 한다. 거의 한 시간이 지나서 마침내 잭에게 문자가 왔을 때 그의 말투를 보고 다시 한 번 당혹스러웠다. 사과도 없었고 열한 시에 주차장으로 나오라는 지시 말고는 아무 말도 없었다. 두 개의 짐 가방과 내 손가방 하나를 간신히 끌고 승강기를 타는데 불안감에 배 속이 요동쳤다. 카운터에 방 열쇠를 반납할 땐 어젯밤의 그 직원이 아니라 젊은 여자로 바뀌어 있어서 다행이었다. 이 직원만이라도 내가 남편을 잃어버린 여자라는 걸 모르길 바랐다.

짐꾼 하나가 나를 도와 주차장까지 짐을 날라주었다. 나는 그에게 남편이 기름을 채우러 갔다고 하고서 근처 벤치에서 기다리겠다고 했다. 따뜻한 호텔 안에서 기다리는 게 낫지 않느냐는 말은 대충 넘겼다. 나는 태국까지 무거운 코트를 가지고 가고 싶지 않았고 차를 타고 호텔에서 공항으로 바로 이동하면 바깥에 나갈 일이 거의 없을 줄 알았기에, 주차장을 휩쓰는 사나운 바람에 턱없이 얇은 재킷 하나만 입고 있었다. 25분 후에 잭이 나타날 때쯤엔 추위에 파랗게 질려 눈물이 쏟아지기 직전이었다. 차를 바로 앞에 세운 잭이 차에서 나와 나에게 걸어왔다.

"차에 타." 잭이 명령하듯 말하면서 짐 가방을 들어 트렁크에 넣었다.

너무 추워 뭐라고 대꾸하지도 못한 채 나는 비틀거리며 차에 타 좌석 위에서 몸을 웅크렸다. 그저 온기만을 바랐다. 그리고 잭이 말하길, 무슨 말이라도 하길 기다렸다. 그러면 왜 내가 전혀 모르는 사람 옆에 앉아 있는 것 같은지 조금이라도 파악할 수 있을 것 같았다. 침묵이 너무 길어지자 나는 용기를 그러모아 그를 쳐다보았다. 충격적이게도 그의 얼굴에는 아무런 감정도 담겨 있지 않았다. 나는 분노나 스트레스 혹은 짜증 같은 것을 예상했다. 하지만 그는 아무렇지도 않은 표정이었다.

"잭, 무슨 일이야?" 나는 불안하게 물었다.

잭은 아무 말도 듣지 못했다는 듯 반응이 없었다.

"젠장, 잭!" 내가 울부짖었다. "대체 무슨 짓이야?"

"제발 욕은 하지 마." 잭이 역겹다는 듯 말했다.

황당해진 나는 그를 보았다. "그게 할 말이야? 말 한마디 없이 사라져서 결혼식 날 밤에 나를 혼자 내버려둔 것도 모자라 약속 시간보다 30분이나 늦게 나타나 기다리다 얼어 죽게 만들어놓고! 내가 화내는 게 당연하지 않아?"

"아니, 당신에겐 화낼 권리가 없어."

"무슨 말도 안 되는 소리야? 누구 다른 사람 있어, 잭? 그래서 이러는 거야? 지금까지 거기 있었던 거야?"

"당신이야말로 말도 안 되는 소리를 하는군. 당신은 내 아내야, 그레이스. 내가 왜 다른 사람이 필요하겠어?"

어이가 없어 나는 절망스럽게 고개를 흔들었다. "이해가 안 돼. 그럼 직장에 무슨 일이 생긴 거야? 나한테는 말할 수 없는?"

"태국에 가서 다 설명해줄게."

"왜 지금은 못 해? 제발, 잭, 무슨 일이야?"

"태국에서 말할게."

이런 분위기로는 태국에 갈 마음이 나지 않는다고 말하고 싶었지만, 일단 가면 왜 우리 결혼이 시작부터 이렇게 어그러지는지 최소한 설명이라도 들을 수 있을 거라는 데서 위안을 찾고 싶었다. 아무래도 뭔가 직장에서 문제가 생겨서 그러는 것 같았기 때문에 앞으로도 계속 이런 일이 더 일어날지 모른다는 걱정을 하지 않을 수 없었다. 전혀 몰랐던 남자와 결혼 생활을 어떻게 해나갈지 암담하다는 생각에 골몰하느라 한참이 지나서야 우리가 바로 공항으로 가고 있다는 사실을 깨달았다.

"밀리는 어쩌고? 보러 가기로 했잖아!"

"유감이지만 이미 늦었네. 훨씬 전에 빠져나갔어야 했는데."

"병원에 들렀다가 가야 한다고 내가 메시지도 남겼잖아!"

"차에 타고서 아무 말도 하지 않기에 마음이 바뀐 줄 알았지. 게다가 시간이 없어."

"하지만 오후 비행기라며!"

"세 시야. 그러니 열두 시까지 가야지."

"약속했단 말이야! 오늘 아침에 보러 가겠다고!"

"언제? 언제 그런 말을 했어? 기억이 안 나는데."

"구급차 안에서!"

"그땐 의식이 없었잖아. 기억도 못 할 거야."

"그게 문제가 아니잖아! 어쨌든 엄마에게도 들른다고 했으니까 엄마가 밀리에게 말했을 거야."

"나랑 먼저 의논을 했으면 그럴 수 없다고 알려줬을 텐데."

"당신이랑 연락도 안 됐잖아! 잭, 제발 차를 돌려. 아직 시간 있어. 발권 창구는 열두 시부터 열겠지만 한참은 열어둘 거야. 오래 있지 않을게. 약속해. 그냥 얼굴만 볼게."

"유감스럽지만 그럴 수가 없는 상황이야."

"왜 이러는 거야? 밀리가 어떤지 알잖아. 내가 가지 않는 걸 이해하지 못할 거야." 내가 울부짖으며 말했다.

"그럼 전화로 설명해. 전화해서 판단을 잘못했다고 말해."

절망한 나는 울음을 터뜨렸다. "나는 잘못 판단한 거 없어. 시간은 넘쳐났다고. 당신도 알잖아!" 나는 흐느끼며 말했다.

잭 앞에서 운 건 처음이었다. 눈물에 호소하는 게 창피했지만 잭이 얼마나 부당한 소리를 하고 있는지 깨닫길 바랐다. 그래서 잭이 막판에 차를 돌리고 도로를 빠져나가 휴게소로 가는 출구로 접어들자 그가 되돌아갈 거라고 생각한 나는 눈물을 닦고 코를 풀었다.

"고마워." 내가 말하는데 그가 차를 멈췄다.

잭이 시동을 끄고 나를 향해 몸을 돌렸다. "내 말 잘 들어, 그레이스. 만일 돌아가서 밀리를 보고 싶으면 그렇게 해. 이 차에서 내려 택시를 타고 병원으로 가. 나는 공항으로 갈 거야. 하지만 당신이 병원으로 간다면 나랑 태국에는 못 가겠지. 아주 간단한 상황이야."

나는 고개를 저으며 다시 눈물을 줄줄 흘리기 시작했다. "어떻게 이럴 수가 있어. 당신과 밀리 사이에서 선택을 하게 만들다니. 날 사랑한다면 이럴 순 없어."

"하지만 난 그렇게 하고 있어."

"어떻게 선택을 해?" 내가 잭을 비통하게 쳐다보았다. "둘 다 사랑하는데!"

잭이 짜증 섞인 한숨을 쉬었다. "그런 판에 박힌 소리를 늘어놓다니 슬프네. 이건 아주 간단한 문제야. 이미 공항까지 잘 왔는데 내가 밀리를 보러 돌아가지 않는다고 우리 결혼을 정말 끝내버릴 거야? 내가 당신에게 그것밖에 안 돼?"

"아니, 당연히 아니지." 나는 울음을 삼켰다.

"게다가 이제까지 주말마다 밀리와 그 많은 시간을 보냈고 그러면서 아무 불평도 하지 않았던 나에게 고맙지 않아?"

"응. 고마워." 나는 주눅이 들었다.

잭은 만족스레 고개를 끄덕였다. "그럼 어떻게 할래, 그레이스? 공항이야, 병원이야? 남편이야, 동생이야?" 잭이 잠시 사이를 두고 물었다. "나야, 밀리야?"

"당신이지, 잭." 나는 조용히 대답했다. "물론 당신이야."

"좋아. 그럼 당신 여권 어디 있지?"

"내 가방에." 내가 웅얼거렸다.

"나한테 줄래?"

나는 가방에서 여권을 꺼내 건네주었다.

"고마워." 잭이 내 여권을 재킷 안주머니에 넣더니 더 이상 아무 말 없이 차에 시동을 걸고 휴게소를 빠져나갔다.

그런 일을 방금 겪고 나서도 나는 잭이 나를 밀리에게 데려다주지 않는다는 게 도무지 믿기지 않았다. 방금 무슨 시험 같은 걸 치른 게 아닐까, 그리고 내가 잭을 선택했으니 이제 병원으로 데려가주지 않을까 하는 생각마저 들었다. 차가 다시 공항으로 가는 것을 보고 나는 절망했다. 밀리 때문이 아니라 잭을 만난 지난 여섯 달 동안, 그의 이런 면을 전혀 눈치챌 수 없었다는 사실 때문이었다. 잭이 세상에서 가장 친절하고 합리적인 사람이 아닐 수도 있다는 생각은 해본 적이 없었다. 모든 나의 본능적 감각들이 당장 차를 세우고 빠져나오라고 소리치고 있었다. 하지만 정말 그렇게 할 경우 무슨 일이 벌어질지 두려웠다. 잭의 분위기로 보아 그는 위협한 대로 혼자 태국으로 가버릴지도 몰랐다. 정말 그렇게 되면 나는 어떻게 될까? 우리는? 우리 결혼은? 공항에 도착하자 나는 너무 스트레스가 심해 속이 울렁거릴 정도였다.

카운터 앞에 줄을 서 있는데, 잭이 엄마에게 전화를 해서 병원에 못 간다고 해야 하지 않겠냐고 했다. 일찍 전화하는 게 모두를 위해 더 좋을 거라면서. 여전히 잭의 태도에 어리둥절한 채로 나는 시키는 대로 했다. 전화가 곧바로 음성 메시지로 넘어가는 게 잘된 건지 아닌지도 판단할 수 없었다. 아무래도 밀리와 직접 통화하지 못하고 메시지만 남기는 게 차라리 나을 것 같았다. 내가 비행기 시간을 잘못 알아서 결국 병원에 가지 못했다고, 밀리에게 나 대신 키스해주고 태국 가서 전화하겠다고 전해달라고 엄마에게 메시지를 남겼다. 전화를 끊는데 잭이 미소를 지으며 내 손을 잡았다. 처음으로 그의 손을 뿌리치고 싶었다.

우리 차례가 되자 잭이 직원에게 너무나 매력적으로 굴면서 우리는 신혼여행을 가는데, 결혼식 날 다운증후군이 있는 들러리가 계단에서 굴러 다리가 부러지는 끔찍한 일을 겪었다고 했다. 직원은 우리 좌석을 일등석으로 업그레이드해주었다. 그래도 기분이 조금도 나아지지 않았다. 오히려 잭이 밀리의 부상을 이용해 동정심을 얻어냈다는 사실이 혐오스러웠다. 이전의 잭이라면 이런 짓은 하지 않았을 것이다. 사실상 전혀 모르는 사람이 된 그와 2주를 함께 보내야 한다는 생각에 무서워졌다. 하지만 그 반대, 즉 잭에게 태국에 가지 않겠다고 말하는 것도 똑같이 두려웠다. 출국장을 지나면서도 내가 인생 최대의 실수를 저지르고 있다는 느낌을 떨치기 힘들었다.

출국장에서 잭이 내 어깨에 팔을 두르고 앉아 세상에 걱정할 것 하나 없는 사람처럼 신문을 읽자, 나는 더욱 혼란스러웠다. 나는 내가 전혀 즐길 기분이 아니라는 걸 잭이 알아주지 않을까 기대하며 제공되는 샴페인을 거절했다. 하지만 그는 선뜻 잔을 받으며 우리 사이에 벌어진 깊은 골에 전혀 영향을 받지 않은 것처럼 굴었다. 나는 우리가 겪은 이 일이 길고 행복한 결혼 생활로 이어질 연인들 간의 다툼, 일시적인 불화 이상은 아니라고 애써 스스로를 납득시키려 해보았다. 하지만 그보다 훨씬 심각한 일임을 눈치채고 있었다. 어디서부터 잘못되었는지 알아내기 위해 지난 모든 일을 샅샅이 되돌아보았다. 아직 스물네 시간도 채 안 된, 욕실에서 나온 이후에 일어난 모든 일을 돌이켜보았다. 공황 상태가 되어 잭에게 남겼던 메시지가 떠오르자, 내가 뭔가 잘못한 건가 하는 생각까지 들었다. 하지만 그렇지 않았다. 잘못한 건 잭이라는 걸 나는 알고 있었다. 다만 이유를 알아낼 수 없어 지쳐버렸을 뿐이다. 갑자기 비행기에 얼른 타고 싶어 견딜 수 없었다. 열네 시간 동안 극진한 대접을 받다가 태국에 도착하면 정신이 좀 회복될 것 같았다.

아침도 먹지 못했고 출국장 라운지에서도 아무것도 먹지 않았기 때문에 비행기에 탈 때가 되자 배가 몹시 고팠다. 좌석을 찾아 앉을 때 잭이 세심히 배려하며 하나하나 다 챙겨주자 기분이 약간 좋아졌다. 긴장이 풀리니 눈이 감겼다.

"피곤해?" 잭이 물었다.

"응. 그리고 배가 고파. 기내식 오면 깨워줄래?"

"물론이지."

나는 비행기가 이륙하기도 전에 잠이 들었다. 다시 눈을 떴을 땐 기내가 어둠에 잠겼고 모두 잠이 든 듯했다. 잭만이 깨어 신문을 읽고 있었다.

나는 기가 막혀 잭을 쳐다보았다. "기내식 오면 깨워달라고 했잖아."

"안 깨우는 게 좋겠더라고. 하지만 걱정 마. 두세 시간 있으면 아침을 줄 거야."

"두세 시간이나 기다릴 수 없어! 어제부터 아무것도 안 먹었다고!"

"그럼 승무원한테 뭐 좀 갖다달라고 해."

나는 우리 사이를 나누는 칸막이 너머로 그를 노려보았다. 우리가 결혼하기 전이었다면 그는 직접 승무원을 불러주었을 것이다. 내가 사귀던 완벽한 신사는 어디로 갔을까? 모두 꾸민 것이었을까? 상냥함과 쾌활함이라는 외투를 걸치고 진짜 자신의 모습은 감춘 채 나에게 잘 보이려 했던 걸까? 내 시선을 느끼고 잭이 신문을 내려놓았다.

"당신 대체 누구야, 잭?" 내가 조용히 물었다.

"당신 남편." 잭이 답했다. "난 당신 남편이야." 그가 내 손을 잡더니 자신의 입술로 가지고 가서 키스했다. "좋을 때나 나쁠 때나. 아플 때나 건강할 때나. 죽음이 우릴 갈라놓을 때까지." 내 손을 놓고 잭이 버튼을 눌러 승무원을 호출했다. 승무원이 바로 왔다.

"아내에게 먹을 것 좀 갖다주겠어요? 저녁을 못 먹어서요."

"그러겠습니다, 선생님." 승무원이 미소를 지었다.

승무원이 간 후 잭은 "자, 만족해?" 하고 다시 신문을 읽기 시작했다. 애처롭고도 감격에 겨워 내 눈에 차오른 눈물을 보지 못한 것이 다행이었다. 음식이 도착하자 나는 허겁지겁 먹어치웠다. 딱히 잭과 얘기하고 싶은 마음이 들지 않아 비행기가 방콕에 내릴 때까지 잠만 잤다.

　　잭은 나를 놀라게 해준다며 우리 신혼여행을 모두 알아서 하겠다고 했다. 태국에는 예닐곱 번이나 갔다 왔기 때문에 어디가 제일 좋은지 안다고 했다. 나는 코사무이가 좋겠다는 암시를 열심히 주긴 했지만 정말 어디로 가는지는 알 수 없었다. 그러다가 국내선으로 갈아타는 것이 아니라 택시 승강장으로 가는 것을 알고 실망했다. 우리는 방콕 중심가를 향해 갔다. 그래도 소란스레 들썩이는 도시를 보니 정신이 없으면서도 설레었다. '황금 사원'이라는 이름의 호텔 앞에서 택시가 속도를 늦출 때는 이제까지 본 가장 아름다운 호텔 중 하나라 기분이 더욱 들떴다. 하지만 거기 멈추지 않고 택시는 300미터 정도 더 가다가 괜찮기는 하지만 그다지 화려하지는 않은 어느 호텔 앞에 멈추었다. 로비는 건물 외부보다는 괜찮았지만, 방에 도착해 보니 화장실이 너무 작아서 잭은 샤워하기 힘들 것 같았다. 나는 그가 방을 살펴보고서 바로 나가자고 할 줄 알았다.

　　"완벽해." 잭은 재킷을 옷장에 걸으며 말했다. "잘되겠는걸."

　　"잭, 농담이지?" 나는 방을 둘러보았다. "우린 이거보단 나은 방을 잡을 형편이 되잖아."

　　"이제 정신 차려야지, 그레이스."

　　잭이 너무 진지해 보여 나는 왜 이제까지 잭이 회사에서 잘렸을

지도 모른다는 생각은 못 했을까 싶었다. 그렇게 생각하니 사람이 이렇게 갑자기 변한 것도 완벽히 설명이 되었다. 금요일 저녁에 해고 통보를 받은 거라고 넘겨짚으며 전후 상황을 더듬어보려 애썼다. 그렇다면 잭은 내가 목욕을 하고 있던 토요일 저녁에 사무실로 돌아가야 했을 것이고, 우리가 신혼여행을 떠나기 전에 다른 대표들과 상황을 해결해보려 했을 것이다. 당연히 결혼식 날은 말하고 싶지 않았겠지. 밀리를 보러 가자고 했던 내 부탁도 당연히 신경조차 쓰기 힘들었을 것이다! 태국에 도착하고 난 후 말해주겠다고 한 것도 놀랄 일이 아니다. 우리 호텔 예약도 싼 것으로 바꿨겠지. 나는 잭이 직장을 되찾지 못했다는 말을 들을 준비를 했다.

"무슨 일이야?" 내가 물었다.

"유감이지만 꿈은 끝났어."

"상관없어." 나는 위로하듯 말했다. 오히려 잘된 일일 수도 있다고 스스로를 안심시키고 싶었다. "우리 함께 헤쳐나갈 수 있어."

"무슨 소리야?"

"그러니까 당신은 금방 다른 일자리를 구할 수 있을 거야. 아니면 아예 독립해서 시작할 수도 있지. 그리고 사정이 어려우면 나도 언제든 다시 일할 수 있어. 예전 직책으로 다시 돌아갈 순 없겠지만 다른 일로는 채용해줄 거야."

잭이 재미있다는 표정을 지었다. "나는 잘리지 않았어, 그레이스."

나는 그를 노려보았다. "그럼 대체 왜 이러는 거야?"

잭은 슬프다는 듯 고개를 절레절레 흔들었다. "밀리를 선택했어야지, 그레이스. 정말이지 그랬어야 했어."

나는 척추를 타고 흐르는 오싹한 기운을 느꼈다. "무슨 일이야?" 나는 목소리를 차분히 유지하려 애쓰며 물었다. "왜 이러는 건데?"

"네가 무슨 짓을 했는지 몰라? 나한테 네 영혼을 팔아넘겼다는 걸 모르겠어? 밀리의 영혼도 마찬가지지." 잭이 잠시 말을 멈췄다. "특히 밀리의 영혼을."

"그만해!" 내가 소리쳤다. "장난은 그만둬!"

"장난이 아냐." 잭의 차분한 태도가 공포가 되어 나를 휘감았다. 나도 모르게 두리번거리며 무의식적으로 출구를 찾고 있었다. "너무 늦었어." 잭이 알아채고 말했다. "완전히 늦었지."

"이해가 안 가." 나는 숨이 막혀왔다. "원하는 게 뭐야?"

"난 원하던 걸 다 얻었어. 너와 밀리."

"밀리는 네 것이 아냐. 그리고 당연히 나도 네 것이 아니고." 나는 핸드백을 집어 들고 분노에 차서 그를 쏘아보았다. "런던으로 돌아갈 거야."

잭은 내가 문까지 가도록 놔두었다. "그레이스?"

나는 잠시 그대로 서 있었다. 돌아서면 잭은 전부 바보 같은 농담이었다고 할 게 분명한데, 거기에 대고 어떤 표정을 지어야 할지 알 수 없었다. 잭의 말에 얼마나 안도하는지 보여주기도 싫었다. 이 문을 나서게 되면 어떤 일들이 기다리고 있을지 생각할 수도 없었으니까.

"왜?" 나는 차분하게 물었다.

잭이 주머니에서 내 여권을 꺼냈다. "뭐 잊은 거 없어?" 엄지와 검지로 내 여권을 들고 달랑거리며 앞으로 내밀었다. "이거 없인 영국에 못 가. 사실 아무 데도 못 가지."

나는 손을 내밀었다. "이리 주겠어?"

"싫어."

"내 여권 줘, 잭!"

"여권을 줘도, 공항까지 돈도 없이 어떻게 가려고?"

"돈 있어." 나는 호기롭게 말했다. 떠나기 전에 태국 돈인 밧을 챙겨와 기뻤다. "신용카드도 있고."

"아니." 잭이 딱하다는 듯이 고개를 흔들며 말했다. "이제 없어."

재빨리 핸드백을 열어보니 지갑이 없었다. 휴대전화도 없었다. "내 지갑 어디에 있어? 내 전화는? 어떻게 한 거야?" 나는 잭의 여행 가방에 달려들어 안을 마구 뒤졌다.

"거기 없어." 잭은 즐기고 있었다. "시간 낭비 하지 마."

"정말 나를 여기 가둬둘 수 있다고 생각해? 도망치고 싶어도 못 나갈 거라고?"

"그래서." 잭이 엄숙하게 말했다. "밀리가 필요한 거지."

나는 새파랗게 질렸다. "무슨 소리야?"

"이렇게 생각해봐. 내가 밀리의 수업료를 중단시키면 어떻게 될 것 같아? 수용 시설?"

"내가 낼 거야. 집 판 돈으로 충분해."

"나한테 보낸 거 잊었어? 우리 새집 가구 사라고? 물론 그렇게 했지. 남은 게 있지만 뭐, 이젠 내 거지. 너는 돈 없어, 그레이스. 전혀 없지."

"그럼 다시 일하면 돼. 그리고 널 고소해야겠지." 내가 사납게 덧붙였다.

"아니, 그렇게 못 해. 우선 다시 일 못 해."

"너는 날 막을 수 없어."

"당연히 막을 수 있어."

"어떻게? 지금은 21세기야, 잭. 만일 이 모든 게 다 역겨운 농담이 아니고 정말 현실이라면 잭, 내가 정말 너와 결혼 생활을 지속할 것 같아?"

"응, 넌 선택의 여지가 없으니까. 왜 그런지 잠깐 앉아서 들어봐."

"관심 없어. 내 여권과 영국으로 돌아갈 돈 돌려줘. 우린 끔찍한 실수를 저지른 거야. 넌 원하면 여기 있어. 돌아와서 사람들에게 어쩔 수 없는 문제가 생겨서 헤어지기로 했다고 말하자."

"그거 참 너그러운 처사네." 잭이 잠시 생각에 잠겼다. 나도 숨을 죽이고 있는 자신을 발견했다. "유일한 문제는, 내가 실수 따위는 저지르지 않는다는 거야. 실수를 저지른 적이 없었고 앞으로도 없을 거야."

"제발, 잭." 나는 절박하게 말했다. "제발 나를 보내줘."

"내가 어떻게 할지 알려줄게. 일단 자리에 앉으면 전부 설명해주지. 말했잖아. 다 듣고 난 후에, 그래도 떠나고 싶으면 보내줄게."

"약속해?"

"약속할게."

나는 재빨리 다른 선택지들을 따져보려 했지만 아무것도 없다는 것을 깨닫고 최대한 그에게서 멀리 떨어져 침대에 걸터앉았다.

"말해봐."

"그런데 말을 시작하기 전에, 내가 얼마나 진지한지 비밀을 하나 알려줄게."

나는 긴장하며 그를 보았다. "뭔데?"

잭의 입가에서 옅은 미소가 피어났다. "가정부는 없었어."

다이앤, 에스터와 점심을 먹고 집으로 돌아온 나는 늘 그렇듯 내 방으로 올라간다. 열쇠가 딸깍 돌아가는 소리가 들리고 몇 분 있다가 셔터가 웅 하며 내려간다. 내가 잠긴 문을 열고 아래층으로 내려갈 경우를 대비한 예방책이다. 내 귀는 작은 소리에도 예민하게 반응한다. 어차피 자극이 될 만한 다른 소리, 음악도 텔레비전도 없다. 정원에서 대문이 열리는 소리가 들리고 곧 차가 자갈이 깔린 진입로를 나간다. 오늘은 잭이 떠나도 다른 때처럼 불안하지 않다. 먹었으니까. 한번은 사흘 동안 잭이 돌아오지 않아서 욕실 비누를 먹으려 한 적도 있었다.

지난 6개월 동안 내 집이었던 방 안을 둘러본다. 별게 없다. 침대 하나에 창살이 쳐진 창문 그리고 또 다른 문. 작은 욕실로 난 문이다. 샤워기, 세면대, 변기가 있는 다른 세계로 가는 유일한 창구.

비누 하나와 수건이 유일한 장식품이다.

　방과 방 안 욕실의 구석구석을 다 알고 있지만 나의 눈은 사방을 끊임없이 살핀다. 혹시라도 내 삶을 좀 더 참을 만하게 만들어줄 뭔가를 찾을 수 있지 않을까 하는 생각이 떠나지 않기 때문이다. 침대 모서리에 나의 고난을 새길 수 있는 못이라든가, 내가 갑자기 사라질 때를 대비해 뭔가 흔적을 남기고 갈 것이 필요하다. 하지만 아무것도 없다. 어쨌든 잭은 나를 죽이려는 게 아니다. 그보다 더 복잡하다. 잭의 끔찍한 계획이 실현될 날이 서서히 다가온다는 생각을 하면, 그가 퇴근하는 길에 자동차 사고가 나 죽기를 절박하게 기도하게 된다. 오늘이 아니어도 된다. 밀리가 우리와 살게 될 6월 말 전에는 꼭 그렇게 되어야 한다. 그 후에는 너무 늦을 테니까.

　여기는 책도, 신문도, 펜도 없다. 하루 종일 방에 갇혀 시간을 보내는 것밖에는 아무것도 할 수 없는 상태로 내가 인간성을 상실해가고 있으리라 잭은 생각할 것이다. 하지만 나는 때를 기다리고 있다. 아주 작은 기회의 창이라도 열리길 기다리고 있다. 반드시 그럴 것이다. 그렇지 않다면 어떻게 버틸 수 있겠는가? 연극이 되어버린 삶을 더 이상 어떻게 지탱해나갈 수 있을까?

　오늘이야말로 기회가 온 줄 알았다. 돌이켜 생각해보면 바보 같은 생각이었다. 어떻게 잭이 나 혼자 점심을 먹게 할 거라 생각했을까? 도망칠 기회로 사용할 수도 있는데 말이다.

　잭이 나를 식사 약속에 정말로 데려간 건 이번이 처음이다. 전에는 내 희망을 가지고 놀았다. 전에 다이앤에게 점심 약속을 잊어버린 척했을 때, 잭은 나를 데리고 식당까지 반쯤 갔다가 돌아오면서 탈출 기회가 날아간 걸 깨닫고 참담한 절망감에 일그러지는 내 얼굴을 보며 비웃었다.

그를 죽일까 생각도 해봤지만 그럴 수가 없다. 우선 수단이 없다. 잭이 빈틈없이 차단하고 있어서 약물에도, 칼이나 다른 무기가 될 만한 도구에도 접근할 수가 없다. 두통이 있다며 아스피린을 달라고 하면 친히 한 알 가져다주고서 삼킬 때까지 지켜보았다. 식사는 플라스틱 접시에 담아 주었고 포크와 나이프도 플라스틱으로 된 것으로 주었다. 저녁 파티를 준비할 때도 잭이 내내 옆에서 주의 깊게 지켜보며 칼을 제자리에 넣는지 지켜보았다. 아예 직접 잘라주기도 했다. 어쨌거나 그를 죽여서 내가 감옥에 간다면 무슨 소용일까? 밀리는 어떻게 하고? 내가 늘 이렇게 무기력한 것은 아니다. 절망적인 내 상황을 완전히 이해하기 전에는 기발한 방법으로 도망치려 시도해보기도 했다. 하지만 소용없었다. 그럴 때마다 나는 아주 혹독한 대가를 치러야 했다.

나는 침대에서 일어나 창문 아래 정원을 내려다본다. 창살이 너무 촘촘히 설치돼 창문을 깨뜨린다 해도 빠져나갈 수 없다. 조금씩 갈아낼 만한 물건도 보이지 않는다. 설령 기적이 일어나 밖으로 나갈 기회가 생기고 그런 도구를 발견한다 해도 잭이 늘 옆에 있으니 주울 수가 없다. 그는 나의 관리자, 감시자, 교도관이다. 그를 동반하지 않으면 나는 어디도 갈 수 없다. 식당에서 화장실조차 못 간다.

잭은 나를 2초만 내버려두어도 내가 누군가에게 달려가 도움을 청할 거라고 생각한다. 하지만 그가 나를 100퍼센트 믿어줄 거라는 확신이 없는 한 나는 더 이상 무작정 도움을 요청하지 않을 것이다.

밀리를 생각해야 하니까. 그것이 내가 거리나 식당에서 다른 사람들에게 달려가지 않는 이유다. 게다가 잭이 나보다 훨씬 믿음직해 보인다. 그렇게 했다가 한번은 미친 여자 취급을 받았다. 반면 잭은 나의 불안정한 광란을 받아줘야 하는 불쌍한 남자로 동정을 받았다.

내 침실엔 시계가 없다. 하지만 그 덕에 시간을 꽤 잘 짐작하게 되었다. 해가 짧은 겨울에는 짐작하기 쉽지만 해가 긴 여름에는 잭이 언제 돌아오는지 정확히는 모르겠다. 일곱 시에서 열 시 사이겠지. 영국에선 여름에 오후 열 시 넘어 해가 진다.

어이없지만 잭이 돌아오는 소리를 들으면 늘 마음이 놓인다. 잭이 사흘간 돌아오지 않은 적이 있었던 이후로 나는 굶어 죽을지 모른다는 공포를 품게 되었기 때문이다. 잭은 내게 교훈을 심어주려고 일부러 그런 것이다. 내가 잭에 대해 배운 게 있다면 그의 모든 행동과 말은 마지막 마침표에 이르기까지 다 계산된 것이라는 점이다. 그는 자기가 진실만을 말한다는 데 자부심을 가지고 있으며 그의 말 뒤에 숨은 의미를 이해하는 유일한 사람이 나라는 것 또한 즐긴다.

밀리가 우리와 같이 살게 되면 우리 삶에 또 다른 차원이 열릴 거라고 저녁 식사 초대 때 잭이 한 말도 마찬가지였다. 그때 했던 또 다른 말, 내가 밀리를 위해서라면 무슨 짓이든 할 거라는 걸 알고서 잭은 자신이 평생 찾던 여자가 바로 나라고 확신했다고 했다는 말 역시 숨은 의미를 지닌 말이었다.

오늘 밤 잭은 내 짐작으론 여덟 시쯤 돌아왔다. 현관문이 열리고 닫히고 복도를 걷는 발자국 소리와 열쇠를 복도 탁자에 던지는 소리가 들린다. 그다음엔 전화기를 꺼낼 것이다. 곧 열쇠 옆에서 달그락거리는 소리가 들린다. 잠시 있다가 옷장을 열고 재킷을 거는 소리. 이제 잭이 곧장 주방으로 가 위스키를 한 잔 따르리라는 것을 나는 안다. 내 방이 주방 바로 위라서 그가 퇴근하고 내는 서로 다른 소리들을 구별하는 법을 배웠다.

1분 정도 지났을까. 그가 우편물을 훑어보는 것 같다. 그리고 부엌으로 가 찬장 문을 여는 소리가 들린다. 잔을 꺼내고 문을 닫고 냉장고로 가서 문을 열고 서랍을 열고 얼음 그릇을 꺼내어 얼음을 쪼갠 다음 네모난 얼음 조각 두 개를 차례차례 잔에 담아낸다. 수도꼭지를 틀어 얼음 그릇을 다시 채운 뒤 서랍에 넣고 서랍을 닫고 냉장고 문을 닫고 옆에서 위스키 병을 들고 마개를 따고 한 잔 분량을 따른 후 마개를 닫고 병을 원래 있던 곳에 내려놓는다. 잔을 들고 위스키를 얼음과 함께 돌린다. 첫 모금을 마시는 소리는 들리지는 않아도 짐작은 할 수 있다. 왜냐하면 늘 몇 초 후에야 부엌을 빠져나와 서재로 가는 발소리가 들리기 때문이다. 약간의 음식을 가지고 내게 올라올 수도 있지만 점심을 먹었으니 안 그렇다 해도 괜찮다.

잭이 음식을 갖다주는 때는 일정치 않다. 아침에 갖다줄 때도 있고 저녁에 갖다줄 때도 있으며 전혀 신경쓰지 않는 날도 있다. 아침을 갖다줄 땐 시리얼과 주스 한 컵 혹은 과일 한 쪽과 물이다. 저녁에는 세 코스 식사와 와인 한 잔이기도 하고 샌드위치와 우유일 때도 있다. 잭은 반복이 주는 편안함을 알기에 절대 나를 반복적인 상황에 놔두지 않는다. 하지만 불규칙적인 일상은 오히려 내게 도움이 된다. 반복되는 일상에 길들여져 생각없이 지낼 위험은 없는 셈이니까. 나는 생각을 해야만 한다.

기본적인 생활조차 남에게 의지해야 하는 삶은 참혹하다. 그래도 욕실의 수도 덕분에 목이 말라 죽을 염려는 없지만 지루해서 죽을 수는 있을 것 같다. 눈앞에 무한정 펼쳐진 공허한 날들에서 나를 구해줄 것이 아무것도 없기 때문이다. 너무 끔찍하던 저녁 초대가 이제는 반가운 행사가 되었다. 심지어 손님들에게 제공할 요리로 잭이 점점 더 까다로운 메뉴를 요구해도 기꺼이 시도해보게 되었다. 지난번 토요일처럼 성공할 경우 그 달콤한 기분이 내 처지를 약간은 참을 만하게 만들어주기 때문이다. 지금 내 삶이 이렇다.

집에 도착한 지 30분쯤 지나 계단을 올라오는 소리가 들린다. 열쇠가 돌아가고 문이 열리며 나의 잘생긴 정신병자 남편이 들어온다. 혹시나 해서 그의 손을 쳐다보지만 아무것도 들고 있지 않다.

"밀리의 학교에서 이메일을 받았어. 얘기를 하고 싶다더군." 잭이 잠시 나를 본다. "무슨 얘기를 하려는지 모르겠어?"

나는 오싹해진다. "전혀 모르겠어." 내 심장박동이 빨라진 걸 잭이 알 수 없어서 다행이다.

"그럼, 그냥 가서 알아내는 수밖에 없나? 구드리치 교장이 우리가 이번 일요일에 다시 올 거라고 들었다면서, 조금 일찍 오라고 하네." 그리고 잠시 말이 없다. "별일 아니었으면 좋겠군."

"분명 별일 아닐 거야." 생각보다 훨씬 차분하게 말이 나온다.

"그래야지."

잭이 나가서 문을 잠근다. 밀리를 다시 보러 갈 수 있게 돼 좋지만 불안하다. 학교에서 호출을 받은 적은 처음이다. 밀리도 말을 해서는 안 된다는 걸 안다. 하지만 정말로 이해를 하는 건지는 가끔 의문이 든다. 얼마나 많은 위험이 도사리고 있는지 밀리는 모른다. 내가 어떻게 말하겠는가?

우리가 사로잡혀 있는 악몽, 내가 우리 둘 다를 빠뜨린 악몽에서 탈출할 방법을 찾아야 한다는 생각이 나를 짓누른다. 미쳐버리지 않도록 억지로 심호흡을 한다. 나에게는 네 달 정도가 남아 있다. 다시 다짐한다. 네 달 동안 어떻게든 밀리와 내가 빠져나갈 기회를 혼자서 찾아내야 한다. 도와줄 사람은 아무도 없다. 어머니와 아버지라도 있었다면 본능적으로 어떤 눈치를 챘을지 모르지만, 이제 그들은 지구 반대편에 있다. 잭이 나타나자 그들은 계획보다도 일찍 홀가분하게 떠났다.

잭은 정말 영리하다. 내가 알려준 모든 것을 이용해 나를 옭아맸다. 밀리가 태어났을 때 부모님이 밀리를 얼마나 끔찍하게 여겼는지 말하지 말았어야 했다. 부모님이 내가 밀리와 함께 살겠다는 약속을 지킬 날만을, 뉴질랜드로 이사 갈 날만을 손꼽아 기다렸다는 것도. 그래서 잭은 내가 약속을 어기고 부모님이 밀리를 돌보게 될지도 모른다는 공포를 이용할 수 있었다. 잭이 내 부모님을 보고 싶다고 했던 건 아버지에게 결혼 승낙을 받기 위해서가 아니었다. 내가 잭에게 밀리는 부모님과 함께 뉴질랜드로 갈 거라고 말했다고, 아버지에게 전하기 위해서였다. 아버지가 충격을 받아 쓰러지기 일보 직전에 잭은 권유했다. 좀 더 빨리 이민을 가시는 게 좋을 것 같다고. 나를 도와줄지도 모르는 사람을 확실히 제거하기 위해서였다.

나는 침대에 앉아 남은 밤을 어떻게 보내야 하나 생각한다. 잠은 오지 않는다. 구드리치 교장을 만날 생각에만 매달린다. 생각해 보면 진실을 폭로할 완벽한 기회다. 잭이 나를 가두고 있고 밀리에 게 끔찍한 짓을 하려 하니 제발 도와달라고. 경찰에 전화해달라고. 하지만 그런 시도는 이미 해보았다. 그리고 내가 잭에게서 벗어나 려 시도할 때면 동시에 잭 역시 계획을 세운다는 것을 나는 뼈저린 대가를 치르고 나서야 알게 되었다. 교장을 만나서 숨만 잘못 쉬어 도 창피를 당할 뿐 아니라 지금보다도 더욱 절박한 처지가 되리라 는 것을. 나는 걷잡을 수 없는 떨림을 느끼며 손을 모아 잡는다. 잭 은 내내 알고 있었지만 나는 이제야 깨닫기 시작했다. 공포야말로 최고의 재갈이다.

"무슨 소리야?" 나는 호텔 방 침대에 앉아 물었다. 밀리를 보러 병원으로 갈지 태국으로 갈지 선택하라고 했을 때, 결혼식 이후 보여준 그 모든 태도에도 불구하고 잭이 여전히 좋은 사람이라고 믿었던 내가 한심했다.

"말한 그대로야. 가정부는 없다고."

나는 한숨을 쉬었다. 그의 수수께끼 놀이에 장단을 맞춰줄 기운이 없었다. "무슨 말이 하고 싶은데?"

"이야기를 하나 들려주려고. 한 남자아이에 대한 이야기를. 듣고 싶어?"

"그래야 나를 보내주겠다면, 기꺼이 들을게."

"좋아." 잭이 방에 하나 있는 의자를 가져와 내 앞에 앉았다.

"옛날에 여기서 멀리멀리 떨어진 시골에 한 소년이 어머니 아버지와 살았어. 아주 어릴 때 아이는 아버지를 두려워했고 어머니를 사랑했지. 하지만 어머니는 강하고 힘센 아버지에 비해 나약하고 무능력했고 그런 어머니가 아버지로부터 자신을 보호해줄 수 없다는 것을 깨닫게 된 소년은 어머니를 경멸하기 시작했어. 그리고 아버지가 어머니를 끌어내 쥐들이 득실대는 지하실에 가둘 때면 어머니의 눈에 어리는 공포의 빛을 보고 재밌어했지.

아버지가 다른 인간에게 공포를 주입하는 모습을 보며 소년은 아버지를 두려워하는 게 아니라 존경하게 되었고 아버지를 따라하기 시작했어. 곧 마룻널 아래에서 들려오는 어머니의 비명이 아름다운 멜로디처럼 들리기 시작했지. 공포의 냄새는 가장 진한 향수가 되었어. 소년은 그렇게 자라며 점점 더 공포의 향기를 갈망하게 되었어. 그래서 아버지가 집을 비울 때면 권한을 넘겨받아 어머니를 지하실로 끌고 갔어. 어머니는 자비를 호소하며 지하실에 가두지 말아달라고 애걸했지만 그럴수록 소년을 더욱 흥분시킬 뿐이었어. 소년은 공포에 질린 그 소리에 취하고 공포의 냄새를 마음껏 들이마시면서 어머니를 거기 영원히 가둘 수 있기를 바랐지.

어느 날 밤 소년이 열세 살쯤 되었을 때 아버지가 주말 농장에서 일하고 있는 동안 어머니가 지하실에서 탈출했어. 하지만 소년은 어머니가 탈출하게 되면 다시는 그 공포에 질린 소리를 들을 수 없을 거라는 걸 알고 어머니를 때렸지. 도망치지 못하게 하려고. 어머니가 비명을 지르자 또 때렸어. 그리고 또. 어머니가 비명을 지를수록 더욱 세게 때렸고 멈출 수가 없었어. 어머니가 쓰러진 후에도. 그러다 뭉개지고 피범벅이 된 얼굴을 내려다보며 이렇게 아름다운 모습은 본 적이 없다고 생각했어.

어머니의 비명을 듣고 아버지가 달려와 소년을 어머니에게서 떼어냈어. 하지만 너무 늦었지. 어머니는 벌써 죽었으니까. 아버지는 화가 나서 소년을 때렸고 소년도 아버지를 때렸어. 경찰이 왔을 때 소년은 아버지가 어머니를 죽였고 자신은 어머니를 보호하려 했다고 말했어. 그래서 아버지는 감옥에 갔고 소년은 기뻤지.

소년이 나이가 들자 그 역시 아버지가 그랬듯 자기만의 사람을 갈망하기 시작했어. 원할 때마다 얼마든지 공포를 주입할 수 있는 사람, 계속 숨겨둘 수 있는 사람, 아무도 궁금해하지 않을 사람. 그런 사람을 발견하기가 힘들다는 건 알고 있었어. 하지만 열심히 찾는다면 결국 찾을 수 있을 거라고 확신했어. 한편으로 자신의 갈망을 충족시키기 위한 직업도 마련했어. 뭔지 알겠어?”

나는 멍하니 고개를 저었다.

“변호사가 되었어. 가정 폭력을 전문으로 하는. 그리고 나서 뭘했는지 알아?” 잭은 몸을 기울여 내 귓가에 입을 가져왔다. “너랑 결혼했어, 그레이스.”

나는 숨을 쉴 수가 없었다. 잭이 말하는 내내 그가 이야기 속 소년이라는 것을 믿고 싶지 않았다. 하지만 내 몸은 정신없이 떨고 있었다. 방 안이 빙빙 도는 듯했다. 잭이 물러나 앉아 다리를 쭉 펴고 만족스런 미소를 지었다. “어때? 재미있는 얘기지?”

“아니.” 나는 떨리는 목소리로 대답했다. “그래도 들어주었으니 이제 가도 되지?” 나는 엉거주춤 일어섰다. 하지만 잭이 나를 도로 앉혔다.

“그럴 수 없어.”

두려움에 사로잡혀 눈물이 차올랐다. “약속했잖아.”

“내가?”

“제발, 제발 보내줘. 방금 한 얘기 아무에게도 안 할게. 약속해.”

“그러시겠지.”

나는 도리질을 쳤다. “아냐, 아냐. 얘기 안 해.”

잭은 잠시 말이 없었다. 나의 말을 고려해보려는 것처럼. “실은 그레이스, 나는 네가 필요하기 때문에 너를 보내줄 수가 없어.” 나의 공포에 찬 눈빛을 본 잭은 내 옆에 웅크리고 앉더니 코로 공기를 들이마셨다. "완벽해." 그가 속삭였다.

너무 섬뜩한 태도에 나는 화들짝 물러났다.

"걱정 마. 때리진 않아." 잭이 손을 뻗어 내 뺨을 쓰다듬으며 말했다. "그래서 여기 데려온 게 아냐. 다시 하던 이야기로 돌아가보자. 그래서 온전히 나만의 것이 될 사람을 찾길 기다리는 동안, 나는 존경할 만한 외양을 뒤집어썼어. 먼저 완벽한 이름을 찾다가 에인절이라는 성을 생각해냈지. 실은 개브리엘 에인절이라고 할까 했지만 너무 심한 것 같아서. 좀 조사를 해봤더니 영화에 나오는 좋은 남자들은 잭이라는 이름이 많더라고. 그래서 짠! 잭 에인절이 탄생했어. 그러고 나서 완벽한 직업도 찾았지." 잭이 재밌어 죽겠다는 듯 고개를 절레절레 흔들었다. "이런 아이러니는 생각할 때마다 놀라워. 잭 에인절. 매 맞는 여성의 수호자. 하지만 나는 완벽한 삶도 필요했어. 마흔이 된 남자가 아내가 없으면 사람들은 묻기 시작하지. 그러니 내가 공원에서 너와 밀리를 함께 봤을 때 어땠을지, 나의 완벽한 아내와 나의……."

"절대!" 나는 버럭 소리쳤다. "나는 절대 네 완벽한 아내가 되지 않을 거야. 그런 얘기를 듣고도 결혼을 유지할 거라고 생각했다면, 더구나 네 아이들을 낳을……."

잭이 웃음을 터뜨리며 말을 잘랐다. "아이들! 내게 가장 힘든 일이 뭐였는지 알아? 내 어머니를 죽인 거나 아버지를 감옥에 보낸 게 아니었어. 둘 다 쉬웠지. 즐거운 일이기도 했고. 내가 한 가장 힘든 일은 너와 섹스를 하는 거였어. 어떻게 짐작도 못 할 수가 있지? 어떻게 내가 피하는 걸 눈치채지 못할 수가 있어? 결국 어쩔 수 없이 너와 섹스를 하며 내가 얼마나 역겨워했는지, 그 노력이 얼마나 부자연스러웠는지 어떻게 모를 수가 있어? 그래서 내가 어젯밤에 사라졌던 거야. 넌 잔뜩 기대를 하고 있었겠지. 그래, 우리 결혼식 날 밤이었으니까. 그저 체면을 차리기 위해 또 그 짓을 해야 한다는 건 생각만 해도 참을 수가 없었어. 그러니 알겠지, 난 네가 내 아이를 가지길 바라지 않아. 사람들이 묻기 시작하면 우리한테 문제가 좀 있다고 하면 돼. 그럼 예의가 있으니 더 이상 묻지 않겠지. 나는 네가 아내로서 필요해. 하지만 명목상일 뿐이야. 넌 내 보상이 아냐, 그레이스. 밀리가 보상이야."

나는 그를 노려보았다. "밀리라고?"

"응, 밀리. 그 애는 내 모든 필요조건에 완벽히 맞아. 16개월만 더 있으면 내 것이 돼. 그럼 난 드디어 그토록 오랫동안 참아왔던 걸 가질 수 있어. 아무도, 오직 너만이 밀리를 그리워하겠지. 죽이려는 게 아냐. 실수는 한 번으로 족해."

나는 벌떡 일어났다. "네가 밀리의 머리칼 하나라도 건드리게 내가 그냥 놔둘 것 같아?"

"내가 원하는 걸 정말로 네가 막을 수 있을 것 같아?"

나는 문으로 달려갔다.

"잠겼어." 잭이 지겹다는 듯 말했다.

"살려줘요!" 내가 문을 주먹으로 두드리며 고함쳤다. "사람 살려!"

"한 번만 더 그런 짓 하면 다신 밀리를 못 볼 줄 알아!" 잭이 으르렁거렸다. "이리 와서 앉아."

공포에 질린 나는 계속 문을 두드리며 소리를 질렀다.

"경고했어, 그레이스. 밀리를 시설에 보낸다는 말 기억하지? 얼마나 간단한지 알아?" 잭이 손가락을 마주 부딪쳐 딱 소리를 냈다. "순식간이야."

나는 휙 돌아서 잭을 보았다. "우리 부모님이 그러도록 놔둘 것 같아?"

"정말 네 부모가 뉴질랜드의 아늑한 삶을 팽개치고 밀리를 구하겠다고 달려올 것 같아? 천만에. 너와 밀리에겐 아무도 없어, 그레이스. 아무도 밀리를 구원하지 못해. 너도."

"내가 그 애의 법적 보호자야!" 나는 소리를 질렀다.

"나도 마찬가지야. 그걸 증명해주는 서류도 있지."

"내가 절대 허락하지 않을 거야!"

"하지만 너 역시 정신이 온전하지 못하다는 게 증명된다면? 네 남편으로서 나는 너와 밀리 둘 다 책임져야 하고 원하는 대로 할 수 있어." 잭이 문을 가리키며 말했다. "마음대로 해봐. 계속 두드리고 소리를 질러봐. 네가 미쳤다는 증거만 될 뿐이야."

"미친 건 너야." 내가 비명을 질렀다.

"안 되겠네." 잭이 일어서 침대 옆 탁자로 가더니 수화기를 들어 주머니칼을 꺼내 전화선을 잘랐다. "내가 한 말을 혼자 곰곰이 생각할 시간을 줄게. 돌아와서 다시 얘기하자. 이리 와서 침대에 앉아."

"싫어."

"성가시게 좀 굴지 마."

"날 여기 가둬놓을 순 없어!"

잭이 내가 서 있는 곳으로 걸어왔다. "나도 널 때리고 싶지는 않아. 멈출 수 없을지도 모르니까. 하지만 그래야 한다면 그렇게 할 거야." 잭이 팔을 들어 올렸다. 때릴 것 같아 나는 흠칫했다. "게다가 네가 죽으면 밀리는 어떻게 되겠어?"

잭이 내 어깨에 손을 올렸다. 나는 공포로 온몸이 굳었다. 그의 두 손이 곧 내 목으로 움직일 듯했다. 대신 그는 나를 거칠게 끌어와 침대에 앉혔다. 살았다는 안도감에 정신을 차려보니 문이 열리는 소리가 들렸다. 화들짝 놀라 달려갔지만 잭이 이미 빠져나가 문을 닫은 후였다. 나는 주먹으로 두드리며 내보내달라고 외쳤다. 점점 멀어지는 발소리를 들으며 외치고 또 외쳤지만 아무도 오지 않았다. 나는 무너져 내리며 울기 시작했다.

다시 정신을 차리기까지 시간이 좀 걸렸다. 나는 발코니가 난 창문으로 갔다. 하지만 아무리 애를 써도 문을 열 수 없었다. 발코니 너머로 목을 빼고 내다보아도 푸른 하늘과 건물 지붕밖에 보이지 않았다. 우리 방은 6층 긴 복도 끝이었다. 한쪽으로만 다른 방과 이어져 있었다. 나는 그쪽으로 가서 몇 번 세게 두드렸다. 하지만 전혀 반응이 없었다. 한낮이었으니 다들 관광을 나간 듯했다.

뭐라도 해야 할 것 같아서 침대 위의 짐 가방을 뒤져 도움이 될 만한 게 있는지 찾아보았지만 아무것도 없었다. 내 족집게와 손톱용 가위도 사라지고 없었다. 잭이 어떻게 나 모르게 세면 가방에서 그것들을 꺼냈는지 알 수 없었지만, 분명 내 손으로 집어넣었던 것들이었다. 아마도 내가 목욕할 때 꺼낸 것 같았다. 24시간 전만 해도 이런 공포는 낌새도 못 채고 새로운 인생이 시작되는 줄 알았던 걸 생각하니 다시 눈물이 났다.

점점 더 죄어오는 공황발작과 싸우며 무엇을 할 수 있을지 이성적으로 생각해보려 애를 썼다. 옆방에 누가 돌아오기 전까지는 문을 두드려봐야 별 소용이 없을 것 같았다. 쪽지를 적어 문 밑으로 내보내볼까, 그러면 누가 멀리서 보고 호기심에 와보지 않을까 싶었다. 하지만 가방에 넣어두었던 펜도 사라졌고 아이펜슬과 립스틱도 마찬가지였다. 잭은 내 모든 행동을 계산해두고 있었다.

나는 정신없이 방 안을 찾아보았다. 뭐라도 도움이 될 것을 찾으려 했다. 하지만 아무것도 없었다. 망연자실해서 침대에 앉았다. 어딘가에서 문이 열리고 닫히는 소리가 들리지 않았더라면 폐쇄된 호텔인 줄 알았을 것이다. 그런 소리들이 위안이 되기도 했지만 어디서 들리는지 도무지 알 수 없어 무섭기도 했다. 지금 내게 일어나고 있는 일이 실제라고 믿기도 힘들었다. 내가 무슨 정신 나간 텔레비전 쇼의 함정에 빠진 게 아닐까 하는 생각이 스쳐 지나갔다. 사람들을 흉측한 상황에 빠뜨리고 어떻게 대처하는지 전 세계가 지켜보는 것이다.

내가 화면에 나오고 수백만 사람들이 지켜보는 걸지 모른다고 생각하니, 어쩐지 한걸음 물러서서 가능성들을 객관적으로 타진해볼 여유가 생겼다. 잭이 들려준 끔찍한 이야기에 대해 자꾸 생각하면 도무지 침착할 수 없을 것 같았다. 그래서 대신 침대에 누운 다음, 잭이 돌아오면 어떻게 할 것인가에 생각의 초점을 맞췄다. 무슨 말을 하고 어떻게 행동할 것인가. 그러다 보니 잠이 왔다. 애를 써보았지만 다음 순간 눈을 떠보니 벌써 어두워진 후였다. 분주한 밤거리의 소음이 아래쪽에서 들려와 저녁이라는 것을 알 수 있었다. 나는 침대에서 일어나 문 쪽으로 갔다.

잠이 덜 깨 몽롱한 상태여서 그랬을 것이다. 나는 무심코 문 손잡이를 돌렸다. 손잡이가 슥 돌아갔고 문은 잠겨 있지 않았다. 나는 너무 충격을 받아 한동안 멍하니 서 있었다. 어찌된 영문인지 알아내려 애를 쓰는데, 문을 잠그는 소리를 듣지 못했다는 생각이 어렴풋이 났다. 잭이 문을 잠갔으리라 넘겨짚어 문을 열 생각을 못 한 것이다. 잭이 나를 가둘 것이라 한 적도 없다는 걸 깨달았다. 혼자 그런 결론을 내렸던 것이다. 내가 얼마나 공포에 질려 문을 두드렸는지 생각하니 한심하고 부끄러웠다. 잭은 나가면서 나를 비웃었을 것이다.

이번엔 분노로 눈물이 솟았다. 눈을 깜박여 눈물을 털어버리고, 잭이 내 여권과 지갑을 가지고 있다는 걸 기억해냈다. 사실상 나는 여전히 포로였다. 하지만 적어도 방에서는 나왔다.

잭이 기다리고 있다가 달려들지 않을까 잔뜩 긴장하며 문을 가만히 열었다. 간신히 복도를 내다보니 비어 있었다. 다시 방으로 들어가 신발을 신고 핸드백을 들고 문을 나섰다. 승강기로 달려갔지만 잭과 마주칠지 모른다는 생각에 계단으로 방향을 바꿨다. 한 번에 두 개씩 뛰어 내려가는데, 갇혀 있다고 지레짐작해 귀중한 시간을 낭비한 스스로가 어이없게 느껴졌다. 로비는 사람들로 분주했다. 안도감이 밀려왔다. 깊이 숨을 들이쉬어 마음을 안정시키고, 재빨리 안내 데스크로 갔다. 겨우 몇 시간 전에 잭과 내가 체크인한 곳이었다. 악몽이 끝났다고 생각하니 기뻤다.

"좋은 저녁입니다. 어떻게 도와드릴까요?" 안내 데스크 너머에서 젊은 여성이 미소를 지으며 말했다.

"네, 영국 대사관으로 전화를 하고 싶은데요." 차분히 말하려 애를 썼다. "여권과 돈을 잃어버려서 영국으로 돌아가야겠어요."

"아 저런, 유감이군요." 그녀가 걱정스런 표정을 지었다. "방 번호는요?"

"모르겠네요. 하지만 6층에 있어요. 내 이름은 그레이스 에인절이고 오늘 오후에 남편과 체크인했죠."

"601호군요." 화면을 보며 그녀가 말했다. "여권은 어디서 잃어버렸나요? 공항인가요?"

"아뇨, 여기 호텔에서도 갖고 있었어요." 나는 불안하게 웃었다. "실은 잃어버린 게 아니에요. 남편이 가지고 있죠. 내 지갑도요. 남편이 가져가서 나는 영국으로 돌아갈 수가 없어요." 나는 애원하듯 그녀를 보았다. "정말 도움이 필요해요."

"남편은 어딨나요, 에인절 부인?"

"모르겠네요." 나는 남편이 나를 방에 가뒀다고 말하고 싶었지만 나 혼자만의 생각이었던 게 떠올라 억누를 수 있었다. "몇 시간 전에 가버렸어요. 내 여권과 돈을 들고요. 저기, 영국 대사관에 전화 좀 해주실 수 있죠?"

"매니저와 상의하게 잠시만 기다려주시겠어요?" 격려의 미소를 보내고 나서 그녀는 좀 떨어져 서 있는 남자에게 갔다. 설명하는 동안 남자가 나를 보았고 나는 눈물 섞인 미소를 보여주었다. 그제야 내가 얼마나 헝클어져 보일지 의식되며, 구겨진 옷은 갈아입고 나

113

올걸 하는 생각이 들었다. 남자가 고개를 끄덕이며 안심시키듯 미소 짓고 나서 전화를 들고 버튼을 눌렀다.

"저희가 해결해드릴 동안 앉아 계시는 게 어떨까요?" 젊은 여자가 돌아와 말했다.

"아뇨, 괜찮아요. 그리고 제가 대사관과 직접 통화할 수 있을까요?" 남자가 전화를 끊는 걸 보고 나는 그에게 가서 물었다. "뭐래요?"

"다 잘될 겁니다, 에인절 부인. 기다리는 동안 앉아 계시죠?"

"대사관에서 누가 나온다고 하나요?"

"앉아서 기다리시면 될 겁니다."

"그레이스?"

몸을 돌리니 잭이 뛰어오고 있었다.

"괜찮아, 그레이스. 내가 왔잖아."

나는 공포에 휘감겼다. "가까이 오지 마!" 소리치고서 깜짝 놀라 쳐다보는 호텔 직원을 보며 말했다. "제발 도와줘요. 이 남자, 위험해요."

"괜찮아, 그레이스." 잭이 달래듯 말하며 매니저에게는 슬픈 미소를 지어 보였다. "알려줘서 고맙습니다. 자, 그레이스." 잭은 아이에게 하듯 말을 이었다. "다시 우리 방에 가서 잠을 좀 자는 게 어떨까? 쉬고 나면 훨씬 괜찮을 거야."

"잠은 필요 없어! 난 영국으로 돌아가야 해." 사람들이 놀라 쳐다보는 것을 느끼고 나는 가능한 한 목소리를 낮췄다. "내 여권 줘, 잭. 내 지갑과 휴대전화도." 내가 손을 내밀었다. "어서."

잭이 한숨을 쉬었다. "왜 자꾸 이러는 거야?"

"여권 줘, 잭."

잭이 고개를 저었다. "공항에서 돌려줬잖아. 그리고 당신은 핸드백에 넣었지. 늘 그랬듯."

"핸드백에 없다는 거 잘 알잖아." 나는 핸드백을 카운터에 올리고 열었다. "봐요!" 호텔 직원에게 말하는 내 목소리가 떨렸다. 내용물을 카운터 위에 쏟아냈다. "저 남자가 가져가서……." 핸드백에서 떨어진 여권과 지갑을 보고 나는 말을 멎었다. 이어서 화장 가방과 머리빗, 물티슈, 처음 보는 약병, 휴대전화가 나왔다.

"도로 집어넣은 거잖아!" 나는 잭을 보며 빽 소리를 질렀다. "내가 자는 동안 돌아와서 돌려놓았어!" 나는 이번에는 매니저를 보았다. "아깐 없었어요. 맹세해요. 저 남자가 가지고 나가면서 나를 가둬놨다고 믿게 만들었어요."

매니저는 어리둥절한 표정이었다. "하지만 안에서 열 수 있잖아요."

"그래요, 하지만 내가 갇혀 있다고 믿게 만들었다니까!" 내가 들어도 정신 나간 여자의 말처럼 들렸다.

"이제야 알겠네." 잭이 약병을 들어 흔들었다. "약 먹는 걸 잊었구나."

"난 먹는 약 없어. 내 것이 아냐. 그것도 네가 넣었지?" 내가 소리를 질렀다.

"그만해둬, 그레이스. 말도 안 되는 소리를 하고 있잖아!" 잭의 목소리는 단호했다.

"우리가 도울 건 없을까요?" 매니저가 끼어들었다. "물 한 잔 갖다드릴까요?"

"그래요. 그리고 경찰을 불러줘요! 이 남자는 위험한 범죄자예요!" 일순간 모두 조용해졌다. "정말이에요!" 절박하게 말을 잇는데 수군대는 소리가 들렸다. "이 남자는 자기 어머니를 죽였어요. 경찰을 불러줘요, 제발!"

"제가 경고했죠." 잭이 한숨을 쉬며 매니저를 보았다. "불행히도 이런 게 처음이 아니에요." 잭이 내 겨드랑이에 손을 넣었다. "자, 그레이스, 가자."

나는 그를 피하며 계속 주장했다. "제발 경찰에 전화 좀 해주세요." 처음 나와 얘기했던 안내 데스크의 직원이 불안한 표정으로 나를 쳐다보았다. "제발, 난 진실을 말하고 있어요."

"좋아, 그레이스." 이번에는 잭이 격분했다. "정말 경찰을 부르고 싶으면, 그렇게 해. 하지만 지난번에 어땠는지 기억 안 나? 조사가 끝날 때까지 출국을 못했잖아. 그리고 경찰을 헛수고시켰다는 이유로 고소를 당할 뻔했지. 게다가 거긴 미국이었어. 여기 경찰은 그때만큼 이해심이 많진 않을 거야."

나는 그를 노려보았다. "지난번 언제?"

"정말이지, 경찰은 개입되지 않는 게 좋겠다는 조언을 드리고 싶군요." 매니저가 걱정스러운 말투로 말했다. "충분한 이유가 있지 않은 다음에야……."

"충분한 이유가 있어요! 이 남자는 위험한 인간이라고요!"

"에인절 부인이 정말 떠나고 싶다면, 공항으로 갈 택시를 불러드릴 수 있어요. 여권도 찾았으니." 호텔 직원이 불안해하며 말했다.

나는 안도감에 그녀를 보았다. "네, 네, 제발 그렇게 해주세요!" 나는 물건들을 다시 가방에 담기 시작했다. "제발 바로 좀 불러주세요."

"정말 이래야겠어?" 잭이 체념조로 물었다.

"당연하지!"

"그럼 어쩔 수 없지." 잭이 매니저에게 돌아섰다. "소란을 일으켜서 정말 미안해요. 직원 한 명을 보내 방에서 아내가 물건 챙기는 걸 도와주시겠습니까?"

"물론입니다. 키코, 에인절 부인을 데리고 방에 다녀오겠어? 나는 택시를 부를게."

"고마워요." 나는 감사하며 키코를 따라 승강기로 갔다. 다리가 너무 떨려 걷기가 힘들었다. "정말 감사합니다."

"천만에요, 에인절 부인." 키코가 예의 바르게 말했다.

"내가 미쳤다고 생각할 수도 있는 거 알아요. 하지만 난 미치지 않았어요." 나는 설명해야 할 것 같은 기분이 들었다.

"괜찮습니다, 에인절 부인. 설명 안 해도 돼요." 키코가 미소를 지으며 승강기의 버튼을 눌렀다.

"경찰을 불러야 해요." 내가 말했다. "내가 가고 난 다음에 경찰을 불러서 내 남편, 잭 에인절이 위험한 범죄자라고 말해야 해요."

"매니저가 다 알아서 할 거예요."

승강기가 도착해 키코를 따라갔다. 잭이 위험하다는 내 말을 그녀가 전혀 믿지 않는다는 걸 알 수 있었다. 하지만 상관없었다. 택시에 타자마자 경찰에 직접 전화할 생각이었으니까.

6층에 도착해 우리가 잡은 방으로 갔다. 가방에서 카드키를 꺼내 문을 열고 물러섰다. 들어가는 게 갑자기 내키지 않았다. 하지만 걱정할 필요는 없었다. 방 안은 내가 두고 나온 그대로였다. 나는 짐 가방을 열어 좀 깨끗한 옷을 찾아보았다.

"오래 걸리지 않을 거예요." 나는 화장실로 들어가며 말했다. "옷만 갈아입을게요."

서둘러 옷을 벗고 잠깐 얼굴만 씻은 후 옷을 입었다. 지저분한 옷을 뭉치면서 다시 활기가 생기고 정신도 깨끗해지는 기분을 느꼈다. 더는 조금도 지체하고 싶지 않아 바로 문을 열었다. 하지만 밖으로 나가기도 전에 뻗어온 손이 나를 안으로 도로 밀어 넣었다. 동시에 또 다른 손이 내 입을 덮어 터져 나오려는 비명을 막았다.

"널 위해 마련한 시나리오가 마음에 들어?" 잭이 얼굴을 코앞에 대고 물었다. "나는 아주 만족스러웠어. 돌 하나로 두 마리 새를 잡았거든. 우선 무엇보다, 네 정신이 불안정하다는 걸 수십 명의 사람들이 목격했어. 매니저는 지금 이 순간 너의 행동에 대한 보고서를 쓰고 있을 거야. 기록으로 남는 거지. 두 번째로, 난 늘 너보다 한 발짝 앞서 있다는 걸 이제 배웠겠지?" 잭은 잠시 내가 상황을 파악할 시간을 주었다. "자, 이렇게 하자. 나는 손을 뗄 거야. 계속 징징거리면, 강제로 약을 먹여 죽이고 불안정한 젊은 여자의 자살처럼 보이게 만들 거야. 그렇게 되면 나는 남아 있는 밀리의 유일한 보호자로서, 당연히 너와의 약속을 지켜 우리의 아름다운 신혼집으로 밀리를 데려와 함께 살겠지. 네가 없으면 누가 밀리를 보호해줄까? 이제 좀 알아듣겠어?"

나는 입이 막힌 채 고개를 끄덕였다.

"좋아." 잭이 내 입에서 손을 떼고 나를 욕실 밖으로 끌어내 침대에 던졌다. "잘 들어. 제대로 들었으면 좋겠어. 네가 도망가려고 할 때마다, 문을 두드리든, 누구에게 말을 하든, 무작정 도망을 치든 대가는 밀리가 치르게 될 거야. 예를 들어 오늘 네가 도망치려 했기 때문에 우리는 돌아간 다음 주말에 밀리를 보러 가지 않을 거야. 내일 또 어떤 멍청한 짓을 하면 그다음 주말에도 보러 가지 않을 거야. 그런 식으로 밀리가 대가를 치를 거야. 여기 태국에서 특별히 고약한 배탈이 나는 바람에 못 갔다고 할 거야. 그 배탈은 필요한 만큼 오래 갈 거고. 그러니 밀리를 되도록 빨리 다시 보고 싶으면 내가 시키는 대로 해."

내 몸이 미친 듯이 떨리기 시작했다. 그의 목소리에 담긴 악랄함 때문만이 아니라 고작 물건을 챙기러 방으로 돌아오는 바람에 탈출할 기회를 잃었다는 충격 때문이었다. 가방 따위는 필요 없었다. 없어도 얼마든지 갈 수 있었다. 그러나 잭이 가방 얘기를 꺼내자 올라가서 가져오는 게 아주 당연한 일처럼 생각되었다. 다른 사람에게 데려다달라고 부탁하지 않았다면 나를 다시 방에 가두려고 저런다고 의심했을지 모른다. 그리고 문이 잠겨 있지 않다는 것을 더 일찍 깨달았더라면, 잠이 들지 않았더라면, 잭이 내 여권과 휴대전화와 지갑을 다시 넣어놓지는 못했을 것이다.

"네가 다르게 행동했더라면 결과가 달랐을지도 모른다고 생각하고 있지?" 잭이 재미있어하며 말했다. "내가 괴로움에서 구해주지. 그렇지 않아. 그래도 결과는 똑같았을 거야. 네가 먼저 로비로 내려갔으면 난 그냥 네 짐 가방에 핸드폰, 지갑, 여권을 넣으면 돼. 지금쯤이면 내가 내내 너를 지켜보고 있었다는 걸 깨달아야지. 그리고 모두가 보는 앞에서 기억을 못한다고 타박을 준 다음, 매니저에게 부탁해서 같이 올라와달라고 하겠지. 핵심은 내가 너를 너무 잘 안다는 거야. 네가 어떻게 행동할지, 어떤 말을 할지. 심지어 우리가 태국을 떠나기 전에 네가 다시 도망치려 하리라는 것도 알아. 너무 바보 같은 짓이지만 말이야. 그래도 끝내는 배우겠지. 배워야 할 테니까."

"절대, 나는 너한테, 절대, 굴복 안 해." 나는 흐느끼며 말했다.

"뭐, 두고 보지. 우리 이렇게 하자. 잠 좀 자고 나서 내일 아침을 먹으러 내려가는 거야. 안내 데스크에 가서 소란을 일으킨 걸 사과하고 당연히 영국으로 돌아갈 생각은 없다고 말해. 아침을 먹고 호텔 밖으로 나가자. 네가 사랑스럽게 보일 만한 곳에서 멋진 사진을 찍어주지. 여기서 얼마나 행복하게 보냈는지 친구들에게 모두 보여줄 수 있게. 그러고 나서 내가 일을 좀 해결하러 외출하는 동안, 자기, 내 사랑은 발코니에서 선탠을 하는 거야. 영국으로 돌아갈 때는 멋지게 그을려 있어야지." 잭이 구두끈을 풀기 시작했다. "한바탕했더니 꽤 피곤한걸."

"너랑은 같은 침대에서 못 자!"

"그럼 바닥에서 자. 그리고 도망가려 애쓰지 마. 정말이지 소용없어."

나는 침대에서 이불을 끌어내 바닥에 앉아 뒤집어썼다. 공포로 몸에 마비가 온 것 같았다. 본능은 기회가 생기자마자 도망치라고 외치고 있었지만 이성은 영국에 도착할 때까지 기다리는 것이 그에게서 도망쳐 완전히 벗어나기 쉬울 거라고 알려주고 있었다. 여기서 또 도망치다가 실패할 경우 어떻게 될지 생각하기도 싫었다. 잭은 나를 안다고 했다. 내가 어떻게 행동할지도 안다고 했다. 내가 다시 도망치려 할 거라고 장담도 했다. 내가 할 수 있는 유일한 일은 그의 예상을 벗어난 행동을 하는 것이었다. 내가 항복했다고 생각하게 만드는 것이었다. 잭에게서 아무리 도망치고 싶더라도 우선 영국으로 돌아가야 했다. 밀리에게 돌아가야 했다.

일요일 아침, 밀리의 학교로 가면서 교장이 왜 보자고 한 건지 너무 신경이 쓰인다. 잭이 아침을 갖다 주지 않은 일 따위는 아무렇지도 않을 정도다. 어제도 아무것도 갖다주지 않았다. 금요일에 식당에서 점심을 먹은 이후로 나는 아무것도 먹지 못했다. 왜 먹을 걸 안 주는지는 알 수 없다. 에스터가 내 디저트를 먹었기 때문인지도 모른다. 그걸 반칙으로 간주하는 것이다. 잭이 밀리의 방에 대해 하는 말을 듣고 내가 아무것도 먹지 못할 것임을 잭은 너무 잘 알았다. 잭이 나를 위해 창조한 역겨운 세상에서는 나에게 많은 것이 금지돼 있는데, 음식을 낭비하는 것도 그중 하나다.

교장실로 안내된 후 심장이 무섭게 뛰기 시작한다. 더구나 재니스가 진중한 얼굴로 함께 앉아 있다. 밀리는 아직 보지 못했다. 잭과 내가 왔다는 건 아직 모를 터다. 다행히 걱정할 일은 아니다. 그저 밀리가 밤에 잠을 잘 자지 못해 낮에 힘들어한다는 것이다. 학교의 의사가 진정제를 처방해주었단다.

"수면제를 말씀하는 건가요?" 내가 묻는다.

"네, 물론 필요할 때만 보호자의 허락을 얻고서요."

"나는 괜찮을 것 같은데. 당신은 어때? 밀리에게 필요하다면." 잭이 물으며 나를 본다.

"저도 괜찮아요. 의사가 그렇게 판단한다면." 내가 천천히 말한다. "그저 잠드는 데 약물에 의존하게 되는 게 내키지 않아서요."

"강한 약을 처방한 건 아니죠?" 잭이 묻는다.

"전혀요. 처방 없이도 살 수 있는 거예요." 교장이 책상에 놓인 폴더를 열어 종이를 한 장 꺼내주었다.

"고맙습니다. 괜찮으시면 이름 좀 적어둘게요." 잭이 자기 전화에 약 이름을 써넣는다.

"실은 어젯밤에도 한 알 주었어요. 특히나 잘 못 자는 것 같아서." 재니스가 말한다. "괜찮죠?"

"물론이죠." 내가 말한다. "제가 없을 때 무엇이든 필요한 조치를 하실 수 있다는 문서도 드렸잖아요."

"우리가 의아한 것은 왜 밀리가 갑자기 잠을 못 자게 되었나 하는 겁니다." 구드리치 교장이 말을 잇는다. 지난 주말에 만났을 때 불안하거나 불행해 보이는 점이라도 있었나요?"

잭이 고개를 젓는다. "제가 보기엔 평소와 다르지 않았는데요."

"저도요. 우리가 호텔로 점심을 먹으러 가지 않아 좀 실망하긴 했지만요. 왠지 밀리는 호텔을 제일 좋아하는데, 잭과 나는 호수 옆 식당을 더 좋아해서요. 하지만 곧 기분을 풀었어요."

교장이 제니스와 시선을 주고받는다. "그보다는 아직 집을 못 봐서 그런 게 아닌가 싶어요."

"그럴 리가요." 내가 재빨리 말한다. "보호막을 씌우고 사다리가 놓여 있는 상태라서요. 우리가 수리를 다 끝낸 다음에 보여주겠다고 해서 밀리도 동의했는걸요. 혹시 당신한테는 다른 말 한 거 있어?"

"전혀." 잭이 대답한다. "하지만 밀리가 그래서 심란해한다면 침실 수리를 얼른 마치고 보러 오게 하고 싶군요. 유일한 문제는 밀리가 그 방과 사랑에 빠져 학교로 안 돌아오려고 할 경우죠." 잭이 웃으며 덧붙인다.

"아무래도 학교를 떠난다는 생각에 걱정이 되는 게 아닐까 싶네요." 곤두박질치는 심장을 무시하며 내가 말한다. "벌써 7년이나 집으로 삼아왔던 곳이고, 밀리는 여기를 너무너무 좋아하니까요."

"정말 그래요. 그 생각을 못 했네요." 제니스가 끄덕인다.

"그리고 밀리가 제니스에게 애착이 많잖아요. 계속 연락할 거라고, 졸업한 후에도 계속 만날 거라고 안심하게 해주셨으면 좋겠어요. 제니스도 원한다면요."

"당연하죠! 밀리는 이제 내 막냇동생이나 마찬가지예요."

"밀리에게 우리와 살게 된 후에도 자주 찾아갈 거라고 얘기해주면 걱정이 없어질 거예요."

내가 방금 무슨 짓을 했는지 너무 잘 알고 있는 잭이 미소를 짓는다. "그리고 밀리가 무슨 말을, 무슨 말이든 하거든, 아무리 사소해 보이는 거라도 걱정이 되면, 꼭 우리에게 알려주세요. 우리는 그저 밀리가 행복하기만을 바라니까요."

"저런, 말씀드렸다시피 밀리에게 두 분 같은 가족이 있어서 얼마나 행운인지 모르겠어요." 교장이 말한다.

"우리가 행운이죠. 정말이지 그레이스와 밀리와 함께할 수 있어서 저는 세상에서 가장 운이 좋은 남자예요." 잭은 교장의 말을 겸손하게 받아 말하고서 일어선다. "자, 이제 밀리와 점심을 먹으러 가면 되겠네요. 호텔로 가지 않는다고 하면 실망할지도 모르지만, 새로운 식당에 자리를 예약했거든요. 정말 훌륭한 곳이에요."

나는 굳이 기대를 하지 않는다. 잭이 우리를 새로운 곳으로 데려간다면 벌써 확인을 해뒀다는 뜻이다.

"오늘 호텔 가?" 밀리가 희망에 차서 묻는다.

"데려가고 싶은 새 식당이 있어." 잭이 말한다.

"난 호텔 제일 좋아." 밀리가 얼굴을 찌푸린다.

"다음에. 어서 가자."

차로 가는데 밀리의 표정이 침울하다. 호텔로 가지 못해서 저런다. 차에 타서 나는 밀리의 손을 꼭 쥔다. 정신을 차리자는 내 수신호를 알아듣고 밀리는 기운을 내려 노력한다.

점심을 먹으며 잭이 밀리에게 왜 밤에 못 자냐고 물어보자, 밀리는 머릿속에서 파리가 붕붕대는 소리가 들린다고 말한다. 잭이 어젯밤 제니스가 준 약이 잘 들었냐고 묻자 밀리가 '아기처럼' 아주 잘 잤다고 대답한다. 밀리에게 잭은 언제든 필요할 때마다 약을 주도록 우리가 허락했다고 말한다. 밀리가 몰리는 돌아왔냐고 묻는다. 몰리 생각만 하면 목이 막히는 나 대신에 잭이 돌아올 것 같지 않다고, 아마도 몰리를 주인이 있는지 모르는 작은 소녀가 발견해서 많이 사랑해줄 거라고 상냥하게 말한다. 잭은 밀리에게 우리와 살러 오는 대로 그녀만의 강아지를 고르도록 해주겠다고 약속한다. 밀리의 표정이 행복으로 밝아지자, 나는 식탁에 놓인 나이프를 들어 잭의 심장 깊숙이 찔러 넣고 싶은 충동에 휩싸인다. 눈치를 챘는지 잭이 손을 뻗어 내 손을 감싸고, 접시를 치우러 온 웨이트리스는 애정이 넘치는 듯한 우리의 모습을 보고 미소를 짓는다.

디저트를 다 먹으니 밀리가 화장실에 갔다 오겠다고 한다.

"갔다 와." 잭이 말한다.

밀리가 나를 본다. "그레이스는?"

내가 일어선다. "응, 나도 가야 해."

"우리 모두 가자." 잭이 말한다.

잭을 따라 화장실로 가보니, 내가 생각한 대로 여성용 하나, 남성용 하나로 문 두 개가 나란히 있다. 여성용은 누가 쓰고 있어 우리는 잭 양쪽에 서서 화장실이 비기를 기다린다. 여자가 나오자 잭이 내 팔꿈치를 꽉 잡고 내가 그 여자에게 남편이 사이코패스라는 말을 하지 못하도록 경고한다.

밀리가 들어가자 여자는 우리를 보고 미소 짓는다. 매력적인 젊은 부부가 꼭 붙어 서 있는 걸 보고 사랑에 푹 빠졌구나 생각하는 것이다. 내 상황에 얼마나 희망이 없는지 다시 한번 깨닫는다. 나는 우리 생활이 절대적으로 완벽하다고 의심 없이 믿는 사람들 때문에 절망스럽다. 친구들을 만날 때마다, 잭과 내가 싸운 적이 한 번도 없고 우리가 모든 것에 절대적으로 의견을 같이하며 똑똑한 서른두 살 여성인 내가 아이도 없이 하루 종일 집에서 소꿉놀이하는 데 만족한다는 말을 믿는 그들의 멍청함이 경이로울 정도다.

누구라도 그 완벽성에 대해 질문하거나 의심하는 사람을 보고 싶다. 곧바로 에스터가 떠올라 그런 소망을 잘 감춰야겠다는 생각도 든다. 에스터의 끊임없는 질문을 수상히 여긴 잭이 내가 어떻게 해선지 부추겼다고 결론 내리고, 그러잖아도 끔찍한 삶을 더욱 흥흥하게 만들지 모른다. 내게 밀리가 없었다면 내가 자초한 이 새로운 삶 대신 기꺼이 죽음을 택했을 것이다. 하지만 역시 내게 밀리가 없었다면 내 삶이 이렇게 되진 않았을 것이다. 잭이 말했듯이, 그가 원하는 것은 내가 아니라 밀리다.

과거

태국에서 맞은 첫 아침이자 내가 괴물과 결혼했다는 것을 알게 된 밤의 다음 날이었다. 나는 차분하게 잭이 일어나기를 기다렸다. 잭이 일어나면 나는 그가 지시한 대로 연기해야 했다. 그래서 나는 긴 밤의 대부분을 정신적인 대비를 하며 보냈다. 영국으로 지체 없이 안전하게 돌아가려면 겁에 질리고 자포자기한 여자인 척해야 했다. 겁에 질린 척하기는 어렵지 않았다. 겁에 질려 있었으니까. 자포자기한 척하기는 쉽지 않았다. 나는 맞서 싸우는 본성을 가지고 있었다. 하지만 다시 도망치려 할 거라 잭이 예측했으니, 나는 그러지 말아야겠다고 마음을 단단히 먹었다. 내가 벌써 포기했다고 생각하게 만드는 게 중요했다.

잭이 깨어나는 소리를 듣고 나는 담요 속으로 더욱 웅크리며 잠든 척했다. 조금이라도 시간을 더 벌고 싶었다. 잭이 침대에서 나와 내가 벽에 기대앉아 웅크리고 있는 쪽으로 걸어오는 소리가 들렸다. 내려다보는 시선이 느껴져 소름이 끼치고 심장이 빨리 뛰었다. 그가 내 공포의 냄새를 맡고 있음을 알 수 있었다. 이내 욕실 문이 열리고 샤워하는 소리가 들려서 나는 눈을 떴다.

"자는 척하는 줄 알았지." 잭의 말에 나는 화들짝 놀라 비명을 질렀다. 그가 바로 내 앞에 서 있었다. "일어나. 사과할 사람이 많잖아"

나는 샤워하고 그가 지켜보는 가운데 옷을 입었다. 성적으로는 관심 없다고 어젯밤에 그가 한 말이 다소 위안이 되었다.

"좋아." 드레스를 보고 잭이 고개를 끄덕였다. "이제 미소를 지어봐."

"아래층에 내려가서 할게." 내가 시간을 벌어보려 중얼거렸다.

"당장 지어! 나를 사랑하는 척하는 표정을 지으란 말이야."

나는 침을 꿀꺽 삼키고 천천히 잭을 향해 돌아섰다. 정말 못할 것 같았다. 하지만 잭이 나를 보며 부드러운 표정을 짓자, 나는 어리 둥절할 정도로 얼빠진 기분이 들면서 지난 48시간 동안 일어난 일이 모두 꿈인 것만 같았다. 나는 간절한 마음을 감추지 못하고, 그가 나를 보며 짓는 사랑스러운 미소 따라서 웃는 표정을 지어 버렸다.

"훨씬 낫네. 아침 먹는 내내 그 표정을 잊지 마."

나는 잠시라도 그의 정체를 잊은 내 자신이 수치스러워 얼굴이 붉어졌다.

잭이 알아채고 웃었다. "좋게 생각해, 그레이스. 아직도 나한테 끌리니, 사랑스런 아내 연기를 하는 게 훨씬 쉽잖아."

수치심에 눈물이 솟아났다. 내면에 깃든 악마와 너무나 어울리 지 않는 그의 외모가 원망스러웠다. 아주 잠시라도 나조차 그의 본 래 모습을 잊게 만들 수 있는 외모라면, 어떻게 그의 정체를 다른 사람들에게 납득시킬 수 있을까?

우리는 로비로 내려갔다. 안내 데스크를 지나가는 길에 잭이 나를 돌려 세웠다. 시차 때문에 약 먹는 걸 깜빡했다며 내가 매니저에 게 사과하는 동안 잭은 나를 감싸 안고 있었다. 키코가 말없이 나를 지켜보고 있는 것을 깨닫고, 왠지 그녀가 같은 여자로서 혹시 내 분위기를 알아채주지 않을까 희망을 품어보았다. 내가 화장실에서 옷을 갈아입을 때 갑자기 잭이 나타나 이제부터는 자신이 알아서 하겠다고 했을 때, 뭔가 의혹을 품었을 수도 있다. 사과를 마치고 나서 그녀를 흘긋흘긋 보았다. 그러나 그녀는 전과 마찬가지로 나와 눈을 마주치지 않으려 했다.

어제의 소란에 대해 사과하는 내게 매니저는 손사래를 치며 우리를 테라스 쪽 햇빛이 내리쬐는 자리로 직접 안내해주었다. 배가 고프지는 않았지만 힘을 내기 위해 열심히 먹었다. 먹는 동안 잭은 끊임없이 대화를 이어갔다. 주변 사람들 귀에 들리게 그날 할 일을 읊어대는 것이었다. 실제로는 그중 아무것도 하지 않았다. 아침을 먹고 나서 어제 보았던 별 다섯 개짜리 호텔로 데려가더니 나를 입구에 세워놓고 사진을 몇 장 찍었다. 나는 밀리와의 행복했던 기억을 떠올리며 그가 요구하는 미소를 지어냈다. 그러고 나서 다시 호텔 방으로 돌아왔다.

"밀리에게 전화하고 싶어." 내가 말했다. "내 전화 좀 주면 안 돼?"

잭이 고개를 저었다. "그럴 수 없어."

"엄마한테 전화한다고 약속했어. 밀리가 어떤지도 알고 싶고."

"난 네가 나와 너무 멋진 시간을 보내느라 밀리 생각은 모두 날아가 버렸다고 네 부모가 생각하길 바라."

"제발, 잭." 애원하는 내 말투가 너무 한심했지만 밀리가 괜찮은지 너무나 알고 싶었고 갑자기 엄마 목소리도 듣고 싶었다. 내가 이전까지 알던 세상이 아직 존재하는지 확인해야 했다.

"안 돼."

"널 증오해." 내가 이를 악물고 말했다.

"당연히 그렇겠지. 이제 난 잠시 나갔다 올 테니, 넌 여기 발코니에서 기다리면서 멋지게 몸을 태워야지. 필요한 건 다 챙기도록 해. 한번 나가면 내가 올 때까지 다시 방에 못 들어올 테니."

그의 말을 이해하기까지 약간 시간이 걸렸다. "날 발코니에 가둬둘 생각이야?"

"바로 맞혔어."

"왜 방에 있으면 안 되지?"

"가둬둘 수가 없으니까."

나는 경악해 그를 보았다. "화장실에 가야 하면 어쩌고?"

"갈 수 없을 테니 지금 가."

"얼마나 나갔다 올 건데?"

"두세 시간. 어쩌면 네 시간. 혹시 발코니에서 주위에 도움을 청할 생각이라면 단념하는 게 좋을 거야. 내가 계속 주변에 있으면서 지켜보고 듣고 있을 테니까. 바보 같은 짓은 하지 마, 그레이스. 경고했어."

말을 하는 그의 태도를 보고 있자니, 등골을 타고 한기가 흘러내리는 듯했다. 하지만 잭이 일단 떠나고 나면 발코니에 서서 도와달라고 비명을 지르고픈 유혹을 참기는 힘들 듯했다. 그렇게 하면 어떻게 될까 상상해보려 노력했다. 설사 사람들이 몰려와도 잭 역시 나의 정신 상태에 대한 설득력 있는 이야기로 무장하고 올 것이다. 그리고 누가 내 주장을 더 들어봐야겠다고 결정하더라도, 뭔가 밝혀지기까지는 몇 주나 걸릴 것이다.

설령 내가 잭에게서 들은 얘기를 폭로하고 남편이 아내를 때려

죽인 어떤 사례와 들어맞는다는 걸 경찰이 알아낸다 해도, 그리고 잭의 아버지가 아내를 죽인 범인이 자기 아들이라고 주장해도, 30년이 지난 지금 그 주장이 받아들여질 리도 없거니와 아버지가 이미 죽었을 가능성도 컸다. 게다가 잭이 들려준 이야기가 사실인지도 나로선 알 수가 없었다. 끔찍할 정도로 사실처럼 들리긴 했지만, 날 겁주기 위해 지어낸 얘기일 수도 있었다.

이제부터 몇 시간을 보내야 하는 발코니로 나가니 호텔 뒤 수영장 주변에서 사람들이 수영을 하거나 일광욕을 하는 모습이 보였다. 잭이 저기 있다면 이쪽이 더 잘 보일 것 같았다. 나는 발코니 철책에서 물러나 되도록 창가 쪽으로 붙었다. 발코니에는 두 개의 나무 의자가 있었는데 막대기가 이어진 모양새라 불편하고 다리에 자국도 남는 종류였다. 작은 탁자도 하나 있었지만 푹신한 선 베드는 없었다. 다행히 수건을 가지고 나와서 의자에 깔았다. 시간을 얼마 주지 않아 비키니, 선탠로션, 선글라스밖에 못 챙겼고, 많이 가져온 책 중 하나를 꺼낼 생각은 하지도 못했다. 별 상관은 없었다. 어차피 집중하지 못했을 테니까. 발코니로 나간 지 채 몇 분 되지도 않아 나는 우리에 든 사자처럼 탈출 욕구가 더욱 강해졌다. 옆방이 비어 있어서 다행이었다. 안 그랬으면 도움을 청하지 않고는 도저히 가만히 있을 수 없었을 것이다.

그다음 주 역시 고문이었다.

잭이 어떤 날은 나를 아침 식사에 데려갔지만 어떤 날은 데려가지 않았다. 매니저의 태도를 보니 잭은 이 호텔 단골인 게 분명했다. 아침을 먹고 난 경우엔 곧장 나를 방으로 데려와 발코니에 가두고 외출을 했다가 돌아와 화장실을 쓰게 하고 자기가 사온 걸 점심으로 먹였다. 한 시간쯤 있다가는 다시 발코니로 내보내고, 어디로 가는지 저녁때까지 돌아오지 않았다.

지독한 짓이긴 했지만 그나마 다행스러웠던 건 늘 발코니 일부가 그늘져 있었다는 것과 내가 고집해 물을 가지고 나갈 수 있었다는 것이다. 물론 많이 마시지 않도록 조심해야 했다. 잭은 한번에 네 시간 이상 방을 비우지는 않았다. 하지만 시간은 견디기 힘들 만큼 느리게 지나갔고 외로움, 지루함, 공포, 절망이 극심해져 도저히 참을 수 없게 되면 나는 눈을 감고 밀리를 생각했다.

물론 발코니에서 벗어나고 싶은 마음이 간절했지만, 잭이 나를 데리고 나가면 더 힘들어서 호텔 방으로 돌아오는 게 오히려 기쁘기도 했다. 그가 나를 데리고 나간 것은 내가 불쌍해서가 아니라 사진을 찍기 위해서였다. 어느 날 밤에는 멋진 식당으로 데려가 음식이 나올 때마다 사진을 찍고 또 찍었다. 어느 날 오후에는 택시를 예약해서 나흘 걸릴 관광을 네 시간에 욱여넣어 우리의 행복한 시간을 증명해줄 사진을 더욱더 많이 찍었다.

또 어느 오후에는 방콕에서 가장 좋은 호텔로 보이는 곳으로 데려갔다. 무슨 수를 쓴 건지는 몰라도 나를 호텔 소유 해변으로 데리고 들어가더니, 비키니를 갈아입고 또 갈아입게 해서 마치 각각 다른 날에 찍은 것처럼 사진을 잔뜩 찍었다. 낮에 날 가두고 여기서 시간을 보내는 게 아닐까 의심스러웠다. 내가 머물고 있는 호텔의 직원들이 왜 내가 잘 보이지 않는지 의아하게 생각하지 않을까 싶었지만 어느 날 아침을 먹으러 갈 때 걱정스레 이제 좀 괜찮으냐고 묻는 걸 보니 내가 배탈이 나서 누워 있다고 핑계를 댄 모양이었다.

이렇게 잠깐씩 정상의 세계로 돌아올 때마다 내가 희망을 품게 된다는 게 가장 최악이었다. 공공장소에서 잭은 내가 사랑에 빠졌던 그 남자로 돌변했다. 식당에서 그가 배려심 넘치고 사랑에 빠진 남편 역할을 연기할 때마다 나는 그의 악마성을 간혹 잊기도 했다. 그가 그렇게 사근사근하지만 않았어도 내가 정신을 차리기가 쉬웠을 것이다. 심지어 정신을 차리고 있을 때조차, 맞은편에서 애정 어린 눈빛으로 나를 보고 있는 남자와 나를 가두는 남자가 같은 사람이라는 것을 믿기가 너무 힘들어서 내가 잠시 망상에 빠졌던 게 아닐까 싶은 생각이 절로 들었다.

그러다 현실로 추락하면 두 배로 더 힘들었다. 실망감이 밀려오면서 그의 매력에 내가 굴복하고 말았다는 수치심을 느꼈다. 그럴 때마다 나는 미친 듯이 사방을 두리번거리며 출구를, 도망칠 곳을, 도움을 청할 사람을 찾곤 했다.

그러면 잭은 재미있다는 듯이 나를 바라보며 말했다. "어디 도망쳐봐. 아니면 저 사람한테 말해봐. 저 사람은 어때? 내가 너를 가둬두고 있다고, 내가 괴물이고 살인자라고 해봐. 하지만 그전에, 주변을 봐. 내가 데려온 이 아름다운 식당을 봐. 그리고 생각을 해보라고. 지금 먹고 있는 맛있는 음식과 훌륭한 와인을. 네가 포로 같아 보여? 내가 괴물, 살인자로 보여? 그럴 리가 없지. 그래도 계속하겠다면, 말리지 않을게. 재미 좀 보고 싶기도 하고."

그러면 나는 눈물을 삼키고, 다시 영국으로 돌아가기만 하면 모든 것이 쉬워질 거라고 생각했다.

태국에서 두 번째 주가 되자 내 인내심이 한계에 도달해 더 이상 탈출 욕구를 참을 수 없었다. 남은 6일을 이 발코니에 갇혀서 보내야 한다는 사실도 힘들었지만, 내 상황의 암담함을 인식하기 시작했던 것이다. 영국에 돌아가서도 잭에게서 도망치기가 쉽지 않을 것 같다는 생각이 들었다. 특히 성공한 변호사라는 평판이 그의 보호막이 될 것을 생각하면, 그의 정체를 알릴 대상으로 런던의 경찰보다는 태국의 영국 대사관이 더 나은 선택일지도 몰랐다.

다른 이유도 있었다. 지난 3일간 잭은 저녁에 발코니에서 방으로 들여보내 주고는 다시 방을 나갔다. 금방 돌아올 거라고 하면서 도망치려 하면 즉시 알 수 있다고 경고했다. 문만 열면 나갈 수 있다는 생각에 너무 괴로웠고, 도망치고 싶은 본능을 억누르기 위해 모든 의지력을 다 쏟아야 했다. 그건 그래도 나았다. 첫날 잭은 20분 후에 돌아왔다. 두 번째 날에는 한 시간 후에 돌아왔다. 하지만 세 번째 날에는 거의 열한 시가 되도록 돌아오지 않았다. 그제야 그가 점차 나를 혼자 두는 시간을 늘리고 있음을 깨달았다. 어쩌면 아예 대사관에 갈 수 있게 놔두는 건지도 모른다는 생각에 그렇게 해봐야 하는 건가 하는 의문이 들기까지 했다.

호텔 매니저에게는 도움을 청할 수 없었다. 하지만 누군가의 도움 없이는 멀리 갈 수 없었다. 다행히도 주말 동안 옆방에 누가 투숙한 것 같아 도움을 청해보면 어떨까 하는 마음이 들었다. 벽을 통해 들리는 말소리로는 어느 나라 사람인지는 알 수 없었지만 그들이 듣는 음악으로 보아 젊은 커플인 듯했다. 비록 낮에는 방을 자주 비우는 것 같았지만 방에 있는 동안은 종종 발코니로 나와 담배를 피웠다. 나 같은 포로가 아니고서야 기껏 태국에 와서 방 안에만 있는 사람은 없을 것이다. 칸막이 너머 윤곽을 보면 담배를 피우는 사람은 남자인 것 같았다. 그리고 여자에게 뭐라고 할 때 보면 스페인 아니면 포르투갈 사람 같았다. 그들 역시 대부분 저녁 시간을 방에서 보내는 듯했으니 신혼부부일 것 같았다. 방에서 사랑을 나눌 그들이 틀어놓은 부드러운 음악 소리가 들리는 저녁이면 내 처지가 기가 막혀 또다시 눈물이 흘렀다.

나흘째 날 밤에 잭은 자정이 되도록 돌아오지 않았다. 내 예상이 맞았다. 나 혼자 남겨두는 시간을 점점 늘리며 그 정도면 내가 도망치지 않으리라 생각하는 듯했다. 저녁마다 어딜 가는지 알 수 없었다. 돌아올 땐 늘 기분이 좋아 보였다. 무슨 매춘굴 같은 델 갔다 오나 싶었다. 긴 시간 동안 발코니에 갇혀 상상밖에 할 것이 없었던 나는 잭에 대한 결론을 내렸다. 나와의 섹스에 대해 했던 말로 미루어 보아 그는 동성애자가 분명했다. 태국에 오는 것은 영국에서는 협박당할까 봐 맘대로 하지 못하는 것을 마음껏 하기 위해서일 것이다. 내 추측에 뭔가 미진한 부분은 있었다. 잘 모르긴 하지만 게이라는 게 밝혀진다고 인생이 끝나는 것도 아니니 말이다.

닷새째 날 밤에 잭이 새벽 두 시까지 돌아오지 않자 나는 내가 처한 상황을 진지하게 고민하기 시작했다. 영국으로 돌아가려면 5일은 더 있어야 했고, 그것이 영원히 끝나지 않을 긴 시간처럼 느껴졌다. 게다가 돌아가기로 한 날짜에 돌아가지 않을 것 같다는 공포가 엄습했다. 그날 아침, 이때껏 밀리에게 전화를 하지 못해 화가 쌓인 나는 잭에게 돌아가자마자 밀리를 보러 갈 수 있냐고 물었다.

잭은 우리의 신혼여행이 너무 즐거워 돌아가는 날짜를 미룰 생각을 하고 있다고 대답했다. 나는 분노의 눈물을 조용히 흘리며 이것 역시 그의 또 다른 게임이라고 생각했다. 나를 흔들어놓기 위한 게임. 나는 무기력하게 하루 종일 울 수밖에 없었다.

저녁쯤에 도망가기로 마음을 굳혔다. 옆방의 커플이 스페인 사람들이라는 확신이 없었다면 엄두를 내지 못했을지도 모른다. 아르헨티나로 출장을 다니는 동안 자연스럽게 익힌 표현이 꽤 많아서, 도움이 절실히 필요한 나의 상황을 이해시킬 자신이 있었다. 그들이 커플이라 말이 통할 여자가 있다는 사실도 결심의 계기가 되었다. 어쨌든 내가 곤경에 처해 있다는 걸 이미 알고 있을 거라는 확신이 들었다. 그날 오후에 남자가 담배를 피우러 발코니로 나왔을 때 걱정스럽게 여자를 불러 누가 우는 것 같다고 말했던 것이다. 발코니 너머를 확인해보려는 그들을 어디선가 잭이 보고 있을 것 같아 나는 숨을 죽이고 가만히 있었다. 그래서 그들은 내가 방에 들어간 줄 알았을 것이다. 그들이 내 울음소리를 들은 게 좋은 쪽으로 작용하길 빌었다.

나는 잭이 나가고 세 시간이 지나길 기다렸다가 움직였다. 열한 시가 지나 있었지만 옆방에서는 커플이 움직이는 소리가 들렸다. 이전 일도 있고 해서 나는 핸드백과 옷 가방과 방을 확인했다. 여권과 지갑은 없었다. 천천히 문을 열고 잭이 없기를, 돌아오지 않기를 빌었다. 그러려던 건 아니었지만, 잭이 갑자기 나타날지 모른다는 생각에 스페인 커플의 문을 생각보다 너무 크게 두드렸다. 남자가 투덜거리는 소리가 들렸다.

"키엔 에스?" 닫힌 문 너머로 남자가 물었다.

"옆방 사람인데요, 좀 도와주실 수 있나요?"

"케 파사?"

"문 좀 열어주실 수 없을까요?" 승강기가 복도 저편에서 멈추는 소리가 들려 나는 문을 다시 두드렸다. "빨리요!" 나는 혼비백산해 울부짖었다. "제발 빨리요!" 빗장이 열리는 소리와 함께 승강기 문도 열렸다. 나는 허둥지둥 방으로 뛰어들어갔다. "고마워요, 고마워요!" 나는 주절거렸다. "정말⋯⋯." 말은 그대로 입술에서 굳어버렸고 나는 눈앞에 서 있는 잭을 공포에 질려 바라보았다.

"사실은 어젯밤에 올 줄 알았어." 충격에 휩싸인 얼굴은 보며 잭이 웃었다. "내가 생각을 잘못했나 싶던 참이야. 결국은 내 경고를 알아듣고 포기한 줄 알았지. 당연히 그랬으면 너한텐 좋았겠지만 나는 재미가 없어졌겠지. 인정할게, 내 모든 고생이 헛수고가 되었을 테니 엄청 실망했을 거야."

나는 몸에 힘이 풀려 바닥에 주저앉아 충격으로 떨었다. 잭이 몸을 숙였다. "내가 맞혀볼까? 넌 스페인 커플이 이 방에 투숙한 줄 알았지? 하지만 나뿐이었어. 생각해보면, 여자가 대답하는 소리는 들은 적이 없을 거야. 목소리는 라디오에서 나오는 거였어. 발코니에서 여자 모습을 본 적도 없지. 그런데도 여자가 존재한다고 상상한 거야. 물론 내가 담배를 피우는 줄은 몰랐겠지. 보통은 피우지 않아. 또 내가 스페인어를 하는 줄도 몰랐겠지."

잭이 말을 이었다. "태국을 떠나기 전에 또 도망치려 하는 건 바보 같은 짓이라고 했지." 그리고 속삭이듯 목소리를 줄였다. "자, 근데 내 말을 안 들었으니, 내가 어떻게 할까?"

"마음대로 해. 이젠 상관없어." 나는 흐느끼며 말했다.

"용감한 말이네. 하지만 진심은 아닐 거라고 생각해. 예를 들어 죽이기로 하면, 난리가 날 거 아냐. 밀리를 다신 못 보게 될 테니."

"안 죽일 거잖아." 말이 바로 튀어나왔다.

"맞아. 아직은 아니지. 무엇보다 밀리를 위해 네가 우선 해야 할 일이 있어. 밀리 스스로는 할 수 없을 테니까." 잭은 일어서서 나를 아무런 감흥 없는 표정으로 내려다보았다. "불행히도 여기서는 너를 처벌할 수 없어. 사실상 박탈할 게 없으니까. 하지만 두 번이나 도망쳤기 때문에, 우린 영국에 돌아가 첫 번째 주말에도, 두 번째 주말에도 밀리를 보러 가지 않을 거야."

"그럴 순 없어." 내가 소리를 질렀다.

"당연히 그럴 수 있지. 더구나 그렇게 할 거라고 경고했잖아." 잭은 나를 억지로 일으켜 세웠다. "자, 가자." 그러고는 문을 열고 나를 복도로 밀어 보냈다. "역시 방을 하나 더 잡길 잘했어. 미스터 호, 매니저 말이야. 그는 내가 왜 방 하나를 더 달라고 하는지 충분히 이해했지. 네 정신 상태를 볼 때 말이야. 내가 내내 지켜보고 있었다는 걸 아니 기분이 어때?"

"네가 감방 가는 걸 볼 날만큼 좋진 않아." 내가 쏘아붙였다.

"그레이스, 그런 일은 일어나지 않아." 잭은 나를 원래 방으로 밀어 넣었다. "왠지 알아? 나는 너무 깨끗하거든."

태국에서의 2주 가운데 최악의 날이었다. 탈출에 실패해서가 아니라 다시 한번 잭이 정교하게 설치한 함정에 빠져버렸기 때문이었다. 단계적으로 시간을 늘린 것은 그렇게 하지 않으면 내가 도망치려 하지 않을 것이기 때문이었다. 그는 내 순응이 재미없었거나 아니면 그냥 물리적 폭력의 쾌락을 참는 대신 정신적 폭력을 즐기고 싶었는지도 몰랐다. 나를 가두고 점점 더 무슨 심리 게임을 벌이려 하는 게 소름이 끼치도록 끔찍했다. 이젠 다른 탈출 기회를 포착해도 잭이 전부 조작한 게 아닐까 하는 공포가 계속 생길 수밖에 없었다. 영국에 도착하자마자, 공항을 떠나기 전에, 새집에 도착하기 전에 도망치지 못한다면, 탈출은 훨씬 힘들어질 것이다.

절망과 싸우며 어떻게 해야 할지 머리를 짜내보았다. 비행기에서, 그리고 히스로 공항에 도착해서 승무원 중 한 명에게 잭이 나를 포로로 잡고 있다고 말할 경우, 잭이 내가 피해망상이라고 주장하면 나는 침착하게 대응할 수 있을까? 호텔 매니저의 증언이라도 꺼내 들면? 설령 침착하게 잭이 나와 여동생을 해치려 한다고 설명한다 해도 비행 중에 조사를 해달라고 설득할 수 있을까? 설령 그렇다고 해도 그의 가명을 밝혀낼 것인가? 아니면 매 맞는 여성을 변호하는 성공한 법률가라는 것을 알아낼 것인가? 알 수 없지만 나는 분명히 주장하기로 결심했고, 아무도 듣지 않을 경우 소란을 일으켜 히스로 공항에 도착해 병원으로 가든지 경찰서로 가든지 하기로 마음을 굳혔다.

저녁 비행기가 이륙하자마자 졸음이 몰려와 생각할 겨를이 없었다. 다음 날 아침 착륙할 때는 몸을 가누지 못할 정도가 되어 휠체어를 가져와 비행기에서 내려야 했다. 발음이 뭉개져 말도 제대로 할 수 없었다. 머릿속에 안개가 무겁게 내려앉은 듯해 나를 보러 온 의사에게 잭이 하는 소리도 제대로 들리지 않았지만 잭이 들고 있는 약병이 보였다. 탈출 기회가 눈앞에서 사라져가는 것을 느끼며 나는 온힘을 다해 도움을 청하려 해보았지만 우리는 사람들의 도움을 받으며 입국장을 빠져나왔고 내 입에서 나오는 소리는 알 수 없는 신음뿐이었다.

차에 탄 잭이 나에게 안전띠를 채웠다. 나를 무기력하게 만드는 졸음과 싸울 수가 없어 문에 기대 늘어졌다. 다시 정신이 들었을 때는 잭이 나에게 휴게소에서 뽑은 진한 블랙커피를 강제로 먹이고 있었다. 약간 정신이 들었지만 여전히 어지럽고 몽롱했다.

"어디야?" 나는 똑바로 앉으려 노력하며 느릿느릿 물었다.

"집에 다 왔어." 그 목소리에는 무서운 흥분이 깃들어 있었다.

다시 운전해 가는 동안 어디쯤인지 알아보려 애썼지만 지나가는 마을 이름 중 낯익은 게 하나도 없었다. 30분쯤 후 좁은 길로 들어섰다.

"자, 다 왔어. 나의 사랑스러운 아내." 차의 속력이 줄었다. "당신이 좋아하길 바라."

거대한 검은 양문 앞에 차가 멈춰 섰다. 옆에는 초인종이 달린 작은 출입문이 있었다. 잭이 주머니에서 리모컨을 꺼내 누르자 양문이 열렸다. "내가 결혼 선물로 약속한 집이야. 자, 어때?"

처음에는 잭이 먹인 약 때문에 환각을 보는 줄 알았다. 그러나 나는 코노트 호텔 바에서 우리가 함께 종이에 그렸던 집을 정말로 보고 있었다. 잭이 발견해내겠다던 집은 지붕의 작은 둥근 창까지 그대로였다.

"할 말을 잃은 것 같네." 잭이 웃으며 문을 지나 차를 몰았다.

잭이 현관문 앞에서 차를 멈춘 후 내 쪽으로 돌아와 문을 열어주었다. 그대로 앉아 있는 나를 팔로 받쳐 들더니, 인정사정없이 끌어내 현관으로 끌고 갔다. 그러고는 문을 열어 나를 밀어 넣고 자기도 들어선 후 문을 쾅 닫았다.

"우리 신혼집이야." 잭이 연극조로 외쳤다. "행복하게 잘 살자고!"

입구는 아름다웠다. 높은 천장에 웅장한 계단이 나 있고 양쪽 문들은 닫혀 있었다.

"집 구경을 하고 싶겠지만 먼저 몰리를 보고 싶지 않아?"

"몰리?" 나는 그를 노려보았다.

"그래, 몰리. 설마 까맣게 잊은 거야?"

"어디 있어?" 나는 다급하게 물었다. 태국에 있는 동안 한 번도 몰리 생각을 하지 않았다는 데에 스스로 충격을 받았다.

"다용도실에." 잭이 계단 오른쪽 문을 열고 불을 켰다. "저 아래."

그를 따라 지하실로 들어가며 잭이 나에게 보여주었던 바구니에 담긴 몰리 사진에서와 같은 타일을 알아볼 수 있었다. 잭이 어느 문 앞에서 멈춰 섰다. "이 안에 있지. 하지만 들어가기 전에 이거 하나 가져가는 게 좋을 거야." 잭이 선반에서 두루마리 비닐봉지를 하나 떼어 내게 건넸다. "내 생각엔 이게 필요할 거야."

현재

하루는 느리게 흘러도 일요일은 늘 빨리 돌아오는 게 놀랍다. 하지만 오늘은 밀리를 보러 갈 수 없으리라는 생각에 우울하다. 확실하지는 않지만 2주 연속해 일요일에 보러 갔으니 또 갈 것 같지 않다. 그래도 잭이 나를 놀래킬 가능성도 있으니 혹시 몰라 샤워를 해둔다. 조그만 손수건으로 머리와 몸을 다 닦아야 한다. 목욕 수건과 헤어드라이어는 오래전에 미용실에 갔을 때에만 잠깐 맛본 사치품이다. 겨울에는 몸을 다 닦기가 괴롭지만 그리 나쁜 점만 있는 건 아니다. 열기도, 가위도 맛본 지 오래되어선지 긴 머리칼은 윤이 난다. 약간 재주를 부려 그럭저럭 쪽을 지어 성가시지 않게 머리를 정돈할 수 있게 되었다.

항상 이렇게 나빴던 건 아니다. 처음 집에 왔을 땐 훨씬 좋은 침실을 사용했고 지루함을 덜 수 있는 온갖 물건이 있었지만, 도망치려 할 때마다 잭이 빼앗아버렸다. 처음에는 주전자를, 그다음엔 라디오를 그리고 책을. 결국 나는 하루 종일 막막한 지루함을 달래기 위해 옷장 속의 옷을 가지고 놀게 되었다. 이런저런 옷들을 아무 이유 없이 섞어보고 코디도 해보았다. 하지만 또 탈출이 실패한 후, 잭은 나를 그 방에서 끌고 나와 그 옆의 골방에 가두고 침대를 제외한 모든 편의 수단을 박탈했다. 심지어 창에 창살을 설치하는 수고도 마다하지 않았다. 옷장이 없어지니 매일 아침 잭이 옷을 가져와야 했다. 곧 생활복을 입을 권리마저 몰수당해 외출을 하지 않는 한 나는 밤낮으로 파자마를 입고 지내게 되었다. 일주일에 세 번 깨끗한 걸 가져다주긴 하지만 옷은 모양도, 색깔도 똑같아 구별이 안 된다. 나는 매일매일 단순한 디자인의 검은 옷을 입고 또 입는다. 한번은 얼마 전에 낮 동안에는 기분 전환 삼아 원피스를 입을 수 없냐고 물었더니, 내 아파트에 달았던 커튼을 가져와서 직접 만들라고 했다. 가위도, 바늘도, 실도 없는 판국에 재미있는 농담이라고 한 거였지만, 다음 날 내가 커튼을 몸에 옷처럼 휘감아보며 만족하는 걸 보고서는 다시 빼앗았다. 내가 창의성을 발휘하는 모습에 화가 난 것이다. 그러고 나서 에스터와 다이앤에게 내가 재봉사 못지않게 옷을 만들어 입는다는 농담을 했다.

　다른 사람들과 대화를 나누다가도 잭은 무심한 듯 말하며 나를 곤혹스러운 상황으로 몰아넣고 내 반응을 보는 걸 즐긴다. 내가 일을 망쳐서 벌줄 기회가 오기를 바라는 것이다. 하지만 그동안은 내가 꽤 잘 얼버무렸다. 정말이지 에스터랑 다이앤이 다시 바느질 모임 만드는 애기를 꺼냈으면 좋겠다. 그 대응은 잭이 해야 할 테니까.

어쩌면 내 팔을 부러뜨리거나 손가락을 문에 찧어서 해결할지도 모르겠다. 아직까지는 육체적 폭력을 행사한 일이 없지만 몇 번은 폭력을 행사하고 싶어 했던 것 같다.

어느 날 오후에 대문 벨 소리가 들린다. 나는 벌떡 일어나 귀를 문에 바짝 가져다댄다. 초대를 안 받고 오는 사람은 없으니 정말 오랜 만에 맛보는 흥분이다. 잭이 집 안으로 들이지 않을까, 혹은 무슨 일이냐고 묻기라도 하지 않을까 기대해본다. 하지만 집 안은 조용하다. 우리가 집에 없는 척하는 것이다. 불행히도 검은 대문 너머로는 진입로에 주차된 차를 볼 수가 없다. 누군지 다시 벨을, 이번에는 좀 더 조급하게 누르는데 혹시 에스터가 아닌가 싶다.

요즘 에스터 생각이 많이 난다. 지난주에 자기 전화번호를 알려주려 되풀이해서 말하던 모습 때문이다. 돌이켜 생각할수록 나에게 잘 들리도록 그런 것 같다. 혹시 누군가에게 도움을 청할 기회가 다시 온다면, 더 오래 알아온 다이앤보다도 에스터에게 가야 하리라. 나는 친구도 모두 잃었다. 늘 곁에 있을 거라 생각했던 케이트와 에밀리마저도. 잭이 받아쓰게 한 부정기적이고 아주 짧은 이메일, 내가 얼마나 멋진 결혼 생활을 하고 있는지 너무 바빠 그들을 볼 시간이 없다는 말에 그들도 빠르게 소원해졌다. 올해는 생일 축하 카드도 받지 못했다.

나의 친구들을 제거해버리고 나서 잭은 특별히 나에게 온 다른 이메일에는 직접 답장을 하게 했다. 부모님과 다이앤 같은 이들에게는 잭이 아니라 내가 답을 쓰는 게 진짜 같은 느낌을 더 주기 때문이었다. 잭의 숨결이 목덜미에 느껴지는 상태에서 내가 얼마나 진짜처럼 보이게 쓸 수 있을지는 모르겠지만 말이다. 그럴 때면 나는 잭의 서재로 내려가는데 컴퓨터도, 전화도 손에 닿을 거리에 있어 그 어느 장소보다도 누군가에게 연락할 가능성이 커지는 순간을 만 끽한다.

잭의 자리에 앉으면 바로 코앞에 있는 컴퓨터와 전화기 덕에 나의 심장이 빠르게 뛰기 시작한다. 혹시나 잠시라도 잭이 딴 데 정신 파는 것 같으면 얼른 전화를 낚아채 999를 누른 다음 경찰에게 소리를 질러댈 기회가 생기는 거니까. 아니면 자판에 재빨리 도와달라는 글을 쳐 보내기 버튼을 눌러버릴 수 있다. 그 유혹은 정말 크지만 잭은 늘 감시를 게을리하지 않는다. 내가 메시지를 하나하나 확인하고 답장을 보내는 동안 잭은 뒤에서 지켜보며 명령을 내린다.

한번은 내가 답장을 쓰고 있는데 누가 벨을 눌러 내 처지를 알릴 기회가 왔다고 생각했다. 하지만 잭은 인터폰으로 확인해보는 대신 그냥 무시해버렸다. 내가 컴퓨터 앞에 앉아 있는 동안 전화가 울렸을 때도 마찬가지였다. 한편으로 번번이 기회가 사라져 우울하게 잭을 따라 방으로 돌아갈 때에 나는 만족스러운 기분을 경험하기도 한다. 특히나 부모님에게 이메일을 쓰고 나서는 내가 부모님에게 한 거짓말을 나 스스로도 믿을 수 있을 것 같다. 잭과 갔던 주말여행이라든지, 방문했던 아름다운 시골집 정원처럼 가본 적도 없고 앞으로도 갈 일 없는 장소들을 하나하나 자세하게 그려볼 수 있다. 하지만 그렇게 상상의 나래를 펴다가도 순식간에 냉혹한 현실이 덮친다. 상상이 달콤했던 만큼 좌절감은 더욱 깊어진다.

초인종이 더 이상 울리지 않아 결국 나는 다시 침대로 돌아가 눕는다. 너무 초조해져서 명상을 좀 하며 긴장을 풀어보려 한다. 잭이 나를 이 방으로 옮긴 후 하루 종일 아무것도 할 일이 없어 미쳐버릴 것만 같기에 나는 스스로 명상을 익히기 시작했다. 지금은 능숙해져서 몇 시간 동안이나 의식을 넘나들었던 것 같을 때가 종종 있지만 아마 실제 시간은 얼마 지나지 않았을 것이다. 보통은 밀리와 아름다운 정원에 작은 개와 함께 앉아 있는 풍경을 떠올리며 명상을 시작한다. 하지만 그 개가 몰리는 아니다. 나 자신을 잊기 위해서는 행복한 생각을 떠올려야 한다. 그런데 오늘은 도무지 긴장이 풀리지 않는다. 우리 집에 들렀다가 자기 집으로 돌아가는 에스터의 모습만 자꾸 떠오른다. 갇혀 생활하다 보니 생각이 미신을 만들어낸다. 결국 내가 틀렸다는, 에스터는 나를 도울 수 없다는 징조인 것만 같다.

초인종이 울린 지 한 시간쯤 지났을까, 잭이 계단을 올라오는 소리가 들린다. 나는 예상해보려 애쓴다. 또 나랑 무슨 게임을 하려는 걸까. 아니면 늦게라도 점심을 갖다주려는 걸까. 잭이 문을 여는데 접시는 들고 있지 않다. 또 무슨 가학적인 놀이를 준비해왔을지 몰라 마음을 다잡는다. 더구나 책을 한 권 들고 있다. 당장 달려들어 낚아채고 싶지만 최대한 무표정을 유지하며 책을 안 보려 노력한다. 이번에는 또 무슨 고문을 생각해낸 걸까? 내가 얼마나 읽을거리를 원하는지 잭도 안다. 일주일에 한 번이라도 좋으니 신문 좀 달라고 애원한 게 몇 번인지 모른다. 세상에서 무슨 일이 일어나고 있는지는 알아야 하지 않겠냐고. 그래야 식사 모임 때 멍청이로 보이지 않을 거라고. 그러니 저 책을 줄 거라고 희망이 부풀어 오르지만 내가 손을 내민 순간 잭이 책을 거둬들인다.

"줄 게 있어." 또 시작이다.

"뭔데?" 최대한 무덤덤하게 묻는다.

"책." 잠시 쉬었다 묻는다. "읽고 싶어?"

세상에서 제일 증오스런 저 질문에는 그렇다고 대답해도 당하고 아니라고 대답해도 당한다. "상황에 따라 다르지." 대화를 나눌 상대가 잭밖에 없는 판국이니 최대한 시간을 끌어보려 하다가 고난을 자초하고 마는 자신에게 화가 난다.

"어떤 상황?"

"어떤 책이냐에 따라서. '사이코패스와 함께한 나의 인생'에 대한 거라면 사양할게."

잭이 미소를 짓는다. "사실은 에스터가 추천한 책이야."

"근데 날 위해 사왔다고?"

"아니, 에스터가 두고 갔어. 보통 때 같으면 곧장 쓰레기통에 넣겠지만 돌아오는 토요일에 함께 식사하자는 아주 멋진 초대장도 들어 있더라고. 이 책에 대한 감상이 어떨지 너무 궁금하다는 짤막한 글도 덧붙여서. 그러니 그때까지 확실히 읽어두는 게 좋을 거야."

"시간이 날지 모르겠지만 최선을 다할게."

"너무 똑똑해지지는 말라고. 당신이 처벌을 잘 피해갈수록 처벌의 구실은 더 정교해질 테니까." 잭이 경고한다.

잭이 방을 나갔다. 조금도 망설이지 않고 첫 번째 페이지를 펼치며 무슨 내용인가 알아본다. 내가 좋아할 책이라는 걸 바로 알 수 있다. 그럼에도 읽는 데 하루밖에 안 걸릴 거라는 생각이 들어 씁쓸해

진다. 좀 더 기다렸다가 본격적으로 읽기 시작할까, 아니면 하루에 한 장으로 제한할까 고민했으나, 다 읽기 전에 잭이 도로 빼앗아갈 가능성이 언제나 있기에 침대에 자리를 잡고 오랜만에 맞이한 최고의 몇 시간을 즐길 준비를 한다. 한 시간가량 읽다가 방금 읽은 글자들 가운데서 '있어'라고 쓰인 부분이 눈에 띄는 걸 발견한다. 자세히 보니 연필로 살짝 칠이 돼 있다.

문득 짚이는 게 있어 몇 쪽 뒤로 가보니 '문제'라는 단어가 역시 같은 방식으로 칠해져 있다. 너무 엷게 칠이 되어 있어서 일부러 찾아보지 않았다면 알아보지 못했을 것 같다. 좀 더 앞쪽으로 넘겨보다가 '무슨'을 발견한다. 그리고 보니 아까 보고 이상하게 생각했던 기억이 난다. 다른 글자들보다 진해 보여 인쇄에 문제가 있는 줄 알았다. 더욱 열심히 페이지를 넘기며 찾다가 결국 책이 시작되는 부근에 '혹시'가 칠해진 것을 찾아낸다.

합치면 '혹시 무슨 문제 있어.'

에스터가 나에게 메시지를 전한 것일 수 있다는 생각에 심장이 마구 뛰기 시작한다. 만일 그랬다면 더 있을 것이다. 점점 커지는 흥분에 나머지 부분도 훑어본다. 그리고 '도움이'와 '필요해'와 마지막에서 두 번째 페이지에서 아주 조그만 '?'를 발견한다.

에스터가 나의 곤경을 알아보고 도움을 제안하고 있다는 감격은 오래가지 않는다. 연필 같은 것조차 허락되지 않는 상황에서 어떻게 답을 전할 것인가? 설령 연필이 있다고 해도 어떤 답장을 보낼 수 있을지 잘 모르겠다. 그냥 '응'만 하면 되나? '응, 경찰을 불러줘'라고 해봤자 소용없을 것이다. 지금껏 당해온 바로 잭은 이미 그들을 손안에 두고 휘두르고 있다. 경찰은 태국 호텔 직원들과 마찬가지로 헌신적이고 뛰어난 변호사 남편에게 갇혀 있다고 신고한 나를 조울증으로 알고 있다. 비록 그들이 예고 없이 집에 온다고 해도 잭은 이 방뿐만 아니라 그 어떤 방에 대해서도 해명하는 데 문제가 없을 것이다. 게다가 이 책을 에스터에게 돌려주기 전에 검사를 안 할 리 없다. 외출하기 전에 늘 핸드백이 비었는지 확인하는 것처럼 말이다.

갑자기 애초에 잭이 이 책을 철저히 검사하지 않고 주었을 리가 없다는 생각이 든다. 이 연필 자국을 못 보았을 리가 없다는 뜻이다. 소름 끼치는 생각이다. 에스터 역시 위험에 처할 수 있을 뿐만 아니라, 나도 다음에 그녀를 만나면 모종의 메시지를 전하는 것처럼 보이지 않도록 모든 말에 매우 주의해야 할 것이다. 잭은 아마도 내가 '작가가 전하려 한 메시지가 매우 적절했다고 생각해' 같은 말을 하길 기대하고 있을 것이다. 그렇다면 실망하게 될 것이다. 나는 더 이상 그렇게 멍청하지 않다. 에스터에게 답을 전하는 것이 힘들 수도 있다. 그렇다고 무기력하게 있겠다는 뜻은 아니다. 내 부모도, 다이앤도, 재니스도, 경찰도, 아무도 잭이 내 모든 것을 통제하고 있다는 눈치를 못 채는데 이렇게 빨리 눈치를 채주다니 너무나 고맙다.

그러고 보니 이상하다. 만일 잭이 나를 통제하고 있지 않을까 에스터가 수상하게 여긴다면, 분명 나에게 전달되는 모든 것도 감시를 받을 거라고 추측할 수 있다. 잭이 쉽게 속여 넘길 수 있는 사람이 아니라는 생각을 한다면 왜 구체적인 정황 하나 없이 이렇게 발각될 위험을 무릅썼을까?

나는 다시 책을 읽으며 혹시 잭에게 들키지 않고 에스터와 연락할 방법이 떠오르지 않을까 희망을 걸어본다. 이런 놀라운 손길을 내민 에스터를 실망시킬 순 없다.

저녁 무렵 여전히 답을 전할 방법을 고민하고 있는데 잭이 올라오는 소리가 들린다. 그래서 나는 책을 덮고 옆으로 살짝 치워둔다.

"벌써 다 읽었어?" 잭이 묻는다.

"실은 집중이 잘 안 돼서. 내가 평소에 읽던 종류가 아니더라고." 나는 거짓말한다.

"얼마나 읽었는데?"

"별로 많이는 못 읽었어."

"다음 주에 만날 때까지 확실히 다 읽어."

잭이 나가고 나는 다시 이상하다는 생각이 든다. 에스터네에 가기 전까지 읽으라고 강조한 게 벌써 두 번째다. 이미 연필 자국을 발견하고 내가 스스로 무덤을 파도록 기다리고 있다는 뜻이다. 결국 잭은 인정한 셈이다. 아까 내가 너무 똑똑해져서 벌줄 구실을 찾기가 힘들어졌다고 말한 건 진심이었다. 그러니 에스터의 메시지를 보고 얼마나 기뻤을까. 그런 식으로 도와주려는 시도를 보고 얼마나 웃었을까. 그러나 생각할수록 아무래도 이게 아닌 것 같다. 그러다가 문득 초인종이 울린 시간과 잭이 책을 가지고 온 시간 사이에 차이가 있었다는 사실이 기억난다. 책의 연필 자국은 에스터가 아니라 잭이 만든 거라는 깨달음이 찾아온다.

몰리는 죽은 지 며칠 안 된 듯했다. 아직 부패가 시작되지 않았다. 그런 방면으로 잭은 아주 영리해서 몰리를 위해 물을 약간 남겨두었다. 하지만 2주를 버틸 양은 아니었다. 몰리의 시체를 보고 나는 크게 충격을 받았다. 다용도실 문을 열 때 사악한 기대감이 어려 있던 잭의 표정을 보고 나는 마음의 준비를 해두었다. 2주 동안 묶어놓았거나 아예 거기 없을 줄 알았다. 하지만 죽게 내버려둘 줄은 몰랐다.

그 작은 몸이 누워 있는 모습을 보았을 때 처음에는 약 때문에 헛것을 보는 줄 알았다. 어지러움은 쉽게 가시지 않았다. 하지만 그 옆에 쪼그리고 앉아 차갑고 딱딱해진 몸을 만지니 얼마나 괴롭게 죽었을지 상상이 되었다. 그때 나는 잭을 죽일 뿐 아니라 몰리와 똑같은 고통을 겪게 만들겠다고 다짐했다.

잭은 비탄하는 나를 보고 놀라는 척했다. 태국에서 가정부는 없다고 말하지 않았느냐면서. 그때 그딴 말은 신경도 안 쓰고 있었던 것에 오히려 감사했다. 무슨 말인지 이해했다면 2주를 어떻게 지냈을지 짐작도 되지 않았다.

"몰리를 사랑했던 걸 보니 기쁘네." 쪼그려 앉아 흐느끼는 나에게 잭이 말했다. "그러길 바랐어. 네가 확실히 경험하는 게 중요했으니까. 몰리가 아니라 밀리가 그렇게 누워 있다면 얼마나 더 힘들지 깨닫길 바라. 그리고 밀리가 죽으면 네가 밀리를 대신해야 할 거야. 생각해보면 알겠지만 진정 널 보고 싶어 할 사람은 없어. 혹시나 누가 물으면 사랑하던 동생이 죽은 다음 부모님이 있는 뉴질랜드로 떠났다고 하면 돼."

"왜 내가 밀리를 대신하면 안 돼? 왜 밀리가 필요한 건데?" 내가 흐느끼며 물었다.

"왜냐하면 밀리는 너보다 겁을 주기가 훨씬 쉬울 테니까. 게다가 밀리가 있으면 난 여기서 필요한 건 다 충족이 되니 더 이상 태국에 안 가도 돼."

"이해가 안 가." 나는 줄줄 흐르는 눈물을 손등으로 닦으며 물었다. "남자랑 섹스하러 태국에 가는 거 아니었어?"

"남자랑 섹스를 해?" 잭은 내 말을 재미있어 했다. "그게 필요하면 여기서 하면 되지. 필요할 것 같진 않지만 말이야. 있지, 난 섹스에 관심 없어. 내가 태국에 가는 이유는 나의 가장 큰 욕망을 채우기 위해서야. 직접 손을 더럽히기 위해서가 아니야. 아니지…… 내 배역은 관찰자나 청취자에 더 가까워."

나는 어리둥절해서 그를 올려다보았다.

잭은 나를 향해 몸을 숙이며 속삭였다. "공포. 그만한 것도 없지. 난 공포의 표정을 사랑해. 그 느낌과 냄새도 사랑하지. 특히나 공포의 소리를." 그의 혀가 내 뺨에 닿았다. "그 맛도 좋아."

"역겨운 자식." 내가 쇳소리를 냈다. "넌 세상에서 제일 사악한 놈이야. 내가 널 가만두지 않을 거야, 잭. 맹세해. 결국은 내가 널 부숴버릴 거야."

"내가 먼저 밀리를 잡아버리면 그럴 수 없을걸. 그렇게 될 거야."

"밀리를 죽인다는 뜻이야?" 목소리가 갈라졌다.

"죽인다고? 밀리가 죽으면 나에게 무슨 소용이 있지? 난 밀리를 죽이지 않아, 그레이스. 그냥 조금 겁주려는 것뿐이야. 자, 이제 네가 저 개를 묻을래 아니면 내가 그냥 쓰레기통에 버릴까?”

잭은 손가락 하나 까딱하지 않고 내내 서서 지켜보았다. 나는 몰리의 시체를 검은 비닐에 싸며 흐느꼈다. 계단을 오르고, 주방을 지나, 내가 바랐던 테라스로 나간 후 넓디넓은 정원을 둘러보았다. 추위와 충격으로 떨며 어디에 묻을까 둘러보았다.

나를 따라 밖으로 나온 잭이 한쪽에 있는 나무를 가리키며 거기 묻으라고 지시했다. 빙 돌아가보니 삽이 꽂혀 있었다. 몰리가 죽기 전에 신혼여행을 떠나면서 이미 나를 시켜 개를 묻을 준비를 해놓은 걸 보자 새로이 눈물이 터졌다. 그동안 비가 내려 대지는 부드러웠다. 나는 잭의 무덤을 파고 있다고 상상하며 그 일을 견뎠다. 다 파고 나서 비닐에서 몰리를 꺼내 잠시 안고 밀리를 생각했다. 몰리가 죽었다는 말을 어떻게 해야 할지 알 수 없었다.

“그렇게 오래 안고 있어도 살아 돌아오지 않아.” 잭이 느릿느릿 말했다. “그냥 받아들이라고.”

잭이 낚아채서 아무렇게나 던져넣을까 봐 나는 얼른 몰리를 조심스레 구덩이에 넣고 다시 흙을 덮었다. 그제야 무슨 일이 일어났는지 완전히 실감할 수 있었다. 밀어닥친 공포에 나는 삽을 던져버리고 나무 밑으로 뛰어가 격하게 토했다.

“그보다는 비위가 좋아져야 할걸.”

잭의 말에 소름이 쫙 끼쳤다. 나는 삽을 떨어뜨린 곳으로 달려가 그것을 잡아채고 높이 든 채 잭에게 달려들었다. 곤죽이 될 때까지 그를 내려칠 작정이었다. 하지만 상대가 되지 않았다. 잭은 팔을 들어 삽을 잡더니 비틀어 빼앗아버렸다. 나는 비틀거리다가 중심을 잡고서 무작정 달려 나가며 있는 힘을 다해 도와달라고 비명을 지르기 시작했다. 나무 사이로 가장 가까운 집의 창문이 보여 그리로 달렸다. 누군가에게 내 비명이 들리지 않을까 싶었다. 정원을 빠져 나갈 길을 찾았지만 담장이 너무 높아 올라갈 수가 없었다. 다시 한 번 숨을 들이마시고 비명을 지르려는 찰나, 등을 얻어맞아 컥 하는 소리만 내뱉으며 고꾸라졌다. 곧바로 잭의 손이 입을 덮었다. 동시에 나머지 손이 나를 일으켜 팔을 뒤로 꺾었다.

"밀리를 빨리 보고 싶지 않은가 보네." 잭이 씩씩거리며 나를 끌고 집으로 들어갔다. "이미 태국에서의 탈출 시도로 두 주가 미뤄졌는데, 세 번째 주에도 볼 수가 없게 됐는걸. 이제 한 번만 더 해봐. 아예 한 달을 통째로 못 볼 테니."

나는 몸부림치며 벗어나려 해보았지만 그럴수록 그의 손아귀 힘은 더 세졌다.

"불쌍한 밀리." 잭이 한숨을 쉬는 척하며 나를 끌고 테라스를 지나 주방으로 들어갔다. "이제 네가 자길 버렸다고 생각할 거야. 결혼하더니 만나러 오지도 않는다고." 그가 나를 풀어준 후 확 밀쳐냈다. "잘 들어, 그레이스. 멍청한 짓만 하지 않으면 잘 대해줄 생각이야. 기본적으로는 그러지 않을 이유가 없으니까. 그럼에도 불구하고 날 자꾸 화나게 만든다면 내가 제공해주려 했던 모든 특권을 박탈해버릴 수 밖에 없어. 알아듣겠어?"

나는 벽에 기대 주저앉아서 지쳐 떨었다. 어쩌면 약의 후유증이나 충격 때문인지도 몰랐다. 그저 고개만 끄덕거릴 수 있었다.

"좋아. 그럼 집 안내를 마저 하기 전에 샤워를 하게 해주는 게 좋 겠군."

생각지도 못한 배려에 나는 딱하게도 감사의 눈물을 보였다.

"난 괴물이 아냐." 잭이 내 눈물의 의미를 알아채고 인상을 쓰며 말했다. "적어도 그런 쪽으로는. 자, 이리 와. 네 욕실을 알려주지. 정신이 좀 들면 다시 집 구경을 시켜줄게."

잭을 따라 복도를 지나 계단을 올라가는 동안에도 주변을 둘러 볼 경황은 없었다. 문을 열자 밝고 널찍한 방이 보였다. 연두색과 크 림색으로 꾸며져 있었다. 더블베드 위에 놓인 덮개와 쿠션은 잭과 같이 사러 갔던 물건이었다. 극악한 세계에 내던져졌다가 그것들을 보니 마치 오래전에 사귀었던 친구를 만난 듯해 기분이 누그러졌다.

"마음에 들어?" 잭이 물었다.

"응." 나는 마지못해 대답했다.

"좋아." 잭은 기쁜 듯했다. "욕실은 저쪽이고 옷은 옷장에 있어. 15분 주지." 그가 시계를 보며 말했다.

문이 닫혔다. 나는 궁금해져서 왼쪽 벽을 모두 차지하고 있는 거 대한 옷장으로 가보았다. 문을 밀어 열자 결혼식 전에 잭의 집으로 보내두었던 옷들이 걸려 있었다. 티셔츠와 스웨터는 깔끔히 개어져 선반에 놓여 있었고 속옷은 특별히 제작한 서랍에 들어 있었다. 다 른 곳에는 적잖은 내 구두가 투명한 플라스틱 상자에 정리돼 있었 다. 모든 것이 너무나 정상적으로 보여 다시 한번 나는 비현실적인 기분이 들었다. 아까의 난리와 그 후에 샤워를 지시하는 배려, 그리 고 나를 위해 준비된 이 아름다운 방까지 도무지 한 사람의 짓이라고는 상상이 되질 않았다. 그러다 보니 잠깐 누워서 자고 일어나면 이 모든 악몽에서 깨어날 수 있을 것 같은 기분을 떨치기 힘들었다.

창가로 가서 밖을 내다보았다. 장미 정원으로 꾸며놓은 안뜰이 보였다. 아름다운 꽃과 오후의 고요를 멍하니 바라보고 있는데, 갑자기 바람이 불어 집 뒤에서 검은 비닐이 휙 올랐다가 장미 덤불 사이로 내려앉았다. 정원에 묻은 몰리를 쌌던 비닐이라는 걸 깨닫고 나는 비명을 지르며 창문에서 떨어져나와 문 쪽으로 갔다. 도망치는 데 써야 할 귀중한 시간을 낭비하고 있었다는 걸 깨달았기 때문이다. 문을 확 열고 뛰쳐나가려는데 복도에서 잭의 팔이 뻗어 나와 나를 가로막았다.

"어디 가게?" 잭이 명랑하게 물었다. "도망치지 않기로 하지 않았나?"

3주 동안이나 나타나지 않으면 밀리가 얼마나 속상해할까 하는 생각이 들었다. 또 위험을 무릅쓸 순 없었다. "수건……." 내가 중얼거렸다. "수건 좀 찾으려고."

"욕실에 갔으면 봤을 텐데. 서둘러. 이제 10분밖에 안 남았어."

잭이 문을 닫자, 나는 다시 갇혔다. 욕실로 갔다. 세면대와 변기에 샤워 부스뿐 아니라 욕조도 따로 있었다. 낮은 욕실장 위에 푹신한 수건이 한가득 쌓여 있고 욕실장을 열어보니 샴푸, 컨디셔너, 샤워 젤도 넉넉하게 구비되어 있었다. 갑자기 온몸의 땀구멍마다 스며든 더러움을 씻어내야겠다는 생각이 간절해졌다. 나는 옷을 벗어 던지고 샤워기를 틀었다. 수온을 최대한 뜨겁게 맞추고 온몸을 문질렀다. 다시 깨끗해진 기분이 들 날이 올까 싶었다. 좀 더 씻고 싶

157

었지만 10분이 끝나자마자 잭이 들어와서 끌어내지 않으리라는 보장이 없어 샤워기를 끄고 재빨리 몸을 말렸다.

세면대 아래 장에 있는 칫솔과 치약으로 잇몸에 피가 나도록 이를 닦으며 귀중한 2분을 썼다. 서둘러 침실로 돌아가 옷장을 열고 아무 원피스나 꺼냈다. 서랍에서 찾아낸 브라와 팬티를 입은 다음 원피스를 걸쳤다. 원피스 지퍼를 올리는데 문이 열렸다.

"좋아. 딱히 샤워 부스에서 끌어내고 싶은 기분은 아니었거든. 필요하면 했겠지만." 그리고 옷장을 가리켰다. "신발도 신어."

잠시 망설이다가 슬리퍼를 신고 싶어 하는 내 발의 갈망을 무시하고 굽 낮은 구두를 꺼내 신었다. 마음을 다잡는 의미에서였다.

"이제 집을 마저 보여줄 텐데, 네 마음에 들었으면 좋겠네."

나는 잭을 따라 아래층으로 내려갔다. 내가 좋아하든 말든 왜 신경을 쓰나 싶었다. 감동 받은 표정 따위는 보여주지 않겠다고 마음을 먹었지만, 이성적으로 생각하면 잭이 원하는 긍정적 반응을 보여주는 편이 나에게 도움이 될 것 같았다.

"내가 원하는 그대로의 집을 구하기까지 2년이 걸렸어. 특히 생각하지 못했던 마지막 개조를 더해야 했지. 예를 들면, 주방에는 원래 테라스가 없었어. 하지만 좋은 생각인 것 같아 그렇게 증축했지. 다행히 다른 소망들은 그럭저럭 끼워 맞출 수 있었어." 잭의 말은 내가 이미 깨달은 부분, 어떤 집을 원하느냐고 잭이 묻던 날에 이미 자기가 산 집을 그리도록 나를 조종했다는 사실을 확인시켜주었다.

"기억나는지 모르겠지만 네가 일층에도 손님용 화장실이 있었으면 좋겠다고 했지. 하지만 내가 아예 욕실 딸린 손님용 방을 제안하자 넌 얼른 동의했어." 오른쪽 문을 열자 큰 거울과 옷장이 있는 손님방이 나타났다. 별도의 화장실도 있었다.

"아주 영리했네." 그가 나를 속였던 방식에 대해 내가 한마디 덧붙였다.

"그래, 좀 그랬지." 잭도 동의하며 복도로 나가 다음 문을 열었다. "내 서재야."

천장에서 바닥까지 책으로 덮인 방을 나는 재빨리 훑어보았다. 오른쪽으로 쑥 들어간 공간에 마호가니 책상이 있었다.

"당신이 자주 올 방은 아니야." 잭은 그러고 나서 중앙 홀로 나가, 아까 봤던 반대쪽의 거대한 이중문을 열어젖혔다. "응접실과 식당이지." 잭이 문을 잡고 나를 들여보냈다.

내가 지금까지 본 응접실 중에 가장 아름다웠다. 하지만 내 눈에는 장미 정원으로 통하는 네 쌍의 유리문과 높은 천장, 식당으로 통하는 우아한 아치형 문 같은 것들이 거의 들어오지 않았다. 곧장 보인 것은 벽난로 위에 걸린, 내가 잭을 위해 그렸던 〈반딧불이〉였다.

"여기 거니까 꽤 잘 어울리지?" 잭이 말했다.

거기 들인 내 사랑과 노력, 그림을 그리며 내가 했던 수백 번의 키스가 떠올라 나는 토할 것 같은 기분이 들었다. 홱 몸을 돌려 중앙 홀로 뛰쳐나갔다.

"마음에 안 드는 건 아니지?" 얼굴을 찌푸리고 따라 나온 잭이 물었다.

"내가 좋아하든 말든 왜 신경을 쓰는 거지?" 내가 이를 갈며 물었다.

"난 너에게 악감정 없어, 그레이스." 잭이 걸어오며 끈질기게 대답했다. "태국에서 설명했듯이, 넌 내가 늘 꿈꾸던 목적을 이루기 위한 수단이야. 내가 일종의 고마움을 느끼는 것도 당연하지. 그러니 여기 생활이 가능한 한 유쾌했으면 좋겠어. 적어도 밀리가 오기 전까지는. 일단 밀리가 이사 오고 나면 유감스럽게도 극도로 불쾌해지겠지. 물론 너뿐만 아니라 밀리도. 자, 아까는 주방을 제대로 볼 기회가 없었지?" 주방 문을 열자 우리가 의논했던 아일랜드 식탁과 반짝이는 높은 걸상이 보였다.

"아, 밀리가 좋아할 텐데!" 나는 외치며, 그 주변을 빙글빙글 돌 밀리의 모습을 떠올렸다.

그리고 이어진 침묵 속에서 그동안 일어났던 모든 일들의 무게가 한 번에 덮쳐오며 사방이 빙글빙글 돌기 시작했다. 나는 비틀거리며 뻗어오는 잭의 팔을 힘없이 뿌리치려다가 기절하고 말았다.

다시 눈을 떴을 때 나는 아주 잘 쉬고 일어났다는 기분이 들었다. 그리고 내가 어딘가로 휴가를 와 있다는 생각이 들었다. 여전히 멍한 상태로 주변을 둘러보니, 근처 탁자에 차와 커피를 만들어 마실 장비가 다 갖춰져 있어 낯선 호텔에 와 있다는 결론을 내렸다. 낯이 익기도 하고 설기도 한 연두색 벽을 바라보다가 갑자기 이곳이 어딘지 깨달았다. 침대에서 뛰어내려 문으로 달려갔다. 열려고 애써보았지만 잠겨 있었다. 내보내달라고 울부짖으며 문을 두드리기 시작했다.

열쇠가 돌아가고 문이 열렸다. "제발이지, 그레이스." 잔뜩 짜증이 난 표정이었다. "그냥 부르기만 하면 되잖아."

"어떻게 감히 날 가둬!" 나의 목소리는 분노로 떨렸다.

"널 위해서 가둔 거야. 안 가뒀으면 또 바보처럼 도망치려고 할 테니까. 그럼 또 밀리를 못 보러 갈 거 아냐." 잭이 문 밖에 있는 탁자에 놓인 쟁반을 들었다. "자, 좀 물러나면 먹을 걸 주지."

음식 얘기를 듣자 혹하지 않을 수 없었다. 마지막으로 뭘 먹은 게 언제인지 기억도 나지 않았다. 태국을 떠나기 훨씬 전이었을 것이다. 하지만 문이 열렸다는 게 더욱 유혹적이었다. 잭이 말한 대로 물러나는 대신 옆으로 비켜선 다음, 잭이 방으로 들어오길 기다렸다. 그리고 달려들어 그의 손에서 쟁반을 떨어뜨렸다. 그릇 깨지는 소리와 분노의 고함 소리를 들으며 계단을 향해 달렸다. 두 계단씩 허겁지겁 뛰어 내려간 아래층은 완전히 깜깜했다. 벽을 더듬었지만 스위치를 찾을 수 없었다. 계속 벽을 더듬으며 주방 문까지 갔다. 확 열었지만 역시 깜깜했다. 전날 보았던 응접실의 네 쌍의 유리문이 생각나 방향을 돌렸다. 더듬어 열어젖힌 응접실 문 안도 역시나 완전히 어둠에 잠겨 있었다. 창문에서 들어오는 희미한 빛도 없었다. 게다가 고요도, 으스스할 정도의 조용함도 갑자기 무서워졌다. 잭이 어디 있을지 모른다는 생각, 살금살금 내려와 바로 뒤에 서 있을지도 모른다는 생각으로 공포에 사로잡힌 심장이 마구 뛰었다.

응접실 안으로 들어가 문 뒤에 천천히 쭈그리고 앉았다. 무릎을 세우고 몸을 동그랗게 말았다. 금방이라도 어둠 속에서 잭의 손이 뻗어나와 나를 움켜쥘 것만 같았다. 온몸이 죄어드는 듯했고 잭이 어둠에 눈이 익을 때까지 나를 안 찾기로 한 것 같기도 해서 차라리 안전한 방에 있을걸 하는 후회가 밀려들었다.

"어디 있어, 그레이스?" 노래 부르는 듯한 나지막한 잭의 목소리가 중앙 홀 쪽에서 들려 더욱 공포스러웠다. 고요한 어둠속에서 잭이 킁킁 냄새를 맡는 소리가 들렸다. "음, 공포의 냄새, 너무 좋아." 숨을 하아 내쉬는 소리가 들리더니 그의 발소리가 자박자박 점점 가까워 와 나는 더욱 몸을 움츠렸다. 발소리가 멈췄다. 온 신경을 귀에 집중시키고 있는데, 뺨에서 그의 숨결이 느껴졌다.

잭이 속삭였다. "어흥!"

나는 안도감이 뒤섞인 울음을 왈칵 터뜨렸고 잭은 미친 듯이 웃음을 터뜨렸다. 윙윙대는 소리가 들리며 한낮의 햇살이 집 안으로 비쳐 들어오기 시작했다. 고개를 들어보니 잭이 웬 리모컨을 들고 있었다.

"철제 셔터야. 일층의 모든 창문에 설치되어 있지. 내가 출근한 동안 네가 어떤 기적을 일으켜 방을 빠져나온다 해도 이 집을 빠져 나가진 못해."

"날 보내줘, 잭. 제발 좀 보내줘." 내가 빌면서 말했다.

"내가 왜 그러겠어. 사실 너랑 같이 지내는 게 꽤 즐거울 것 같아. 특히나 계속 도망치려고 하니까. 밀리가 오기 전까지 심심하지 않겠어." 그리고 잠시 생각에 잠기더니 말을 이었다. "신혼여행에서 돌아오자마자 밀리와 같이 살게 해둘걸 하고 약간 후회하고 있었거든. 생각해봐. 훨씬 일찍 같이 살 수도 있었다고."

나는 숨을 헉 들이마셨다. "밀리가 이 집 근처라도 오게 내가 놔둘 것 같아?" 빽 소리를 질렀다. "네가 밀리 근처라도 가게 내가 놔둘 것 같아?"

"이 대화는 이미 태국에서 끝낸 것 같은데?" 잭이 지겹다는 듯이 말했다. "이미 바퀴가 돌아가기 시작하면 멈추기 위해 네가 할 수 있는 일은 아무것도 없다는 사실을 빨리 받아들일수록 좋을 거야. 빠져나갈 방법은 없어. 이제 넌 내 거야."

"이런 짓을 하고도 멀쩡할 거라고 생각하다니 믿을 수가 없어! 나를 영원히 감춰둘 순 없어. 내 친구들은 어떻게 할 건데? 우리 친구들은? 모이라와 자일스에게 자동차를 돌려주면서 같이 저녁 먹기로 한 건 잊었어?"

"밀리 학교에 할 말과 정확히 같은 말을 할 거야. 그러니까 네가 태국에서 고약한 식중독에 걸려 갈 수 없다고. 그나저나 이제 4주 후에나 볼 수 있겠군. 그리고 나중에 결국 밀리를 만나게 될 때는 행동 하나하나와 말 한마디 한마디를 지켜보겠어. 누구에게라도 사실을 알리려 하면, 너와 밀리 둘 다 대가를 치를 거야. 네 친구들은 말이야, 뭐, 네가 하도 행복한 결혼 생활을 하고 있어서 더 이상 그들을 볼 시간이 없어. 네 연락이 뜸해질수록 그들은 서서히 너를 잊을 거야. 그러다가 완전히 잊겠지. 물론 한동안은 내 감시하에 연락하게 할 거야. 설마 도움을 청할 틈이 있을 거라고 생각하진 않겠지?"

그때까지만 해도 내가 끝내 누구에게 알리거나 도망칠 수 없을 거라고 생각한 적은 한 번도 없었다. 적어도 그가 나를 감금하고 있다고 누구에게든 전할 수 있을 거라고 생각했다. 하지만 모든 것이 자신의 계획대로 돌아가리라고 확신하는 그의 무감한 태도에는 뭔가 소름 끼치는 구석이 있었다. 내가 과연 그보다 한 수 앞설 수 있을까, 처음으로 회의가 들었다. 그는 나를 다시 방으로 데리고 가면서 내일까지 먹을 것을 주지 않겠다고 했다. 나는 잭이 몰리에게 무슨 짓을 했는지를 떠올리며, 내가 계속 도망치려 할 경우 어떤 일이 벌어질지 생각할 수밖에 없었다. 밀리를 또 한 주 못 보는 것도 견딜 수 없었다. 내가 다음 주에 가지 않는 것만으로도 밀리가 얼마나 실망할까 생각하니 비통했다.

굶주림이라는 고통을 겪고 있자니 맹장염에 걸린 척하자는 아이디어가 떠올랐다. 그러면 잭은 나를 병원에 데려갈 수밖에 없을 것이었다. 적어도 병원에서는 내 얘기를 들어줄 사람이 있을 것 같았다. 잭은 다음 날 밤이 되어서야 음식을 갖다주었다. 결과적으로 나는 48시간 이상 아무것도 안 먹은 상태였다. 음식을 대부분 남기기가 쉽진 않았지만 나는 배를 감싸고 아프다고 신음했다. 마침 경련이 일어 통증에 실감이 더해졌다.

불행히도 잭은 꿈쩍도 하지 않았다. 하지만 다음 날도 몸을 펴지 못하는 나를 보더니 내 부탁대로 아스피린을 갖다주었다. 어쨌거나 그 앞에서 삼켜야 했다. 저녁이 되자 나는 전보다 더 나은 연기를 했다. 침대에서 뒹굴었고 밤 동안에는 잭이 무슨 일인가 싶어 달려올 때까지 바닥을 두드렸다. 너무 아프다고 구급차를 불러달라고 했지만 잭은 들어주지 않았고 대신에 다음날까지도 아프면 의사를 부르겠다고 했다. 내가 바란 결과는 아니었지만 아무것도 없는 것보다는 나았다. 그래서 의사가 오면 뭐라고 할지 조심스레 계획했다. 태국에서 경험했듯이 정신 나간 것처럼 보이면 절대 안 되었다.

의사가 검진을 하는 동안 잭이 옆에 있을 줄은 몰랐다. 그래서 의사가 배를 누를 때마다 나는 무조건 아픈 척했다. 머릿속은 정신 없이 돌아가고 있었다. 이번 기회를 놓치면 이 모든 연기의 대가는 굶주림뿐일 것이다. 나는 의사에게 부인과 문제일 수 있다는 암시를 주며 혼자 검진을 받을 수 있냐고 물었다. 그리고 의사가 잭에게 잠깐 나가 있으라고 말하는 순간 환희를 느꼈다.

잭이 순순히 방을 나가는 것을 보고 왜 내가 수상하다 생각하지 못했는지 모르겠다. 그는 나와 의사의 독대를 전혀 걱정하지 않았던 것이다. 이 집에 갇혀 있다고 다급히 말했을 때 의사가 지었던 동정심 어린 미소도 나는 이상하게 생각하지 않았다. 의사가 나의 자살 시도와 우울증 이력을 묻기 시작했을 때에야 잭이 다 조치를 취해두었음을 깨달았다. 나는 진저리를 치며 의사에게 겉으로 보이는 게 잭의 전부가 아니라고 애걸하면서 잭이 나에게 들려준 이야기를 반복했다. 어릴 때 어머니를 때려죽이고 아버지를 대신 감옥에 보냈다고. 하지만 말하는 나조차도 믿기 힘든 소리처럼 들렸다. 의사는 우울증 약 처방전을 쓰고 있었다. 나는 다시 발작적으로 행동하면서 '관심을 갈구하며 조울증이 있음'이라고 잭이 의사에게 전한 말에 더욱 무게를 실어주고 말았다. 잭은 심지어 그것을 증명하는 서류도 준비해둔 상태였다. 나의 약물 과용에 대한 의료 기록과 태국 호텔 매니저의 보고서였다.

의사를 설득하는 데 실패해 망연자실해지자 잭의 악랄함에 대항하는 게 더욱더 불가능해 보였다. 전문가에게조차 제정신으로 보이지 못하면 다른 사람은 어떻게 설득한단 말인가? 더구나 잭이 모든 접촉을 막고 조종하고 있는데 누군가와 마음껏 말할 기회나 생길까?

잭은 내게 온 이메일을 살펴보고 나서 단어 하나하나를 받아쓰게 하지는 않았지만, 뒤에 버티고 서서 내가 답장을 쓰는 걸 지켜보았다. 내가 방에 밤낮으로 갇혀 있는 동안, 사람들은 자동응답기에 음성을 남기거나 잭과 통화를 해야 했다. 나와 통화할 수 없냐고 하면 잭은 내가 샤워 중이라거나 쇼핑을 갔다면서 곧 전화할 거라고 대답했다. 그리고 겨우 통화를 허락했을 때는 옆에서 지켜보았다. 의사와의 대화로 또 한 주 밀리를 보러 가지 못하게 되고 방에서 마시는 커피와 차도 빼앗기자 나는 더 이상 반항할 엄두를 내지 못했다. 밀리를 빨리 다시 보고 싶으면 적어도 한동안은 잭이 시키는 대로 해야 했다. 그래서 나는 그가 가하는 제한들에 아무런 불평도 하지 않고 복종하기 시작했다. 잭이 아침저녁으로 음식을 가져오면 무표정하게 순종하며 얌전하게 침대에 앉아 있었다.

곧 뉴질랜드로 떠나기로 했던 부모님은 내가 걸렸다는 이상한 식중독을 의심스러워했지만, 내가 부모님을 방문하는 것뿐만 아니라 부모님이 집으로 오는 것도 막기 위해 잭은 전염 가능성이 있다고 주장했다. 그럼에도 불안해하는 전화기 너머 부모님의 목소리에서, 내가 결혼하더니 밀리에 대한 관심이 시들해진 걸까 봐 걱정한다는 걸 알 수 있었다.

부모님이 뉴질랜드로 떠나기 전에 나는 부모님을 겨우 한 번 볼 수 있었다. 서둘러 작별 인사를 하러 온 부모님이 짧게 집을 둘러보는 동안, 나는 그제야 이층의 나머지 방들도 볼 수 있었다. 나는 잭에게 감탄할 수밖에 없었다. 내 물건을 모두 치워 내가 지내던 방을 손님방처럼 보이게 했고, 내 옷가지를 흩어놓아 잭의 방을 내가 지내는 방처럼 보이게 했다. 나는 부모님에게 진실을 말하고 도와달라며 애걸하고 싶었다. 하지만 잭의 팔이 어깨를 무겁게 짓누르며 용기를 전부 빼앗고 있었다.

그래도 밀리의 방을 보지 않았더라면 무슨 말이라도 했을지 모른다. 연노랑색 벽과 아름다운 가구들, 기둥이 네 개 서 있고 쿠션이 잔뜩 쌓인 침대를 보며 부모님이 감탄을 거듭하는 동안 나 역시 잭이 밀리에게 그토록 사악한 의도를 정말로 품고 있다면 어떻게 이 많은 수고를 다 할 수 있는지 도저히 믿기지 않았다. 그 믿음이 나에게 희망을 주었다. 어딘가 그의 마음 깊은 곳에 한 줌의 인간성이 아직 남아 있다고. 그래서 나는 괴롭혀도 밀리는 내버려둘지 모른다고.

부모님이 떠난 이후 잭이 드디어 나를 밀리에게 데려다주었다. 태국에서 돌아온 지 무려 다섯 주 만이었다. 그동안 밀리는 다리가 나아 우리와 함께 점심을 먹으러 나갈 수 있었다. 그러나 밀리는 내가 알던 행복한 아이에서 엄청나게 달라져 있었다.

우리가 방문하지 않은 동안 밀리가 힘들어했다고 부모님이 알려주셨기 때문에, 나는 밀리가 자신이 들러리 역할을 하지 못해 실망했을 거라고만 짐작했다. 또한 내가 신혼여행에서 돌아온 다음 자신을 바로 보러 오지 않아 화가 났다는 것도 알고 있었다. 잭의 숨결을 바로 옆에서 느끼며 밀리와 통화할 때, 거의 단음절뿐인 대꾸가 이어졌기 때문이었다. 공항에서 산 기념품과 애거사 크리스티의 새 오디오북으로 금방 마음이 풀어지긴 했지만, 밀리는 잭을 완전히 무시했다. 한편 잭은 재니스가 이 상황을 지켜보고 있다는 데에 분노가 더 끓어오르는 듯했다.

나는 우리가 몰리를 데려오지 않아 밀리가 화가 난 척했다. 그래서 몰리가 정원에서 구근을 파고 있어 그냥 놔두고 왔다고 말해보았다. 하지만 밀리는 아무런 반응도 보이지 않았다. 상황을 바꿔보려고 잭이 새로운 호텔로 점심을 먹으러 가자고 해보았지만, 밀리는 잭과 아무 데도 가고 싶지 않으며, 우리와 함께 살고 싶지도 않다고 말했다. 재니스가 사태를 좀 진정시켜보려고 밀리를 데리고 코트를 가지러 갔다. 그러자 잭은 밀리가 태도를 바꾸지 않으면 다시는 둘이 못 보게 만들겠다고 했다.

밀리의 행동에 대한 변명을 다시 만들어내야 했다. 우리랑 같이 안 살겠다고 하는 걸 보면, 우리가 결혼하면 잭이 늘 나와 같이 사는 줄 몰랐던 것 같다고, 그래서 나를 공유해야 하는 게 화가 난 것 같다고 설명해보았다. 내 말은 전혀 사실이 아니었다. 밀리는 내가 결혼하면 같이 산다는 걸 아주 잘 알고 있었다. 밀리가 잭에게 왜 그러는지 얼른 알아내야 했다. 자칫하면 밀리를 시설에 보내버린다는 위협을 잭이 실천하고 말 것 같았다. 하지만 늘 옆에 붙어서 내 몸짓 하나, 말 한마디를 감시하는 잭을 떼어놓고 어떻게 밀리와 단둘이 이야기할 수 있을지 알 수 없었다.

잭이 우리를 호텔로 데려갔을 때 마침내 기회가 왔다. 식사가 끝나고 밀리가 나에게 같이 화장실에 가자고 했다. 밀리와 말할 기회가 왔음을 깨닫고 일어서려는데, 잭이 밀리는 혼자 다녀와도 아무 문제없는 사람이라고 말했다. 하지만 밀리는 고집을 꺾지 않았고,

목소리를 점점 크게 내는 바람에 잭은 포기하는 수밖에 없었다. 그리고 우리를 따라왔다. 여자 화장실이 복도에서 좀 들어가 있는 편이라, 의심의 눈초리를 받지 않고는 따라 들어올 수 없었다. 잭은 나를 끌고 가 오싹한 말투로 경고를 속삭였다. 밀리뿐만 아니라 누구에게도 사실을 말해서는 안 되며 오래 있어서도 안 된다고.

"그레이스, 그레이스." 화장실에 들어서자마자 밀리가 울부짖었다. "잭 나쁜 남자. 아주 나쁜 남자. 날 밀었다. 계단으로 날 밀었다!"

나는 밀리의 입술에 손가락을 대고 겁을 내며 뒤를 돌아보았다. 다행히 오랜만에 찾아온 행운으로 화장실은 텅 비어 있었다.

"아냐, 밀리." 잭이 금방이라도 만사 제치고 뛰어 들어올 것 같아 나는 속삭였다. "잭은 그런 짓 안 해."

"날 밀었어, 그레이스! 결혼 집에서. 잭이 나를 이케 밀었어!" 밀리가 나를 어깨로 쿵 쳤다. "다리 부러뜨렸다, 나 다쳤어!"

"아니야, 밀리, 아니야!" 나는 쉿 하면서 말했다. "잭은 좋은 남자야."

"아니야, 좋지 않아." 밀리는 요지부동이었다. "잭은 나쁜 남자. 아주 나쁜 남자."

"그런 말 하면 안 돼, 밀리! 아무에게도 말 안 했지? 방금 한 말 누구한테 했어?"

밀리가 사납게 고개를 저었다. "그레이스에게 먼저 말해야 한다. 그레이스가 그랬어. 하지만 이제 재니스에게 잭 나쁜 남자 말한다."

"아니, 밀리, 그럼 안 돼. 아무한테도 말하면 안 돼!"

"왜? 그레이스가 나 안 믿는다."

나는 미칠 것 같았다. 무슨 말을 해줘야 할지 알 수 없었다. 잭이 어떤 인간인지 아는 지금은 상황 파악이 됐다. 특히나 밀리가 우리의 들러리가 되는 걸 잭이 원하지 않았던 게 기억났다. "자, 밀리." 나는 밀리의 손을 잡고 말했다. 벌써 잭이 수상해하고 있을 것이었다. "우리 게임할까? 우리 둘만 아는 비밀 게임? 로지 기억나?" 로지는 밀리가 어릴 때 만들어냈던 상상 속의 친구 이름이었다. 밀리가 잘못을 저지르면 그건 모두 로지 탓이었다.

밀리가 열렬히 고개를 끄덕였다. "로지가 나쁜 일 해. 밀리는 나쁜 일 하지 않아."

"그래, 나도 알아." 내가 엄숙히 말했다. "로지는 아주 못됐지."

밀리가 너무 찔리는 표정을 보여 나는 웃어줄 수밖에 없었다.

"나는 로지와 다르다. 로지는 나빠. 잭처럼."

"하지만 널 계단에서 민 건 잭이 아니었어."

"잭이다." 밀리가 고집을 부렸다.

"아냐, 그게 아니라 다른 사람이었어."

밀리가 의심스러운 표정으로 나를 쳐다보았다. "누구?"

나는 다급하게 이름을 찾아보았다. "조지 클루니."

밀리는 잠시 나를 노려보았다. "조지 쿠니?"

"그래, 넌 조지 클루니 싫어하지, 그렇지?"

"응, 조지 쿠니 싫어해."

"그 남자가 널 계단에서 민 거야. 잭이 아니고."

밀리의 이마에 주름이 잡혔다. "잭 아냐?"

"그래, 잭이 아냐. 넌 잭 좋아해, 밀리. 잭을 아주 좋아해." 나는 밀리 손을 조금 흔들었다. "네가 잭을 좋아하는 건 아주 중요해. 잭은 너를 계단으로 안 밀었어. 조지 클루니가 그런 거야. 알겠지? 넌 잭을 좋아해야 해, 밀리. 나를 위해서."

밀리는 나를 뜯어보았다. "그레이스 겁먹었어."

"그래, 밀리, 나 겁먹었어. 그러니 제발 잭을 좋아한다고 말해줘. 아주 중요한 일이야."

"나 잭 좋아해." 밀리가 고분고분 말했다.

"좋아, 밀리."

"하지만 조지 쿠니 안 좋아."

"그래, 그렇지. 넌 조지 클루니 싫어해."

"나빠. 나를 밀었다."

"그래, 그랬지. 하지만 사람들한테는 그렇게 말할 필요 없어. 사람들한테 조지 클루니가 널 계단에서 밀었다고 말하면 안 돼. 그건 비밀이야, 로지처럼. 하지만 사람들한테는 네가 잭을 좋아한다고 말해야 해. 그건 비밀이 아니야. 그리고 잭한테도 좋아한다고 말해야 해. 알겠지?"

"알았어." 밀리가 끄덕였다. "잭한테 좋아한다고 말한다."

"그래."

"조지 쿠니 싫어한다고 나 잭한테 말해?"

"그래, 그것도 말해도 돼."

밀리가 내게 기대며 속삭였다. "하지만 잭은 조지 쿠니, 조지 쿠니는 잭."

"그래, 밀리, 잭이 조지 클루니야. 하지만 그걸 아는 건 우리 둘

뿐이야. 무슨 말인지 알지? 우리 둘만의 비밀이야, 로지처럼.”

“잭 나쁜 남자, 그레이스.”

“그래, 잭은 나쁜 남자야. 하지만 그것도 우리 비밀이야. 아무한
테도 말하면 안 돼.”

“하지만 나 같이 안 산다. 나 무섭다.”

“나도 알아.”

“그럼 어떻게 해?”

“아직 모르겠어. 하지만 방법을 찾아낼 거야.”

“약속해?”

“약속해.”

밀리가 다시 나를 찬찬히 보았다. “그레이스 슬퍼.”

“그래, 그레이스 슬퍼.”

“걱정 마, 밀리 여기 있다. 밀리 그레이스 돕는다.”

“고마워.” 내가 밀리를 꺼안았다. “기억해, 밀리. 넌 잭 좋아해.”

“잊지 않아.”

“그리고 잭과 같이 살기 싫다고 하면 안 돼.”

“그래.”

“착하다, 밀리.”

밖에서 잭이 초조하게 기다리고 있었다. “왜 그렇게 오래 걸렸
어?”

“나 생리한다.” 밀리가 으스대며 말했다. “생리에 시간 많이 필
요하다.”

“돌아가기 전에 잠깐 걸을까?”

"나 산책 좋아해."

"산책하다 아이스크림 가게를 발견할지도 모르겠네."

내 말을 기억하며 밀리가 활짝 웃어 보였다. "고마워, 잭."

"흠, 기분이 좀 좋아졌나 보네." 앞장서서 뛰어 나가는 밀리를 보며 잭이 말했다.

"화장실에서 설명해줬어. 이제 결혼했으니 잭이 늘 나와 같이 있는 건 당연하다고. 그리고 밀리도 나를 잭과 공유해야 한다는 걸 이해했어."

"그것뿐이었어?"

"그럼."

한 시간 후 재니스가 학교 앞에서 밀리를 기다리고 있었다. "즐거운 시간을 보낸 것 같구나, 밀리."

"응." 밀리가 대답하고 잭을 돌아보았다. "나 너 좋아해, 잭. 너 착해."

"그렇게 생각해줘 기쁘네." 잭이 재니스를 흘긋 보며 고개를 끄덕였다.

"하지만 조지 쿠니는 싫어."

"그건 상관없어. 나도 그 남자 싫어."

밀리가 와 하고 웃음을 터뜨렸다.

오늘 밤에 우리는 에스터와 루퍼스의 집에 가기로 했다. 그리고 내일은 밀리를 본다. 확실하다. 재니스가 어제 전화까지 해서 잭에게 올 건지 확인했기 때문이다. 아마 그녀는 빠질 수 없는 가족 모임이 있고 우리가 안 가면 밀리를 돌봐줄 사람이 없는 모양이다. 그런데 아무래도 그건 핑계 같다. 이번에도 우리가 안 가면 3주째이기 때문에 재니스가 조금 짜증이 난 것 같다. 잭이 더 주의를 기울이지 않은 것이 놀랍다. 나를 벌주느라 재니스가 밀리에 대한 우리의 애정을 의심할 위험을 무릅쓴 것이다. 어쨌든 나한테 유리하게 작용할 것이기 때문에 그 사실을 굳이 지적할 생각은 없다.

내일 밀리를 본다는 기대감 때문인지 오늘 저녁 외출을 앞두고 스트레스가 평소보다 덜하다. 이웃과 함께하는 저녁 식사는 나에게 지뢰밭 산책이나 마찬가지다. 잭에게 트집을 잡힐 수 있는 말과 행동을 하지 않을까 늘 조심해야 한다. 잭이 에스터의 책에 남긴 연필 자국 함정에 넘어가지 않아서 기쁘다. 그래도 에스터에게 무슨 말을 할 때는 오해를 사지 않도록 조심해야 한다.

잭은 아침을 가져다주면서 책을 가져갔다. 나는 아무 표시도 되지 않은 책을 샅샅이 넘겨볼 잭을 떠올리며 웃었다. 내가 한두 단어 밑에 손톱자국이라도 낼 줄 알았으리라. 아무것도 발견하지 못해서 잭은 화가 난 것도 같다. 그가 하루 종일을 지하실에서 보냈다는 건 좋지 않은 징후다. 나 또한 지루하다. 아래층에서 잭이 돌아다니면서 내는 소리로 그의 동선을 추측하며 그가 무엇을 하는지 떠올리는 것이 나름 재미였으니까.

지금 잭은 부엌에 있고 차를 한잔 끓여 마셨다. 몇 분 전에 주전자에 물 붓는 소리와 스위치가 저절로 꺼지는 소리가 들렸다. 부럽다. 이렇게 갇혀 있으면 차도 한잔 만들어 마실 수 없다. 주전자가 허락되고 정기적으로 티백과 우유도 주어지던 때가 그립다. 돌이켜 생각해보면 처음에 잭은 꽤 너그러운 감금자였다.

태양이 살짝 기울기 시작하는 걸 보니 저녁 여섯 시쯤 된 것 같다. 에스터의 집에 일곱 시까지 가려면 잭이 얼른 올라와 한때 나의 방이었던 옆방으로 들여보내주어 준비를 해야 한다. 오래 지나지 않아 계단을 오르는 소리가 들리고 열쇠가 돌아간다.

잭이 서 있는 모습을 보자 나는 늘 그랬듯 그가 얼마나 정상적인 사람으로 보이는지 경탄을 금치 못한다. 잭의 악마성에 대해 사람들에게 주장하려면 뾰족한 이라든가 조그만 뿔이라도 있어야 할 것 같다. 잭이 물러서며 나를 내보낸다. 나는 기대에 차 옆방으로 들어간다. 검은색 옷 말고 다른 옷을 차려입을 기회가 생겨 기쁘다. 발에도 슬리퍼가 아닌 것을 신을 수 있다. 옷장 문을 열고 잭이 무엇을 입으라고 시키길 기다리지만 아무 말이 없다. 나에게 헛된 희망을 심어주려고, 내가 원하는 걸 입어도 되는 줄 알게 하려고 그러는 것이다. 무엇을 선택하든 또 입자마자 벗으라고 할 것이다. 잭의 함정을 그럭저럭 꿰뚫어보는 데 성공했기 때문에 이번에도 도박을 해보기로 한다. 전혀 입고 싶지 않은 검은색 원피스를 고른다. 잭이 지켜보는 시선이 불편하지만 나는 파자마를 벗는다. 나는 오래전에 프라이버시를 잃어버렸다.

"이젠 깡말라 보이네." 속옷을 입는데 잭이 말한다.

"먹을 걸 좀 더 자주 갖다주면 어떨까?"

"그래야 할지도."

원피스를 입고 지퍼를 올리는데 내가 잘못했는지도 모른다는 생각이 들기 시작한다.

"벗어. 빨간 거 입어."

나는 실망한 척하고 검은 원피스를 벗지만 나의 잔꾀가 통한 것에 대해서는 기분이 좋다. 실은 빨간 원피스야말로 내가 입고 싶었던 거다. 입고 나자 색 덕분인지 자신감이 더 생기는 듯하다. 화장대로 가서 거울 앞에 앉는데 3주 만에 처음으로 내 얼굴을 본다. 처음 눈에 띈 것은 눈썹을 다듬어야겠다는 것이다. 이런 걸 잭 앞에서 하긴 싫지만 서랍에서 집게를 꺼내 눈썹을 다듬기 시작한다. 다리털이 그대로인 채 어떻게 완벽하게 보이겠냐고 주장했더니 수긍한 잭이 매달 한 팩씩 왁스를 갖다주어서 간신히 다리 제모를 할 수 있게 되었다.

눈썹을 뽑고 화장을 하고 드레스 색깔이 돋보이도록 평소보다 한 단계 밝은 립스틱을 선택한다. 이번에는 옷장으로 가서 구두 상자를 훑는다. 검정과 빨강으로 멋을 낸 하이힐을 찾아낸다. 어울리는 백도 선반에서 꺼내 잭에게 건넨다. 그가 백을 열고 안을 들여다보며 지난 3주 동안 내가 요술을 부려 펜과 종이를 만들어낸 다음 작성한 쪽지를 벽을 뚫고 집어넣어놓지 않았는지 확인한다. 나한테 건네주고 위아래로 훑어보며 고개를 끄덕인다. 어이없는 일이지만 보통 여성들이 남편에게서 받는 것 이상의 의미가 들어 있는 승인이다.

우리는 아래층으로 내려간다. 잭이 외투 장에서 내 코트를 꺼내 벌려 들고 나는 코트에 팔을 끼워 넣는다. 밖으로 나와서는 나를 위해 차 문을 열어주고 내가 탈 때까지 기다렸다가 닫는다. 이럴 때면 이렇게 훌륭한 매너를 가진 잭이 가학적 정신병자라는 사실이 너무 안타깝다.

우리는 커다란 꽃다발과 샴페인 병을 들고 에스터와 루퍼스의 집에 도착한다. 잭이 에스터에게 책을 돌려준다. 아마 연필 자국은 지웠을 것이다. 에스터가 내 견해를 묻고 나는 잭에게 했던 말을 해준다. 내가 보통 읽는 종류의 책이 아니기 때문에 다 읽기까지 시간이 좀 걸렸다고. 에스터는 너무 실망하는 듯하다. 연필 칠을 한 게 정말 그녀는 아니었을까 하는 생각이 든다. 공포를 감추며 불안하게 쳐다보지만, 에스터의 얼굴에서는 그런 기미를 찾아볼 수 없다. 심장박동이 다시 느려진다.

다이앤과 애덤이 기다리고 있는 곳으로 가면서 잭이 내 허리를 한 팔로 감싼다. 그리고 식전주를 마시고 식탁으로 가는 동안, 잭이 보여준 온갖 자그마한 배려들 때문인지, 아니면 결국 내가 원하는 원피스를 입을 수 있었기 때문인지, 마치 내가 정상적인 여자가 되어 정상적인 밤을 보내고 있는 듯한 기분이 든다. 납치범과 함께 외출한 피해자가 아니라. 어쩌면 샴페인을 너무 마셔서 그런지도 모른다. 에스터가 차려놓은 저녁 식사를 맛있게 먹는데, 평소보다 훨씬 많이 말하고 많이 먹는 나를 잭이 지켜본다.

"다른 생각을 하고 있는 것 같아요, 잭." 에스터가 말한다.

"밀리가 빨리 이사를 왔으면 좋겠다는 생각을 하고 있었죠." 잭의 말이 내게 자중하라는 명령임을 알아챈다.

"이제 얼마 안 남았겠네요."

"75일 남았죠." 잭이 행복하게 한숨 쉰다. "알고 있었어, 그레이스? 이제 75일만 더 있으면 밀리가 사랑스런 빨간 방으로 이사를 와서 우리 가족이 되는 거야."

나는 와인을 한 모금 더 마시려던 참이었는데, 심장이 곤두박질치는 바람에 잔이 중간에서 흔들리며 기울었다. "아, 몰랐네." 시간이 다해가는데 나는 어떻게 이러고 앉아 놀고 있을까, 놀라울 뿐이다. 한순간이라 해도 어떻게 나의 절박한 상황을 잊을 수가 있는지 기가 막힌다. 75일. 어느새 시간이 이렇게 지나버렸을까. 더 심각한 것은 신혼여행에서 돌아온 후 375일이 지날 동안에도 도망치지 못했는데 앞으로 그 짧은 기간 안에 과연 내가 도망칠 방법을 생각해 낼 수 있을까, 하는 것이다. 처음에는 온갖 끔찍한 일을 겪고 나서도, 집에 도착해 더 많은 일에 직접 겪고 나서도 밀리가 오기 전까지 도망칠 수 있으리라는 사실을 의심하지 않았다. 탈출 시도가 좌절돼도 늘 다음번이 있으리라고 생각했다. 하지만 지금은 6개월 이상 시도조차 하지 못하고 있는 상태다.

"마셔, 그레이스." 허공에 멈춰 있는 나의 잔을 보고 잭이 말한다. 멍하니 그를 응시하고 있는 내게 잭은 미소를 지으면서 자기 잔을 들어 올린다. "밀리를 위하여." 그리고 식탁을 둘러보며 말한다. "다 같이 건배하면 어때요?"

"좋은 생각이야." 애덤이 잔을 올린다. "밀리를 위해."

"밀리를 위해." 모두가 외치고 나는 공황발작이 밀어닥치는 것을 참는다. 에스터의 호기심 어린 시선을 느끼고 나도 잔을 얼른 들어 올리며 떨리는 손을 아무도 눈치채지 못하길 바란다.

"이왕 축하의 분위기가 되었으니, 하나 더 축하를 해도 좋겠네요." 애덤이 말을 꺼내자 다들 그를 쳐다본다. "다이앤이 아기를 가졌습니다! 에밀리와 재스퍼에게 동생이 생길 거예요!"

"정말 축하해!" 에스터가 말하며 다들 축하 인사를 건넨다. "그렇지 않아, 그레이스?"

경악스럽게도 나는 눈물을 터뜨린다.

다들 놀라서 침묵한 가운데, 나는 잭이 나를 자제력이 부족했다며 처벌할 게 두려워 더욱 걷잡을 수 없이 눈물을 쏟아내버린다. 눈물을 멈추려 미친 듯이 애를 써봐도 소용없다. 나는 이 상황이 너무 당황스러워 벌떡 일어난다. 다이앤도 위로해주려 하지만, 잭이 달려와 나를 품에 안는다. 안 그러고 어쩌겠는가? 꼭 안아서 자기 어깨에 내 얼굴을 기대게 하고 달래는 말을 중얼거린다. 바로 이런 남편을 원했고 그렇게 될 줄 알았는데 하는 생각에, 나는 더 크게 울음을 터뜨린다. 처음으로 다 포기하고 싶다는 생각이 든다. 죽고 싶다. 갑자기 모든 것이 너무나 힘들게 느껴지고 아무 해결책도 보이지 않기 때문이다.

"더 이상은 못하겠어." 나는 흐느끼며 잭에게 말한다. 다들 듣고 있어도 상관없다.

"나도 알아. 나도 알아." 잭이 나를 달랜다. 마치 자기가 너무 심했다고 인정하는 것 같다. 그래서 순간이나마 앞으로는 괜찮아질 거라는 생각마저 든다. "친구들에게 말해야 할 것 같지?" 잭이 사람들에게 고개를 돌린다. "그레이스가 지난주에 유산했어요. 불행히도 처음이 아니랍니다."

다들 헉 하며 숨을 들이마시더니 잠시 겁먹은 침묵이 내려앉는다. 다들 일제히 작은 소리로 위로의 말을 중얼거린다. 그들의 친절과 동정 섞인 말이 내가 경험하지도 않은 유산에 대한 반응이라 해도, 나는 거기서 그럭저럭 위안을 구하며 스스로를 추스른다.

"미안." 나중에 맞닥뜨리게 될 화를 조금이라도 누그러뜨려볼까 싶어 내가 잭에게 말한다.

"괜찮아." 다이앤이 내 어깨를 두드리며 말한다. "하지만 미리 말해줬으면 좋았을걸. 애덤이 이런 식으로 알게 돼서 미안해."

"더 이상은 못하겠어." 나는 계속 잭에게 말한다.

"그냥 다 받아들이고 나면 훨씬 간단하다는 걸 알게 될 거야." 잭이 말한다.

"밀리는 빼주면 안 돼?" 내가 절박하게 묻는다.

"그럴 수 없어." 잭이 엄격하게 말한다.

"밀리는 알 필요가 없잖아요." 에스터가 어리둥절해서 묻는다.

"밀리를 속상하게 할 필요가 뭐 있어요?" 다이앤도 인상을 찌푸린다.

잭이 그들에게 말한다. "물론 그렇죠. 밀리에게 그레이스의 유산에 대해 말하는 건 어리석은 일이겠죠. 이만 그레이스를 집에 데려가야겠네요. 용서해줄 거죠, 에스터?"

"난 괜찮아." 내가 재빨리 말한다. 안전한 에스터와 루퍼스의 집을 떠나고 싶지 않다. 집에 돌아가면 어떤 일이 기다리고 있을지 아니까. 나는 잭의 품에서 빠져나온다. 그렇게 오래 안겨서 위로를 구하고 있었던 스스로가 경멸스럽다. "이젠 정말 괜찮아. 더 있고 싶어."

"잘됐네. 그럼 그레이스, 다시 앉아." 에스터는 마음이 찔리는 모양이다. 임신과 관련해 자기가 했던 말들에 가시가 있어 내가 눈물까지 흘리게 되었다고 생각하는 것이다. "미안해. 그리고 그런 일이 있었다니 정말 슬프다." 내가 앉자 에스터가 조용이 말을 건넨다.

"괜찮아. 제발 그냥 잊자." 내가 말한다.

나는 커피를 마시며 그 어느 때보다도 열심히 머리를 굴린다. 방어벽을 내려놔버리다니 얼마나 바보 같았는지 모골이 송연하다. 내일 밀리를 보려면 별충을 해야 한다. 나는 잭을 사랑스러운 시선으로 바라보며, 그가 세상 무엇보다 원하는 아기를 결국 주지 못할까봐 공포에 질려 폭발했던 거라고 모두에게 설명한다. 결국 자리가 파할 때는 모두 내가 얼마나 빠르게 매력적인 모습을 회복하는지 감탄했다는 것을 알 수 있다. 그리고 에스터는 전보다 훨씬 나를 좋아하게 되었다. 그게 불완전하다고 알려진 나의 자궁 덕분이더라도, 잘된 일이다.

집으로 돌아가는 차에 앉아 있으니 나에게 현실이 닥쳐온다. 잭의 음울한 침묵은 아무리 내가 벌충하려 노력을 했어도 멍청한 짓을 했던 대가를 치르게 될 것임을 알려준다. 밀리를 보러 가지 못한다는 생각을 참을 수 없어 조용히 눈물을 흘리다가, 내가 이렇게까지 약했나 하는 충격을 받는다.

집에 도착해 현관문을 열고 들어선다.

"알겠지만 나는 스스로에 대해 회의를 품어본 적이 없어." 잭이 내 코트를 벗기며 생각에 잠겨 말한다. "그런데 오늘 밤 잠시였지만, 널 품에 안고 모두의 위로를 받다 보니 보통 사람이 된다는 것의 맛을 좀 알겠더군."

"너도 그렇게 될 수 있어!" 내가 잭에게 말한다. "정말 원하면 그렇게 될 수 있어! 도움도 받을 수 있을 거야, 잭! 넌 할 수 있어!"

나의 폭발적 반응에 잭은 씩 웃음을 짓는다. "문제는 내가 도움을 원하지 않는다는 거야. 난 내가 좋아. 정말 아주 좋아. 그리고 75일만 더 있으면 더욱 행복해질 거야. 내일 밀리를 보러 갈 수 없다니 유감이야. 이제 슬슬 보고 싶어지던 참이었는데."

"제발, 잭." 내가 빌었다.

"아무래도 너의 끔찍했던 자제력 부족을 그냥 지나칠 수 없어. 밀리를 보고 싶으면 제대로 했어야지."

"내가 그 한심한 함정에 빠지지 않아서 그런 거지?" 그제야 나는 잭이 식사 때 일부러 밀리 얘기를 꺼내서 나를 흥분하게 만들었다는 걸 깨닫는다.

"한심한 함정?"

"그래 맞아, 한심해. 책에다 색칠하는 것보다 좀 나은 방법은 없었어?"

"정말 필요 이상으로 똑똑해지고 있군. 그게 정말 누구에게 도움이 되는지는 모르겠지만. 어쨌든 넌 벌을 좀 받아야겠어." 잭이 내 말을 받아친다.

나는 힘없이 고개를 젓는다. "아니, 더는 못 해. 벌은 받을 만큼 받았어. 정말이야, 잭. 난 할 만큼 했어."

"난 아냐. 충분 근처에도 못 갔어. 사실 시작조차 못 했다고 봐야지. 그게 문제야. 그토록 오래 기다려오던 것에 가까이 다가갈수록 나는 더욱 갈망하게 돼. 이젠 기다리기가 진력이 날 정도야. 밀리가 이사 올 때까지 기다리는 게 지겨워."

"태국으로 다시 가면 되잖아." 나는 다급하게 말한다. 밀리를 더 빨리 데려올지도 모른다는 생각에 정신이 없다. "그럼 좀 나아질 수도 있어. 1월 이후로는 못 갔잖아."

"못 가. 토머신 재판이 있잖아."

"하지만 밀리가 오면 아예 못 갈 것 아냐." 어떻게든 설득해서 밀리가 가능한 한 오랫동안 안전한 학교에 있을 수 있게 만들어야 한다.

잭이 재미있다는 눈빛으로 나를 흘긋 본다. "걱정 마. 밀리가 이사 오면 가고 싶지도 않을 테니까. 자, 이제 움직여."

나는 걷기가 힘들 정도로 몸을 부들부들 떨기 시작한다. 계단에 한 걸음 올려놓았을 때, 잭이 말한다.

"그쪽이 아닌데. 내일 밀리를 보기 싫은 게 아니라면." 하고서 마치 선택권이라도 주는 것처럼 시간을 둔다. "어느 쪽을 선택할 거야, 그레이스?" 잭의 목소리가 흥분으로 높아진다. "실망한 밀리야, 아니면 지하실이야?"

잭이 자기를 밀었다고 밀리에게 들은 이후, 나는 잭에게서 달아나야 한다는 압박감을 더 강하게 느꼈다. 비록 밀리가 아무에게도 말하지 않겠다고 약속은 했지만, 갑자기 재니스에게 말해버리거나 잭의 면전에 대고 말을 뱉게 되지 않으리라는 보장이 없었다. 잭은 밀리가 그냥 사고인 줄로만 알 거라고 생각한 모양이다. 누구나 밀리를 쉽게 과소평가했다. 말하는 것으로 봐서 머리도 그런 수준일 거라고. 하지만 밀리는 사람들의 생각보다 훨씬 영리했다. 밀리가 진상을 알고 있다는 걸 잭이 알게 되면 밀리에게 무슨 짓을 할지 전혀 알 수 없었다. 아마 내 주장을 묵살했던 것과 똑같이 밀리의 고발도 무시하면서 밀리가 잭과 나 사이를 질투해서 갈라놓으려고 거짓말을 한다고 주장할 것이다.

내게 황량한 시간을 헤쳐나갈 힘을 준 유일한 사람은 밀리였다. 밀리가 잭을 편하게 대하는 걸 보면 계단 사건을 잊었나 싶을 정도였다. 하지만 차라리 다행이라고 생각할 때마다 밀리는 이제는 아예 주문이 돼버린 말을 반복했다. "난 너 좋아, 잭. 하지만 조지 쿠니 싫어." 밀리는 마치 내 생각을 알고 있고 자기는 맡은 바를 열심히 하고 있는 듯했다. 나도 맡은 일을 해내야 했기에 또다른 방법을 강구하기 시작했다.

의사에게 도움을 청하려다 실패한 이후 다음번에는 주변에 사람이 많은 게 좋겠다고 생각했다. 그래서 다시 시도해볼 기운이 생기자 나는 잭에게 같이 쇼핑을 가게 해달라고 애원했다. 가게 점원이

나 공공장소의 사람들에게 도움을 청하면 될 것 같았다. 차에서 내리자마자 바로 옆에 서 있는 경찰이 보여 나는 드디어 소원이 이루어진 줄 알았다. 심지어 그리 가려는 나를 잭이 나를 꽉 잡아당기니 내가 포로로 잡혀 있다는 사실이 더욱 드러날 것 같았다. 내가 도와달라고 소리를 지르자 경찰이 달려올 때는 정말이지 드디어 내 고난이 끝난 줄 알았다. 다만 걱정스런 표정을 짓는 그의 말이 좀 이상했다. "괜찮으십니까, 에인절 씨?"

그때부터의 내 행동은 잭이 이전에 지역 경찰에 미리 말해두었던, 정신 병력이 있는 아내가 자기가 집에 갇혀 있다며 공공장소에서 소란을 종종 일으켜왔다는 주장을 뒷받침할 뿐이었다. 잭은 허약한 내 두 팔을 겸자처럼 쥐고서 경찰과 주변에 모여든 군중에게 다 들리게 집에 와서 그게 정말 감옥인지 한번 봐달라고 했다. 군중이 정신병자 어쩌고 수군대고 잭에게 연민의 시선을 던지는 와중에 경찰차가 도착했다. 나와 뒷자리에 나란히 탄 여자 경찰은 나를 달래려 애썼고 남자 경찰은 잭에게 매 맞는 여성을 변호하는 그의 일에 대해 물었다.

결국 모든 일이 끝난 후 나는 다시는 볼일이 없으리라 생각했던 내 방으로 돌아왔다. 잭이 그렇게 선뜻 쇼핑 동반을 허락했던 건 이미 태국에서 겪었던 바와 같이 나에게 헛된 희망을 불어넣었다가 다시 절망의 구렁텅이에 빠뜨리는 즐거움을 맛보기 위해서였다. 그는 나를 추락시키기 위한 터 닦기 작업을 즐겼다. 낙담해 무너지는 나를 보며 기뻐했고, 아내를 사랑하지만 고통 받는 남편이라는 자신의 역할에 흐뭇해했으며, 모든 것이 끝나면 또 나에게 벌을 주는

데서 쾌락을 얻었다. 잭에게 내가 어떻게 행동할지 예측하는 능력이 있는 한 여기서 벗어나는 건 불가능해 보였다.

나는 다시 밀리를 보기까지 3주를 기다려야 했다. 그리고 내가 친구들을 만나느라 너무 바빴다는 잭의 설명은 밀리에게 상처를 주었다. 더구나 계속 같이 있는 잭 때문에 나도 달리 해명을 못 하자 밀리는 어리둥절해했다. 나는 밀리를 또다시 실망시킬 순 없다는 생각에 잭의 말을 잘 듣기 시작했지만 잭은 기뻐하기보다는 짜증스러워 하는 것 같았다. 잭의 반응을 의아해하고 있는데, 잭은 내가 말을 잘 들으니 다시 그림을 그릴 수 있게 허락해주겠다고 했다. 의도가 의심스러워 나는 기쁜 기색을 숨기고 반쯤 건성으로 필요한 물건 목록을 주었다. 정말 그림 재료를 사다줄 거라고는 믿지 않았다. 그런데 다음 날 이젤과 캔버스뿐만 아니라 다양한 색상의 파스텔과 유화물감을 사가지고 왔다.

"다만 한 가지 조건이 있어." 옛 친구를 만난 듯 기뻐하는 나에게 잭이 말했다. "무엇을 그릴지는 내가 골라."

"무슨 말이야?" 내가 인상을 찌푸렸다.

"내가 원하는 걸 그리라고. 그 이상도 이하도 아냐."

나는 맥이 빠져 잭을 보며 눈치를 살폈다. 또 무슨 게임을 하려는가 싶었다. "뭘 그리라고 하느냐에 따라 다르지." 내가 말했다.

"초상화."

"초상?"

"그래, 전에도 그렸지?"

"조금."

"됐어. 그럼 초상화를 그렸으면 좋겠어."

"너를?"

"그릴 거야, 안 그릴 거야?"

나의 모든 본능은 거부하라고 외치고 있었지만, 나는 너무 그림이 그리고 싶었다. 독서 말고 다른 뭐라도 하고 싶었다. 잭을 그린다는 건 생각만 해도 역겨웠지만 설마 내 앞에서 직접 자세를 잡고 모델을 서기야 하겠나 싶었다. 내 바람은 그랬다.

"사진을 보고 그릴 수 있다면." 해결책을 찾은 내가 안도하며 말했다.

"좋아." 잭이 주머니를 뒤졌다. "지금부터 시작할래?"

"그러지 뭐." 내가 어깨를 으쓱했다.

잭이 사진을 한 장 꺼내 내 앞에 들이밀었다. "내 고객 가운데 하나야. 아름답지 않아?"

나는 비명을 지르며 뒷걸음치면서 몸을 돌렸다. 하지만 잭은 미친 사람처럼 웃으며 나를 쫓아왔다. "왜 이래, 그레이스. 빼는 척하지 말고 잘 보라고. 어차피 몇 주 동안 수도 없이 보게 될 텐데."

"절대, 절대 안 그려." 나는 겨우 말을 내뱉었다.

"당연히 그려야지. 동의했잖아. 안 그래? 자신이 한 말을 안 지키면 어떻게 되는지 알아?"

나는 그를 노려보았다.

"그래, 밀리야. 밀리를 보고 싶잖아, 안 그래?"

"이런 대가를 치러야 한다면 어쩔 수 없어." 목이 메어왔다.

"미안하군. 말을 똑바로 해줬어야 하는데. '다시는 안 보고 싶어?'라고 말이야. 밀리가 시설에 처박혀 썩는 걸 보고 싶진 않지?"

"밀리한테 손가락 하나라도 댔단 봐!" 내가 고함을 질렀다.

"그럼 그리는 게 좋을 거야. 만일 이 사진을 망가뜨리거나 훼손시키면 밀리가 대가를 치를 거야. 캔버스에 재현해내지 않거나 못하는 척해도 밀리가 대가를 치를 거야. 얼마나 그렸는지 매일 확인할 테니까, 속도가 너무 늦다는 판단이 들어도 밀리가 대가를 치러. 그리고 다 그리고 나면, 또 다른 걸 그려야 해. 그리고 또 다른 걸 계속, 내가 됐다고 결정할 때까지."

"언제 되는데?" 패배를 예감한 내가 눈물을 삼키며 물었다.

"언젠간 알려줄게. 약속하지, 그레이스. 언젠간 알려준다고."

나는 첫 번째 그림을 그리며 울고 또 울었다. 멍들고 피가 맺힌 얼굴을 날이면 날마다 보고 또 보며 부러진 코와 상처난 입술과 검게 변한 눈을 세밀하게 관찰하고 캔버스에 재현하다 보면 울렁거리는 속을 견딜 수 없어 자주 토했다. 제정신을 유지하려면 이런 끔찍한 그림을 그리는 트라우마를 해결할 방법을 찾아야 했다. 나는 사진 속의 처참한 여자들에게 이름을 지어주고 그녀들에게 가해진 상해 너머의 것을 보고 그녀들의 본래 모습을 상상하면서 그 방법을 찾았다. 그렇게 하니 훨씬 더 잘 버틸 수 있었다. 잭이 재판에서 진적이 없다는 것 역시 도움이 되었다. 사진 속의 여자들은 모두 그의 전 고객들로 학대하던 배우자에게서 빠져나왔다. 그 또한 내가 더욱 마음을 다지게 만들어주었다. 이들이 할 수 있었다면 나도 할 수 있을 것이다.

그렇게 결혼 생활이 4개월쯤 됐을 때, 잭이 둘만의 시간은 충분히 보냈고 다른 사람들이 수상하게 생각할 수도 있으니 전처럼 다른 사람들과 어울리기 시작해야겠다고 결정했다. 처음 같이 저녁을 먹은 건 모이라와 자일스였는데, 그들은 원래 잭의 친구이기도 해서 나는 정확히 지시받은 대로 행동하며 사랑에 빠진 아내 역할을 충실히 해냈다. 속이 울렁거릴 정도로 역겨웠지만 잭이 나를 믿지 못하면 영원히 방에 갇혀 있어야 할 테고 그러면 기회도 아예 없어질 것이었다.

잭이 원하는 대로 내가 내 역할을 제대로 했는지 얼마 지나지 않아 잭의 동료들과 저녁을 먹게 되었다. 친구가 아니라 동료라는 말을 듣자 아드레날린이 솟구치며 드디어 도망칠 수 있는 완벽한 기회가 왔다고 확신했다. 친구라면 이미 잭에게 속아 넘어간 상태겠지만, 혹시 운이 좋아 잭의 성공을 시기하며 훼방 놓을 기회만 노리고 있던 동료라면 상황이 다를 수도 있는 것이다. 나도 독창성을 발휘할 필요가 있었다. 잭은 벌써 다른 사람들 앞에서 어떻게 행동해야 하는지 단단히 주입시켜 놓았다. 화장실이라 해도 혼자 자리를 뜨면 안 됨, 접시 나르는 것을 도와주더라도 다른 사람을 따라 다른 방으로 가면 안 됨, 누구와도 둘이 따로 대화를 나눠서는 안 됨, 놀라울 정도로 행복하고 만족한 아내 이외의 모습은 어떤 것도 보여선 안 됨.

어떻게 해야 할지 생각해내는 데 시간이 좀 걸렸다. 잭 앞에서 도와달라고 호소하다가는 능수능란하게 묵살당할 가능성이 크니 편지를 쓰는 게 낫겠다고 판단했다. 모든 것을 글로 쓰면 발작을 일으킨 미친 여자로 묵살될 가능성도 적었다. 정말이지 잭이 협박하며 금지하는 행동들을 고려해볼 때 편지가 가장 안전한 방법인 듯했다. 하지만 작은 종잇조각 하나라도 손에 넣기는 불가능했다. 잭에게 대놓고 요구할 수도 없었다. 그러면 거절할 뿐만 아니라 곧바로 의심하며 매의 눈으로 감시하기 시작할 테니까.

잭이 사려 깊게도 공급해주고 있는 책들에서 단어들을 오려내자는 생각은 한밤중에 떠올랐다. 조그마한 눈썹 가위를 이용해, '제발' '도와줘요' '갇혀' '있어요' '경찰을' '불러줘요'를 오려냈다. 그것들을 차례로 붙여놓을 방법을 찾다가 결국 차례차례 포개 맨 위에 '제발'을 놓고 맨 아래 '불러줘요'를 놓았다. 아주 조그만 서류철을 만든 것이다. 하지만 그냥 종이 보풀로 보여 버려질 수도 있으므로 머리핀으로 집기로 했다. 누구라도 조그만 종잇조각을 물고 있는 머리핀을 보면 뭔가 싶어 조사해 볼 게 분명했다.

잭 앞에서 펼쳐지면 절대로 안 되니, 한참 궁리한 끝에 식사가 끝난 후 어느 테이블 위에 도움을 요청하는 종잇조각을 올려두기로 결정했다. 우리가 떠난 후 발견될 수 있도록 말이다. 어디서 저녁을 먹게 될지 전혀 알 수 없었지만 식당이 아닌 누군가의 집이기를 기도했다. 식당이라면 머리핀은 테이블보와 함께 휩쓸려 아무 생각 없이 치워질 가능성이 컸다.

그러나 고심해서 세운 계획은 그날 수포로 돌아갔다. 나의 소중한 단어 꾸러미를 어디에 놓을까만 걱정한 나머지, 잭부터 먼저 통과해야 한다는 사실을 잊어버린 것이다. 그가 나를 데리러 올 때까지 전혀 생각을 못했다. 잭은 나를 한동안 지켜보다가 왜 그렇게 긴장하고 있냐고 물었다. 그의 동료들을 만나기 때문인 척했지만 잭은 믿지 않았다. 동료들은 대부분 결혼식에서 만난 적이 있기 때문이다. 잭이 내 옷을 수색하며 주머니들을 뒤집었고 가방을 내놓으라고 요구했다. 머리핀을 발견한 그는 내가 예상했던 대로 화를 내며 벌을 주겠다고 했다. 나를 골방으로 옮기고 모든 편의 도구를 빼앗았으며 굶기기 시작했다.

지하실에서 눈을 뜨니 시간을 짐작할 수 있는 햇빛이 절실하다는 생각이 먼저 든다. 아니면 무엇이든 내가 아직 미치지 않았다는 걸 증명해줄 게 필요하다. 잭의 소리가 들리지는 않지만 가까이 있다는 건 느낄 수 있다. 갑자기 문이 활짝 열린다.

천천히 일어나는데 잭이 말한다. "밀리와 점심을 먹으려면 그보다는 빨리 움직여야 할걸."

간다니 기쁘기야 하지만, 실은 밀리를 보러 가는 것이 점점 괴로워지고 있다. 잭이 계단에서 밀었다고 고발한 이후 밀리는 내가 해결해주기만을 기다리고 있을 것이다. 밀리가 잭을 설득해 호텔로 가게 될 날이 오히려 두려워지기 시작했다. 아직도 방법을 못 찾았다고 말할 순 없다. 내가 1년도 넘게 도망치지 못하고 있을 거라곤 생각지도 못했다. 어렵긴 하겠지만 불가능하지는 않을 거라고 생각했다. 하지만 지금은 시간도 얼마 남지 않았다. 고작 75일이라니. 아이가 크리스마스 선물을 조바심치며 기다리듯 잭이 밀리가 집으로 올 날만을 손꼽아 기다리고 있으리라는 생각에 어지럽다.

늘 그렇듯 밀리와 재니스가 벤치에서 우리를 기다리고 있다. 우리는 한동안 인사를 나눈다. 재니스가 우리에게 2주 전의 결혼식과 지난주에 있었던 친구들과의 만남이 즐거웠냐고 묻자 잭은 내가 지어내서 말하도록 내버려둔다. 데번에서의 결혼식은 너무 멋졌다고, 우리 친구들이 살고 있는 피크 디스트릭트도 아주 괜찮았다고 대답한다. 언변이 수려한 잭이 재니스에게 우리가 밀리와 함께 살기 전에 짧은 기간이나마 둘이 충분히 즐길 수 있게 해주어 얼마나 고마운지 모른다고 치하하자 재니스는 괜찮다고, 밀리를 사랑하니까 필요할 때면 언제든 기꺼이 돕겠노라고 대답한다. 그리고 밀리가 그리울 거라고, 자주 놀러 가겠다는 말도 한다. 잭의 방해로 결코 오지 못하겠지만. 밀리에 대해서도 얘기를 나누는데 수면제 덕분에 이젠 잘 잔다고 재니스가 알려준다. 그 덕에 낮 동안에도 다시 원래 상태를 되찾았다고 말한다.

"죄송하지만" 하면서 재니스가 시계를 본다. "이제 가봐야겠네요. 점심 약속에 늦으면 엄마가 가만두지 않을 거예요."

"우리도 가야죠." 잭이 대꾸한다.

"오늘은 호텔에 가면 안 돼?" 밀리가 간절한 표정으로 묻는다.

잭이 안 된다고 할 새도 없이 재니스가 끼어든다.

"밀리가 호텔 얘기를 어찌나 하는지 몰라요. 정말 좋아하는 곳이라며 월요일 수업 시간엔 모두에게 얘기해주기로 했죠.”

밀리가 열광적으로 고개를 끄덕인다.

“호수 옆 식당에 대해서는 이미 얘기했어요. 팬케이크 나오는 곳이요. 그래서 우리는 호텔 이야기도 듣길 고대하고 있답니다. 구드리치 교장 선생님도 연말 직원 만찬을 그곳에서 할까 생각 중이에요. 그래서 밀리에게 보고서를 써오라고 시켰죠.”

“구드리치 선생님을 위해서 호텔에 가.” 밀리가 맞장구친다.

“그럼 호텔에 가야지.” 잭이 분통을 너그러운 미소로 감추며 말한다.

밀리는 점심 식사 내내 행복하게 떠들고는 식사를 마치자 화장실에 가겠다고 한다.

“그럼 갔다 와.” 잭이 말한다.

밀리가 일어나 말한다. “그레이스 같이.”

“그레이스는 같이 안 가도 돼. 혼자서도 얼마든지 다녀올 수 있어.” 잭이 엄하게 말한다.

“나 생리. 그레이스 필요해.” 밀리가 소리를 지른다.

“아주 잘됐네.” 역겨움을 숨기며 잭이 일어선다. “그럼 나도 같이 가지.”

“잭은 여자 화장실 못 가.” 밀리가 용감무쌍하게 말한다.

“그 앞까지만 간다는 거야.”

잭이 복도 앞에서 우리를 들여보내며 너무 오래 있지 말라고 경고한다. 화장실에는 세면대에서 손을 씻으며 수다를 떠는 여자 둘이 있고 밀리는 방방 뛰며 그들이 나가기를 기다린다. 나는 밀리에게 해줄 말을 찾아 머릿속을 뒤진다. 재니스와 구드리치 부인을 끌어들여서 잭이 우리를 여기 데려오게 만들다니 대단하다고 칭찬해주고, 나도 방법을 생각하고 있다고 말해줘야 한다.

"정말 잘했어, 밀리." 여자들이 나가자 내가 말해준다.

"할 말 있어." 밀리가 속삭인다.

"뭔데?"

"밀리가 그레에스에게 줄 거 있어." 주머니에서 휴지를 꺼낸다. "비밀."

어리둥절해 휴지를 편다. 구슬이나 꽃이 들어 있지 않을까 했는데, 작고 하얀 알약이 한 줌 들어 있다. "이게 뭐야?"

"잠 약. 나 안 먹어."

"왜 그랬어?"

"필요 없어." 밀리가 인상을 쓴다.

"먹어야 잠을 잘 자지." 내가 타이른다.

"나 잘 자."

"지금은 그렇다며, 약 때문에. 예전 기억 안 나?"

밀리가 고개를 젓는다. "그런 척이다."

"그런 척했다고?"

"응 잠 못 자는 척한다."

나는 놀라서 밀리를 본다. "왜?"

밀리는 휴지를 쥔 내 손을 꼭 잡는다. "그레이스 준다."

"그래, 정말 고마워, 밀리, 하지만 난 필요 없는데?"

"아니, 그레이스 필요하다. 조지 쿠니 위해서."

"조지 클루니?"

"응, 조지 쿠니 나쁜 남자. 조지 쿠니 날 민다. 조지 쿠니 그레이스 슬프게 한다. 나쁜 남자. 아주 나쁜 남자."

이제 내가 고개를 저을 차례다. "미안하지만 무슨 말인지 모르겠어."

"아니, 안다." 밀리가 단호하게 말한다. "간단하다, 그레이스. 우리가 조지 쿠니 죽인다."

過去

다음 달에 우리는 태국에 다시 갔지만 나는 감히 도망칠 생각을 못했다. 그랬다간 잭은 나를 거기서 죽이고도 남았을 것이다. 우리는 같은 호텔에 가서 같은 방을 잡고 같은 매니저의 환대를 받았다. 키코는 없었다. 낮에는 전과 똑같이 발코니와 방에 갇혀 보냈고 사진을 찍을 때만 밖으로 나올 수 있었다. 두 번째 태국 여행은 처음보다 더 끔찍했다. 잭이 나와 함께 있지 않을 때면 다른 누군가에게 공포를 심어주며 즐거워하고 있으리라는 생각이 들었기 때문이었다. 정확히 뭘 하는지는 알 수 없어도 영국에서는 할 수 없는 짓임에 분명했다. 잭이 자기 어머니에 대해 했던 말을 돌이켜 생각하면 여자를 패러 오는 게 아닌가 싶었다. 어떻게 그런 짓이 가능한지 알 수 없었지만, 태국에선 돈만 있으면 무엇이든, 공포도 살 수 있다고 그가 말한 적이 있었다.

그가 폭력을 갖고 논다는 걸 알게 되어서인지 돌아와서 일주일 후, 나는 주방에서 와인 병으로 그의 머리를 갈겼다. 다이앤과 애덤이 오기 30분 전이었다. 기절시킬 수 있지 않을까 싶었지만 힘이 충분하지 않았다. 잭은 분노에 타올랐으나 놀라운 자제력을 발휘해 다이앤과 애덤에게 약속 취소 전화를 걸었다. 내가 갑자기 편두통이 생겼다고 핑계를 댔다. 전화를 내려놓은 잭이 돌아설 때 나는 밀리 걱정밖에 안 들었다. 내게서 더 이상 빼앗아갈 것이 없다고 생각했기 때문이다. 심지어 잭이 밀리의 방을 보여주겠다고 했을 때에도, 나는 그가 나에게 그랬던 것처럼 그 방의 아름다운 가구들을 다 없애버리려는 줄 알았다. 팔이 등 뒤에서 고통스레 꺾인 채 중앙 홀로 밀려 나갔다. 밀리가 늘 꿈꾸던 방을 빼앗기다니 너무 슬펐다. 하지만 2층으로 가는 대신 잭은 지하로 가는 문을 열었다.

나는 미친 듯 몸부림쳤지만 상대가 되지 않았다. 그러잖아도 힘이 센 데다 분노로 불이 붙은 상태였다. 그러나 그 상황에서도 나를 기다리는 게 무엇인지는 짐작도 못했다. 몰리를 가두었던 다용도실을 지나 내가 끌려 간 곳은 창고로 보이는 방이었다. 그곳 선반들 뒤로 교묘하게 철제문이 숨겨 있었다. 나는 비로소 진짜 공포를 느끼기 시작했다.

나는 고문실일 거라고 생각해 두려움에 사로잡혔지만 그게 아니었다. 고문 도구 같은 것은 없었다. 가구가 없는 방 전체가 바닥부터 천장까지 핏빛 빨강으로 칠해져 있었다. 그것만으로도 너무 무서웠지만 나를 비명 지르게 만든 것은 그것뿐이 아니었다.

잭이 으르렁거리며 말했다. "잘 봐. 밀리도 나만큼이나 여길 좋아했으면 좋겠네. 밀리는 여기서 지내게 될 거야. 위층의 예쁜 노란 방이 아니라. 잘 보고 밀리가 얼마나 무서워할지 말해봐." 잭이 나를 마구 흔들었다.

나는 미친 듯이 눈을 굴리며 벽에서 시선을 피하려 애썼다. 나에게 억지로 그리게 했던 초상화들이 거기 걸려 있었다.

"네가 밀리를 위해 특별히 그린 그림들을 밀리가 좋아할까? 뭘 제일 좋아할 것 같아? 이거?" 잭이 내 뒷목을 잡고 한 초상화 앞에 바짝 가져다댔다. "아니면 이거?" 다른 벽으로 끌고 가서 말했다. "정말 아름다운 수작업 아니야?" 나는 신음하며 눈을 꽉 감았다.

"아직은 이 방을 보여줄 생각이 아니었지. 하지만 이젠 한번 맛을 보여줘도 괜찮겠어. 정말이지 넌 나를 병으로 내려쳐서는 안 됐어."

나를 확 밀어 떼어낸 후 잭은 방을 나가 문을 쾅 닫았다. 나는 허둥지둥 문으로 달려갔지만 거기엔 손잡이가 없었다. 나는 문을 마구 두드리며 내보내달라 소리치기 시작했다.

"원하는 만큼 소리질러 봐." 잭의 목소리가 문 너머로 들려왔다. "내가 얼마나 그 소리를 좋아하는지 모를 거야."

영원히 여기서 나가지 못할지도 모르고 여기서 죽게 될지도 모른다는 공포로 나는 미칠 것 같았다. 몇 초도 안 돼 나는 숨을 쉴 수가 없게 됐다. 과호흡이 시작되며 가슴의 통증으로 무릎을 꿇었다. 공황발작이 온 것 같았다. 다시 호흡을 정상으로 조절해보려 애썼지만 신이 난 잭의 소름 끼치는 웃음소리가 더욱 정신을 혼미하게 만들었다. 눈물이 흘러내리며 이렇게 죽는구나 싶었다. 밀리를 잭의 손에 남겨놓고 가는 게 너무 슬펐다. 노란 모자를 쓰고 목도리를 두른 밀리의 모습이 떠올라 나는 거기 매달렸다. 그 모습을 마지막으로 떠올리며 죽고 싶었다.

시간이 조금 지나니 가슴의 통증이 줄어들고 숨도 다시 깊게 쉴 수 있었다. 하지만 또 공황발작이 시작될까 봐 감히 움직일 수는 없었다. 그대로 무릎에 머리를 박은 채 호흡에 집중했다. 죽지 않았다는, 그래서 밀리를 살릴 수 있게 됐다는 안도감에 기운을 차릴 수 있었다. 그제야 고개를 들어 방을 둘러보았지만 작은 창문 하나 없었다. 나는 벽을 손으로 훑으며 조사하기 시작했다. 혹시나 하는 생각에 그림들도 하나씩 치워보았다.

"시간 낭비야, 그레이스." 잭의 느릿느릿한 목소리가 들려 나는 화들짝 놀랐다. "안에서는 열 수 없어." 그가 문 저쪽에 있다는 사실을 깨닫자 다시 몸이 떨려왔다. "방은 마음에 들어? 충분히 즐기라고. 내가 여기서 최대한 듣고 있을 테니. 밀리는 어떻게 생각할지 정말 듣고 싶어. 너보다 훨씬 소리가 컸으면 좋겠는데."

갑자기 지쳐서 나는 바닥에 누워 몸을 웅크렸다. 저 목소리가 들리지 않도록 귀를 막았다. 잠이 오길 기도했지만 방이 너무 밝았다.

떨쳐내려 애를 써보아도 자꾸만 내가 이 지옥에서 영영 빠져나갈 수 없을 것만 같다는 생각이 들었다. 그 아름다운 노란 방을 보고 잭의 마음 한구석에도 인간성이 남아 있을지 모른다고 생각했던 내가 너무 한심해 눈물이 나왔다.

나는 알약을 손에 쥐고 밀리를 노려본다. 내가 제대로 들은 건가 싶다. "밀리, 우리는 그런 짓 못해."

"아니, 해. 해야 해." 밀리가 단호하게 고개를 끄덕인다. "조지 쿠니 나쁜 남자."

상상도 못한 대화의 방향에 겁이 나고 잭이 기다리고 있다는 생각에 알약을 도로 휴지에 싼다. "이건 여기 변기에 버려야 할 것 같아."

"안 돼!"

"그런 나쁜 짓은 못 해, 밀리."

"조지 쿠니 나쁜 짓 한다." 밀리가 음산하게 말한다. "조지 쿠니 나쁜 남자, 아주 나쁜 남자."

"그래, 나도 알아."

밀리의 이마에 주름이 잡힌다. "하지만 나는 곧 그레이스와 산다."

"그래, 곧 나와 살게 되지."

"하지만 나는 나쁜 남자와 못 산다. 무섭다. 그러니 우린 나쁜 남자 죽인다. 우린 조지 쿠니 죽인다."

"밀리, 우린 아무도 죽일 수 없어. 미안해."

"애거사 크리스티 사람 죽인다!" 밀리가 답답한 듯이 말한다. "《그리고 아무도 없었다》에서 많은 사람 죽는다. 그리고 로저스 부인 잠 약 먹고 죽는다."

"그럴지도 몰라. 하지만 그건 그냥 이야기야, 밀리. 너도 알잖아." 내가 엄하게 말한다.

밀리에게는 그럴 수 없다고 하면서도 내 생각은 마구 달려나간다. 이 정도면 적어도 잭이 한참 깨어나지 못할 정도의 분량 아닐까, 그 틈에 도망칠 수 있지 않을까 생각한다. 약을 정말로 변기에 넣고 내려버릴 수는 없다. 그러기엔 너무 오랜만에 찾아온 실낱같은 희망의 빛이다. 하지만 이성적으로 생각해볼 때 내가 잭에게 약을 먹일 수 있을 확률은 정말 희박하다. 그리고 내가 이것들로 무슨 짓을 하든 밀리를 끌어들여서는 안 된다.

"약은 버릴게." 하면서 나는 칸막이로 간다. 레버를 내리면서 재빨리 휴지를 옷소매에 집어넣는다. 하지만 잭이 분명 툭 튀어나온 소매를 눈치를 채리란 생각이 든다. 겁에 질려 허둥지둥 다시 꺼내 내 몸을 이리저리 살핀다. 가방은 검사를 당하니 안 된다. 브라나 팬티 안에도 숨길 수 없다. 옷을 벗는 동안 지켜보니까. 나는 일단 구겨진 휴지를 구두에 넣는다. 발끝 부분에 단단히 끼운다. 구두를 다시 신기가 힘들고 걷기도 어려울 테지만 거기 약을 숨기니 든든하게 느껴진다. 대체 어떻게 다시 꺼낼지, 사용할 기회가 올지 알 수 없지만, 거기 있다는 사실을 아는 것만으로도 마음의 위안이 된다.

"그레이스, 멍청이!" 밀리가 펄펄 뛰며 소리친다. "이제 조지 쿠니 못 죽여!

"그래, 밀리. 우린 그럴 수 없어."

"하지만 나쁜 남자!"

"그래, 하지만 우리는 나쁜 남자 못 죽여. 그건 불법이야."

"그럼 경찰에 조지 쿠니 나쁜 남자 말해!"

"그거 좋은 생각이다. 경찰에게 말할게." 나는 밀리를 달래려 말한다.

"지금!"

"지금은 안 돼. 하지만 곧 할게."

"밀리가 가서 살기 전에?"

"그럼."

"경찰 말한다?"

"그래, 네가 오기 전에 말할 거야."

나는 밀리 손을 잡았다. "나 믿지, 밀리?" 밀리가 마지못해 고개를 끄덕인다. "그럼 약속할게. 네가 나랑 살러 오기 전에 내가 방법을 찾아낼게."

"약속?"

"그래, 약속해." 나는 눈물을 참으며 말했다. "그리고 너도 약속해줘야 해. 우리 비밀을 계속 지킨다고."

"난 잭 좋아하지만 조지 쿠니 안 좋아해." 밀리가 툴툴거리며 말한다.

"그래, 맞아, 밀리. 자 이제 나가서 잭을 찾아보자. 아이스크림을 사줄지도 몰라."

하지만 밀리가 제일 좋아하는 아이스크림 얘기로도 기분이 풀리지 않는 듯하다. 조심스레 싼 알약을 나에게 건네주며 밀리가 얼마나 신나고 자랑스러워했는지, 이런 절박한 상황에서도 얼마나 영리하게 방법을 강구했는지 생각해보면, 밀리를 실컷 칭찬해주지 못하는 나 자신이 밉다. 구두코에 알약을 박아 넣을 때는 희망이 밀려왔지만 어떻게 사용할 수 있을지는 모르겠다.

아이스크림 트럭이 주차된 근처 공원으로 걸어가는데 발가락이 너무 아프다. 앞으로 세 시간을 더 이러고 걸어 다닐 수는 없을 것 같다. 밀리가 너무 풀이 죽어 있어 화장실에서 무슨 일이 있었다는 걸 잭이 눈치 채지 않을까 걱정된다. 잭이 밀리에게 물어보기 시작하면 밀리가 뭐라고 대답할지 알 수 없다. 아예 관심을 돌리려고 나는 밀리에게 어떤 아이스크림을 먹을 거냐고 묻는다. 밀리가 무관심하게 어깨를 으쓱하자 잭이 쳐다본다. 지금까지는 몰랐어도 이제 밀리의 기분을 눈치챈 것이다. 잭의 주의도 딴 데로 돌리고 밀리의 기분도 풀어줄 겸, 내가 영화를 보러 가자고 제안한다. 그럼 내 발도 좀 쉴 수 있겠지.

"그럴래?" 잭이 밀리에게 묻는다.

"응." 밀리가 성의 없이 대답한다.

"그럼 가자. 대신에 밀리, 먼저 화장실에서 무슨 일이 있었는지 알고 싶은데."

"무슨 일?" 허를 찔린 밀리가 긴장한다.

"그냥, 들어갈 때는 기분 좋더니 나와서는 너무 시무룩하잖아." 잭이 차분하게 설명한다.

"나 생리."

"그건 들어가기 전에도 알았잖아. 자, 밀리, 말해봐. 왜 화가 났지?" 잭이 살살 달래며 부추긴다. 밀리가 망설이는 걸 보고 나는 등골이 서늘해진다. 밀리가 불쑥 약 얘기를 털어놓을 것 같지는 않지만 사람의 마음을 조종하는 잭의 솜씨를 알기에 겁이 난다. 더구나 밀리의 기분 상태로 보아 조심성을 발휘하기가 힘들 것 같다. 나에게 화도 나 있는 상태다. 나는 밀리를 보며 내 눈에 담긴 다급한 경고의 신호를 알아봐주길 바라지만 밀리는 내 눈을 피한다.

"안 돼." 밀리가 고개를 살래살래 흔든다.

"왜?"

"비밀이야."

"안됐지만 네게는 비밀이 있어서는 안 돼." 잭이 유감이라는 듯이 말한다. "그냥 말하는 게 어때? 그레이스가 무슨 말해서 화났니? 나한테는 말해도 돼, 밀리. 실은 넌 나한테 말해야 해."

"그레이스 안 돼 말해." 밀리가 어깨를 들썩하고 말한다.

"그레이스가 안 된다고 했다고?"

"응."

"그렇구나. 그레이스가 뭘 안 된다고 했는데?"

"나 그레이스한테 조지 쿠니 죽여 말했어. 그레이스 안 돼 말해." 밀리가 우울하게 말한다.

"아주 재밌네, 밀리."

"사실이다."

"그런데 말이야, 밀리. 그게 사실이라도, 네가 그래서 기분이 안 좋은 거 같지는 않아. 네가 조지 클루니 안 좋아하는 건 알지만, 넌 멍청하지 않잖아. 그레이스가 조지 클루니를 죽일 수 없다는 걸 잘 알지. 그러니 다시 물을게. 그레이스가 뭐라고 해서 화가 났니?"

나는 정신없이 머리를 굴리며 뭔가 그럴듯한 말을 생각해내려 애를 썼다. "꼭 알아야겠다면, 잭, 밀리는 집에 와보고 싶다고 했어. 근데 내가 안 된다고 했어." 나는 분노한 투로 말한다.

내가 왜 밀리가 집에 오지 못하게 막는지 아는 잭이 나를 본다. "그래?"

"내 침실 보고 싶다." 밀리가 내 의도를 알았다는 듯이 나를 보며 맞장구친다.

"그럼 와봐야지." 잭이 과장되게 소리친다. 마치 밀리의 소원을 들어주는 거라는 듯이. "네 말이 맞아, 밀리. 너는 네 방을 와서 볼 권리가 있어. 실은 말이지, 넌 아마 너무 좋아서 다시는 학교에 돌아가고 싶어 하지 않을 거야. 그럴 것 같지 않아, 그레이스?"

"노란색?" 밀리가 묻는다.

"물론이지." 잭이 미소를 짓는다. "자, 어서 극장에 가자. 나도 생각할 거리가 좀 생겼네."

어둠에 묻힌 극장에 앉아 아무에게도 보이지 않는다는 사실에 감사하며 내가 얼마나 부주의했는지 깨닫고 눈물을 줄줄 흘린다. 다른 생각이 안 난다고 해서 잭에게 밀리가 자기 방을 보여달라고 했다고 말하다니. 이미 기다리고 있는 위험을 더 가까이 끌어당기다니. 잭과 살기 싫다고 했던 밀리가 우리와 더 빨리 같이 살자고 할 리는 없다. 하지만 잭이 그렇게 하려고 한다면? 어젯밤에 기다리기 지쳤다고 한 말로 볼 때, 그러고도 남을지 모른다. 그렇다면 어떻게 그걸 막을 것인가? 어떤 핑계를 대야 밀리를 학교에 안전하게 놔둘 수 있을까? 설령 핑계를 찾아낸다 해도 잭은 믿지 않을 것이다. 나는 잭을 몰래 훔쳐본다. 영화에 푹 빠지거나 잠이 들었기를 바랐지만 조용히 만족스런 표정을 짓고 있는 그를 보니 벌써 상황을 자신에게 유리하게 끌어갈 방법을 찾은 듯하다.

밀리에게 위험할 수 있는 계획을 내가 발동시켰고 나는 그걸 멈출 수도 없다는 생각에 미칠 것만 같다. 내가 그렇게 어쩔 줄 몰라 하고 있는 동안 잭 옆에 앉은 밀리는 무엇엔가 웃음을 터뜨린다. 밀리를 구해야 한다. 나는 어떤 희생을 치르더라도, 잭이 준비하고 있는 끔찍한 계획으로부터 밀리를 구해야 한다.

영화가 끝난다. 우리는 학교로 돌아와 밀리를 내려준다. 재니스는 벌써 와 있다. 작별 인사를 하는 동안 재니스가 다음 일요일에도 올 거냐고 묻는다.

"실은 밀리를 우리 집으로 데려갈까 해요." 잭이 상냥하게 말한다. "이제 자기가 살 집을 볼 때도 된 것 같아서요. 그렇지 않아, 여보?"

"수리가 다 끝날 때까지 기다리기로 하지 않았나?" 잭이 이렇게 빨리 시작할 줄 몰랐기에 화들짝 놀라지만 되도록 침착하게 저지하려 노력한다.

"주말쯤이면 될 거야."

"내 방 안 끝난다고 잭 말했다." 밀리가 의심하듯 말한다.

"농담이었어." 잭이 꾹 참으며 설명한다. "다음 주 우리 집을 방문할 때 깜짝 놀래주려고 했지. 우리가 열한 시에 데리러 올까? 어때?"

밀리가 망설인다. 뭐라고 할지 몰라 한다. 그러다 천천히 말한다. "응, 그래. 집 보고 싶어."

"네 방도." 잭이 덧붙인다.

"노란 방." 밀리가 재니스에게 말한다. "나 노란 방 가져."

"그래, 돌아와서 전부 얘기해주렴." 재니스가 말한다.

밀리가 돌아가지 못할지도 모른다는, 차 고장이나 아니면 그냥 밀리가 안 가겠다고 한다는 핑계를 댈 거라는 공포에 나는 사고가 마비된 듯하다. 이제 정말 시간이 얼마 남지 않았을지 모른다는 생각에 정신이 하나도 없다. 방법을 찾는다. 구르는 돌을 멈출 수 없을지라도, 길에서 벗어나게 만들 방법은 없을까?

"재니스도 같이 가요." 나도 모르게 재니스에게 말한다. "밀리 방을 직접 보면 좋을 거 같아요."

밀리가 기뻐하며 손뼉을 친다. "재니스도 가!"

잭이 인상을 확 구긴다. "재니스는 주말에 바쁠 거야."

재니스가 고개를 젓는다. "아뇨, 괜찮아요. 사실은 나도 밀리가 살게 될 곳을 보고 싶네요."

"그럼 직접 데리고 오실 수는 없을까요?" 내가 서둘러 묻는다. 잭이 또 무슨 구실을 꾸며대기 전에.

"물론 그러죠! 그레이스와 에인절 씨가 일부러 여기까지 왔다가 갈 게 뭐 있어요. 그 정도는 해야죠. 그럼 주소를 주실래요?"

"써드리죠. 펜 있으세요?" 잭이 말한다.

"없네요." 그리고 재니스가 내 백을 본다. "혹시…….'

나는 내 백을 쳐다보지도 않는다. "아뇨…….'

"문제없어요. 내가 얼른 갖다올게요."

재니스가 가고 나서 잭이 나를 쳐다본다. 얼어붙은 나는 신이 나서 쏟아내는 밀리의 질문에 제대로 답을 못한다. 재니스까지 초대한 것에 얼마나 화가 났는지 꿰뚫어보는 듯한 잭의 시선이 피부에서 느껴질 정도다. 내가 왜 그랬는지 잭이 믿을 만한 탁월한 이유를 생각해내야 할 것이다. 하지만 재니스가 밀리와 함께 오면 당연히 밀리는 재니스와 다시 돌아갈 것이고 잭이 무슨 짓을 하든지 작전이 성공할 가능성은 그만큼 줄어든다.

재니스가 종이와 펜을 가지고 돌아온다. 잭이 우리 주소를 적어 건네준다. 재니스는 종이를 접어 주머니에 넣으며, 우리가 그동안 자주 막판에 취소한 탓인지, 5월 2일 일요일이라고 날짜를 확인한다. 날짜를 들으니 갑자기 떠오르는 게 있어 나도 모르게 사력을 다해 또 말을 끼워 넣는다.

"그러고 보니 생각이 나네요. 그다음 일요일로 하는 게 어떨까요?" 밀리의 얼굴이 일그러진다. 나는 재빨리 밀리에게 말한다. "그럼 네 열여덟 번째 생일도 동시에 축하할 수 있잖아. 10일이니까. 어때, 밀리? 새집에서 파티를 하는 거야.”

“케이크도?” 밀리가 묻는다. “풍선도?”

“케이크, 촛불, 풍선 다 하자.” 내가 안아주며 말한다.

“정말 좋은 생각이네요!” 재니스가 감탄하고 밀리는 꺅 소리를 지른다.

“방 수리를 완벽히 마칠 시간도 되고.” 결국 시간을 더 벌었다는 생각에 나도 너무 마음이 놓인다. “어떻게 생각해, 잭?”

“정말 훌륭한 생각이야. 그런 생각을 해내다니, 정말 똑똑한걸. 그럼 이제 갈까? 시간이 좀 늦었지만, 우리는 오늘 밤에 해야 할 일이 있잖아, 여보.”

겨우 그 한마디에, 잭을 한 수 앞섰다는 환희가 공포로 바뀐다. 그의 말에 내가 얼마나 영향을 받는지 보여주고 싶지 않아 나는 얼른 고개를 돌려 밀리에게 키스하며 작별을 고한다.

“다음 주에 만나.” 밀리에게 말하지만 나는 다음 주에 또 오도록 잭이 허락할 리가 없다는 걸 안다. “그동안 나는 파티 준비해야겠다. 특별히 원하는 거 있어?”

“큰 케이크.” 밀리가 웃는다. “아주 큰 케이크.”

“그레이스에게 세상에서 제일 아름다운 케이크를 만들라고 할게.” 잭이 약속한다.

“나 잭 좋아.” 밀리가 활짝 웃는다.

“하지만 조지 클루니는 안 좋아하지.” 잭이 대신 끝을 맺고 재니스에게 말한다. “얼마나 싫어하는지 그레이스에게 조지 클루니를 죽여달라고 했다네요.”

"그런 말 하면 못 써, 밀리." 재니스가 이맛살을 찌푸린다.

"그냥 농담이었어, 잭." 내가 조용히 말한다. 잭은 밀리가 야단맞는 것을 얼마나 싫어하는지 알고 그런 것이다.

"그래도 그런 농담하면 안 되지." 재니스는 단호하다. "알겠니, 밀리? 구드리치 선생님에게는 얘기하고 싶지 않구나."

"미안합니다." 밀리는 잔뜩 풀이 죽는다.

"애거사 크리스티 이야기를 너무 많이 들은 것 같아." 재니스는 그냥 넘어가지 않는다. "이번 주는 그만 듣는 게 좋겠어."

"내가 괜한 말을 했군요." 잭이 뻔뻔하게 말한다. 밀리의 눈엔 눈물이 차오른다. "문제가 될 줄은 몰랐네요."

나는 확 쏘아붙이고 싶은 걸 꾹 참는다. 잭에게 맞설 생각이 든 건 정말 오랜만이라 놀랍다. 더구나 공공장소에서.

"이제 정말 가야겠네요." 나는 대신 재니스에게 말한다. 밀리를 마지막으로 껴안아준다. "어떤 옷을 입고 싶은지 생각해보고 다음 주에 만나면 알려줘." 기운을 나게 해주려 한 말이다.

"9일에는 우리가 몇 시까지 가면 될까요?" 재니스가 묻는다.

"한 시쯤?" 내가 물으며 잭을 본다.

잭이 고개를 젓는다. "이를수록 좋을 것 같아요. 게다가 정말이지 밀리에게 빨리 방을 보여주고 싶거든요. 열두 시 반쯤 오면 어때요?"

"아주 좋아요." 재니스가 미소 짓는다.

집으로 돌아오는 차 안에서 나는 바짝 긴장하며 앞으로 다가올 일에 대비한다. 잭은 한동안 아무 말도 하지 않는다. 그의 분노를 예감하는 동안이 때로는 실제로 받는 벌보다 더 괴롭다는 것을 알기 때문일 것이다. 늘 그런 건 아니긴 하지만. 그래도 나는 공포가 내 정신을 흐려놓게 만들지는 말자고 다짐한다. 그리고 그의 분노를 비껴갈 방법을 궁리한다. 최선의 방법은 내가 포기했다는 생각을 잭에게 심어주는 것이다. 내가 지난 몇 달 그래왔던 것처럼 희망을 잃고 게으름 속에서 남은 시간을 속 편히 보내기로 했다면 완벽한 무기력도 그렇게 이상해 보이지 않을 것이다.

"재니스까지 초대하다니, 화를 자초했다는 건 깨닫고 있길 바랄게." 충분히 뜸을 들였다고 생각했는지 잭이 입을 연다.

"내가 재니스를 초대한 이유는 구드리치 교장에게 우리의 아름다운 집이 밀리에게 완벽한 곳이라는 얘기를 할 수 있게 하려는 거야." 내가 지친다는 듯이 말한다. "정말이지 밀리가 7년 동안 살아온 학교가 앞으로 갈 곳도 확인하지 않고 '안녕' 하고 보내줄 거라 생각한 거야?"

잭이 인정한다는 듯이 고개를 끄덕인다. "그것참 고상한 이유네. 그렇다면 이런 판국에 네가 왜 그렇게 고상하게 구는지 자문해보지 않을 수 없군."

"왜냐하면 피할 수 없는 일을 막기 위해 내가 할 수 있는 일이 아무것도 없다는 사실을 받아들였으니까." 나는 조용히 말한다. "실은 아주 오래전에 깨달은 것 같아." 나는 약간 울먹인다. "한동안은 진심으로 내가 도망칠 수 있다고 생각했지. 그리고 노력했어. 정말 열심히. 하지만 네가 늘 한발 앞섰지."

"깨달았다니 기쁘네. 비록 지금은 너의 헛된 시도들이 그립다고 인정해야겠지만. 적어도 재미는 있었거든."

작은 일이지만 잭을 속여 넘겼다는 만족감은 크다. 또 해낼 수 있다는 자신감이 든다. 최악으로 치달은 지금 상황을 뒤집을 수 있다는, 안 좋은 일도 좋은 일로 전환시킬 수 있다는 자신감 말이다. 밀리가 집으로 점심을 먹으러 오는 걸 어떻게 좋은 일로 바꿔놓을지는 알 수 없어도, 적어도 이번에는 그냥 점심만 먹을 수 있게 됐다. 밀리가 집을 보고 기뻐하는 걸 보면 참기 힘들 것이다. 잭이 무엇을 준비하고 있는지 알면서도, 그럼에도 나는 아무 해결책을 찾지 못했으면서도, 몇 시간 동안 같이 기쁜 척을 할 수 있을까? 상상이 안 된다.

발가락이 너무 쑤셔 구두를 슬쩍 벗고 싶지만 그랬다간 집에 도착했을 때 다시 신지 못할까 봐 두렵다. 밀리가 곧 집에 오게 되었으니 그 애가 준 알약이 새삼 중요해진다. 원래는 적당한 때가 올 때까지 구두에 안전하게 그대로 둘 생각이었지만 이제는 그런 사치를 부릴 여유가 없다. 결국 쓸 생각이라면 어떻게든 내 방으로 가지고 가서 숨겨야 한다. 하지만 잭이 내 일거수일투족을 지켜보니 가능할 것 같지가 않다.

집으로 돌아오며 내내 궁리한다. 잭이 정신을 잃을 정도로 충분한 양을 먹여야 한다. 하지만 내 방으로 가지고 갈 수도 없는 노릇인데, 어떻게 먹일 수가 있단 말인가. 나는 그렇게 멀리까지 계획을 세울 형편이 안 된다고 체념한다. 한 번에 한 단계씩만 해보자, 현재에 집중하자고 스스로를 다독인다.

집에 도착해 코트를 벗는데 전화가 울린다. 잭이 전화를 받고 그

동안 나는 늘 그러듯 얌전히 기다린다. 혼자서 계단을 올라가 구두 속의 약을 숨기려 해도 소용없을 것이다. 잭이 바로 따라올 테니까.

"그레이스는 괜찮아요. 고마워요, 에스터."

나는 무슨 말일까 하는데 지난밤의 사건들이 떠오른다. 에스터가 내 기분을 살피러 전화한 것이다.

잭은 잠시 멈췄다 대답한다. "그래요, 실은 방금 돌아왔어요. 밀리랑 점심 먹고요." 또 멈춤. "그레이스에게 전화왔었다고 얘기할게요. 아, 물론이죠. 바꿔줄게요."

잭이 나에게 전화기를 내민다. 아무렇지 않은 표정을 지었지만 실은 놀랍다. 보통 잭은 나를 바꿔달라는 사람에게 지금은 안 된다고 대답하기 때문이다. 하지만 방금 막 돌아왔다고 했으니 벌써 샤워하거나 잠들었다고 할 수는 없을 것이다.

"여보세요, 에스터." 내가 조심하며 전화를 받는다.

"방금 들어왔다고 하니 오래 통화는 안 할게. 하지만 어떤지 궁금해서. 저기, 어제 그랬으니까."

"괜찮아, 고마워."

"내 동생도 첫아기를 낳기 전에 유산했어. 그래서 나도 얼마나 힘든 일인지 알아."

"그렇더라도 그렇게 친구들 앞에서 폭발해서는 안 되는 거였는데." 잭이 우리 대화를 듣고 있는 것을 의식하며 말한다. "그냥 다이앤이 임신했다는 소식을 들으니 갑자기 북받쳐서……."

"당연히 그랬겠지." 에스터가 위로한다. "그리고 혹시 누구 얘기할 사람 필요하면 언제든 나한테 연락해."

"고마워. 그렇게 말해주니 든든하다."

"밀리는 어땠어?" 기왕에 나와의 우정을 조금 더 쌓고 싶었는지 에스터가 멈추지 않고 또 묻는다.

나는 또 시작됐구나 싶어 적당히 '잘 지내, 전화 고마워, 잭이 저녁 식사를 기다리고 있어서 가봐야겠다' 하고 끊으려다가, 마음을 고쳐먹고 좀 더 대화를 이어가기로 한다. 마치 평범한 삶을 살고 있는 여자처럼.

"아주 좋았어." 내가 미소를 짓는다. "밀리를 돌봐주는 재니스가 밀리를 데리고 다음다음 주 일요일에 드디어 집을 구경하러 오기로 했어. 그다음 월요일에 밀리가 열여덟이 되거든. 작은 파티도 하기로 했지."

"너무 멋지다!" 에스터가 환호한다. "나도 카드를 보내도 될까?"

이번에는 처음이니 그냥 우리 넷이서만 보내고 싶다고, 이사 온 다음에 초대할 테니 꼭 와달라고 하려는데, 에스터는 절대 밀리를 보지 못할 거라는 생각이 퍼뜩 든다. 모든 것이 잭이 원하는 대로 된다면 밀리는 누구의 눈에도 띄지 않게 될 것이다. 밀리를 가둔다면 누구에게도 보여줄 수 없을 테니까. 그리고 밀리는 어디 있냐고 묻는 사람들의 질문에 핑계를 대기도 지치면 잭은 밀리가 적응을 못 했다고, 시설에서 사는 데 너무 익숙해져서 우리와 살기 힘들었다고, 그래서 멀리 떨어진 멋진 새 장소로 갔다고 할 것이다. 보이지 않게 되면 밀리도 사람들 머릿속에서 금세 잊힐 것이다. 나는 더 많은 사람이 밀리를 만날수록 잭이 밀리를 숨기기가 더 힘들어지리라는 걸 깨닫는다. 하지만 절대로 방심해서는 안 된다.

"그럼 고맙지……." 하면서 나는 주저하는 척을 확실히 한다. "그래, 네 말이 맞아, 그런 중요한 생일에는 제대로 된 파티를 열어줘야지. 밀리도 에스터의 아이들을 만나면 좋아할 거야."

"맙소사, 제대로 된 파티를 열어줘야 한다는 말이 아니었어. 서배스천과 아이즐링을 초대해야 한다는 말도 아니었고!" 에스터는 당황한 듯하다. "그냥 카드 한 장 주고 가려던 거였는데."

"안 될 거 없지. 다이앤과 애덤도 계속 밀리를 만나고 싶어 했고."

"정말이지, 그레이스, 우리가 방해되지 않을까 싶은데." 에스터는 완전히 어리둥절해진 듯하다.

"전혀 아니야. 아주 좋은 생각이라고 생각해. 그럼 세 시쯤으로 할까? 우리 넷이 먼저 점심 먹고 나서."

"뭐, 그렇다면." 에스터가 내키지 않는 듯 말한다.

"그래, 밀리도 정말 좋아할 거야." 나는 끄덕인다.

"그럼 9일에 봐."

"기대된다. 안녕, 에스터. 전화 고마워."

나는 마음을 단단히 먹고 전화를 내려놓는다.

"대체 무슨 짓을 한 거지?" 잭이 폭발한다. "정말 에스터를 밀리의 생일 파티에 초대한 거야?"

"아니, 잭." 나는 지겹다는 듯 말한다. "에스터가 자기 마음대로 밀리에게 제대로 파티를 열어줘야 한다면서 애들이랑 같이 오겠다고 한 거야. 어떤지 알잖아. 다이앤과 애덤도 초대하라고 명령하다시피 했어."

"왜 거절하지 않았지?"

"그런 제안을 내가 어떻게 거절해? 그동안 늘 완벽한 행동에 좋은 말만 하는 사람 연기를 해왔잖아. 그렇게 하라며. 취소하고 싶으면 그렇게 하든지. 어차피 당신 친구들은 밀리를 결코 만나지 못하겠지. 모이라와 자일스도 밀리를 굉장히 만나보고 싶다고 하지 않았나? 그들한테는 뭐라고 할 건데?"

"부모님이 갑자기 아름다운 딸이 그리워져서 뉴질랜드로 데려갔다고 하지." 잭이 말한다.

그럴 수가 있구나, 아예 밀리를 아무에게도 안 보여줄 생각이었구나 하고 깨닫자, 나는 더욱 밀리의 생일 파티 계획을 밀고 나가야겠다고, 마음을 단단히 먹는다.

"우리 부모님이 크리스마스 때 오겠다고 하면 어쩔 건데? 밀리를 보러 갑자기 나타나면?"

"그럴 리가 없다고 확신하지만, 혹시라도 그렇게 된다면 밀리는 죽어야겠지. 나야 그렇게 되지 않기를 바라지만 말이야. 겨우 몇 달 살려두려고 내가 이 모든 고생을 한 건 아니니까."

하얗게 질리는 얼굴을 보여주지 않으려 애를 쓰면서 나는 홱 돌아선다. 그럼에도 두 다리로 지탱하고 서 있을 수 있는 유일한 원동력은 내 가슴을 가득 채우고 있는, 잭을 죽이고 싶다는 분노다. 나는 주먹을 꼭 움켜쥔다.

잭이 웃음을 터뜨린다. "방금 나를 죽이고 싶었지?"

"결국은 널 죽일 거야. 하지만 먼저, 네가 고통을 받았으면 좋겠어." 나는 자제를 못하고 말해버린다.

"유감이지만 그럴 확률은 높지 않아." 잭은 싱글거리며 말한다.

정신을 차려야 한다. 잭이 내 의도를 의심하면 얼마든지 에스터에게 다시 전화를 걸 것이다. 파티를 조용히 하기로 했다고 말이다. 밀리가 누구에게서 말로만 들은 인물이 아니라, 살과 피를 가진 살아 있는 사람의 모습으로 잭의 친구들과 만나도록 해야 한다.

"어서 파티 취소해, 잭." 나는 울먹이는 척하며 말한다. "난 도저히 아무렇지 않은 척 파티를 즐길 수 없을 테니까."

"그럼 재니스를 초대한 데 대한 완벽한 처벌이 되겠군."

"제발, 잭."

"난 네가 애걸하는 게 무척 마음에 들어." 잭이 한숨을 쉰다. "특히나 애걸의 효과는 반대로 나타나니까. 자, 방으로 올라가. 파티 준비를 해야겠네. 뭐 어쩌면 그렇게 나쁜 발상은 아닐지도 모르겠군. 적어도 사람들이 밀리를 실제로 만나보면, 나의 관대함에 더욱 깊은 인상을 받을 테니."

나는 어깨를 늘어뜨리고 발을 끌며 최대한 낙담한 표정으로 앞장서서 올라간다. 옷을 느릿느릿 갈아입으며 어떻게 하면 잭이 딴데 신경을 쓰게 만들고 그동안 구두 속에 넣은 약을 꺼내 숨기나 고민한다.

"그럼 동네 사람들에게 조울증 아내뿐만 아니라 지적장애를 가진 처제도 있다고 말한 거야?" 내가 구두를 벗어놓고 묻는다.

"그런 말을 왜 하겠어? 밀리를 만날 일도 없는 사람들에게."

나는 원피스를 옷장에 걸고 선반에서 파자마를 꺼내 입는다. "하지만 파티를 하면 정원에 있는 걸 볼 수 있잖아."

"밖에선 정원이 안 보여."

나는 구두 상자를 꺼낸다. "하지만 이층에선 내려다 보여."

"어디서?"

"저 집 이층 창문에서 우리 정원이 내려다보이잖아." 내가 고갯짓을 한다.

잭이 고개를 돌리자 나는 구두 상자를 바닥에 놓고 쪼그리고 앉아 구두를 집어 든다.

"저기선 안 보여."

잭이 목을 빼고 기웃거리는 동안 내가 구두에서 휴지를 꺼낸다.

"너무 멀어."

나는 쪼그린 채 휴지를 파자마 허리춤에 끼우고, 구두를 상자에 집어넣은 다음 일어난다. "그럼 걱정할 거 없겠네." 그리고 상자를 다시 옷장에 넣는다.

나는 휴지가 떨어지지 않기만을 기도하며 문으로 간다. 잭이 나를 따라 나온다. 나는 내 방 문을 열고 들어간다. 잭이 당장이라도 불러 세워 허리춤에 뭘 끼웠냐고 물을 것 같다. 잭이 문을 닫는 소리를 듣고도 나는 감히 성공했다고 확신하지 못한다. 하지만 열쇠가 돌아가자 안도감에 바닥에 주저앉고 만다. 온몸이 떨린다. 지금껏 잭이 일부러 내가 성공했다고 믿게 내버려둔 일이 너무 많았기에, 나는 다시 일어나 휴지를 매트리스 아래에 넣는다. 그런 다음 침대에 앉아 내가 오늘 지난 15개월 동안 해냈던 일보다 훨씬 많은 성취를 이뤄냈다는 사실을 깨닫는다. 혹시라도 정말 성공한다면 모두 밀리 덕이다. 밀리가 늘 듣는 탐정 이야기에서 살인은 흔한 일이니 잭을 죽이라고 했대도 놀랄 일은 아니다. 실제로 누굴 죽인다는 것의 의미는 모르는 것이다. 현실과 허구의 경계가 좀 모호한 밀리에게 살인은 그저 문제 해결의 한 방법일 뿐이다.

처음으로 지하실에서 밤을 보내고, 마침내 문이 열리자 나는 수치스럽게도 잭에게 매달렸다. 내가 그 악몽 같은 방을 직접 만들었다는 사실만으로도 견딜 수 없는 밤이었다. 그때까지는 잭이 밀리에게 뭘 하려는지 전혀 알지 못했다. 공포를 주려 한다는 건 알았지만, 최악의 상황이 닥쳐도 내가 밀리를 보호할 수 있을 거라고 자신했다. 곁에 있어준다든지 하는 식으로. 잭이 숨겨둘 수 있는 사람을 원한다는 말을 했지만 그렇다고 지하의 끔찍한 방에 밀리를 계속 가둬두고 그녀가 느낄 공포를 자신이 원할 때마다 섭취하려 한다는 건 몰랐다. 인간이 그 정도까지 악할 수 있다는 걸 도저히 받아들이기 어려웠고, 몰리에게 그랬던 것처럼 나도 거기 갇혀 목마름으로 죽을 수 있다는 공포, 밀리도 구하지 못할 거라는 공포는 마침내 나를 쓰러뜨렸다. 그래서 다음 날 아침 잭이 문을 열어주자 나는 횡설수설하다시피 감사하고 또 감사하며 다시 저곳에 갇히지 않을 수만 있다면 무슨 짓이든 하겠다고 약속했다.

잭은 내 말을 듣고 또 다른 게임을 고안해냈다. 실패할 가능성이 큰 과제를 주어 나를 지하실로 끌고 갈 구실로 삼았다. 내가 잭을 와인 병으로 때리기 전까지는 내가 저녁 파티 메뉴를 정하곤 했다. 나는 전에 여러 번 요리해본 음식들을 골랐다. 그러나 이제는 잭이 메뉴를 지정했고 최대한 복잡한 요리를 골랐다. 고기가 좀 질기거나 생선이 너무 익어서 식사가 완벽하지 못한 날이면 손님들이 간 다음 나를 지하실로 끌고 가 밤새 가뒀다. 나는 요리에 꽤 자신이 있었지만 그런 압박감 속에서는 바보 같은 실수를 저지를 수밖에 없었다. 에스터와 루퍼스를 처음 초대한 저녁은 다섯 달 만에 처음으로 모든 것이 완벽하게 마무리된 날이었다.

심지어 우리가 친구들 집에 초대받아 갈 때도 내 말이나 행동이 잭을 불쾌하게 만들면 나는 집으로 돌아오자마자 지하로 내려가야 했다. 한번은 디저트를 다 먹지 못했다고 지하실로 보내진 적도 있었다. 나의 공포가 그에게는 기쁨을 준다는 걸 알기에 되도록 침착하게 있으려 갖은 애를 썼다. 하지만 문 밖에 서 있는 잭이 흥분해서 쉰 목소리로 밀리가 거기 있으면 어떨 것 같냐고 외쳐댈 때면 나는 끝내 비명을 지르며 그만하라고 애걸했다.

밀리의 생일 파티 날이다. 잭이 끝내 나를 안 내보내주려나, 파티를 안 하려나 불안이 서서히 밀려드는데, 계단을 올라오는 발소리가 들린다.

"파티 시간!" 문을 벌컥 여는 잭이 너무 신나 보여 무슨 꿍꿍이를 숨기고 있나 걱정이 된다. 하지만 그런 걱정을 할 때가 아니다. 오늘 같은 기회를 내가 만들어냈다는 게 기쁘긴 하지만 그 어느 때보다도 오늘 나는 침착함을 유지해야 한다.

나는 예전의 침실로 들어가 옷장을 연다. 그래도 밀리의 생일이니 그에 걸맞는 예쁜 옷을 잭이 골라주길 희망해본다. 잭이 원피스를 골라주지만 이미 나한테 큰 옷이다. 걸쳐보니 지금 내가 얼마나 말랐는지 여실히 드러난다. 잭은 얼굴을 찌푸린다. 하지만 벗으라는 말을 안 하는 것으로 보아 내 외모 전반이 탐탁지 못한 모양이다.

거울을 보니 얼굴은 홀쭉하고 눈만 커다래 보인다.

화장을 약간 하고 아래층으로 내려간다. 잭은 밀리와 재니스와 먹을 점심을 준비했고 오후의 파티를 위한 음식은 케이터링 업체에 맡겼다. 내가 직접 하고 싶었는데. 준비는 완벽해 보인다. 잭은 시계를 보더니 중앙 홀로 가서 벽의 키패드에 암호를 입력한다. 대문이 윙 소리를 내며 열린다. 몇 분 후 자동차 소리가 들린다. 잭이 현관을 열자 재니스가 자동차를 그 앞에 세운다.

재니스와 밀리가 차에서 내린다. 예쁜 분홍색 원피스를 입고 머리에 리본을 단 밀리가 나에게 달려온다. 재니스는 여유롭게 주위를 둘러본다.

나는 밀리를 껴안아준다. "밀리, 너무 예쁘다."

"예쁜 집, 그레이스!" 밀리가 눈을 빛내며 소리친다. "아름다운 집!"

"정말 그러네." 재니스가 감탄하며 잭과 악수하고 나와도 손을 잡는다.

밀리가 잭에게도 말한다. "아름답다!"

잭은 우아하게 고개를 숙인다. "좋아해주니 매우 기쁘네. 어서 들어가 구경하죠. 다만 먼저 음료를 마시는 건 어떨까요? 테라스에 준비해놓았는데, 너무 추우면 말씀하시고요."

"테라스라니 멋지겠네요." 재니스가 말한다. "날씨가 정말 좋으니, 즐길 수 있을 때 최대한 즐기자고요."

우리는 집 안으로 들어가 주방을 통과해 테라스로 나간다. 과일 주스와 청량음료 캔들이 얼음에 담가져 있다. 유리잔도 벌써 차려놓았다. 음료를 가지러 안으로 들어가느라 나와 재니스, 밀리만 남겨놓는 일은 없을 것이다. 오후가 되면 사람이 더욱 많아질 테니 나를 계속 감시하려면 애를 좀 먹을 것 같다.

우리는 음료를 홀짝이며 예의 바르게 대화를 나눈다. 밀리는 너무 흥분해 가만히 앉아 있지 못하고 일어나 정원으로 나간다. 우리도 밀리를 따라가서 재니스에게 정원을 보여준다.

"네 방 볼래, 밀리?" 잭이 묻는다.

밀리가 열광적으로 고개를 끄덕인다. "응, 보여줘, 잭."

"네가 좋아했으면 좋겠네."

"나 노랑 좋아." 밀리가 기대감에 차서 말한다.

우리 넷은 위층으로 올라가고 잭이 자신이 자는 주 침실 문을 연다. 나는 본 적도 없는 실크 잠옷, 향수병들, 잡지 같은 물건들이 여기저기 흩어져 있어서 여기가 내 방인 척하고 있다. 밀리가 고개를 저으며 이건 자기 방이 아니라고 하자, 잭은 푸른색과 흰색으로 꾸며진 손님 방 가운데 하나를 보여준다.

"어떻게 생각해?" 잭이 묻는다.

밀리는 머뭇거린다. "예쁘다. 하지만 노랑 아니다."

잭이 다음 방으로 간다. 내가 지내던 방이다. "이 방은 어때?"

밀리가 고개를 젓는다. "녹색 안 좋다."

잭이 미소를 짓는다. "그럼 이것도 네 방이 아니구나."

재니스도 게임에 끼어든다. "저기 있는 거 아닐까?" 복도 끝 쪽을 가리킨다.

밀리가 달려가 문을 열어보지만 화장실이다.

"저 문도 열어봐." 잭이 내 골방 문을 가리킨다.

밀리가 열어본다. "끔찍해." 안을 들여다본 밀리가 말한다. "싫
다."

"끔찍하지." 내가 조용히 뇌까린다.

"걱정 마, 밀리. 그냥 놀린 거야." 잭이 웃는다. "이제 안 열어본
문은 하나야. 주 침실 맞은편. 한번 볼래?"

밀리가 다시 달려가 문을 열고 기쁨의 함성을 지른다. 우리도 따
라가 보니 침대에서 방방 뛰고 있다. 분홍 원피스가 부풀어 오른다.
너무 행복해 보여 눈물이 난다. 나는 재빨리 자제하며 지금이 최대
의 위기이자 기회임을 다시 한번 상기한다.

"좋아하는 것 같네요." 잭이 재니스에게 말한다.

"왜 아니겠어요? 너무 예쁘네요!"

밀리는 점심 먹자고 한참을 구슬린 후에야 나온다. 아래층으로
내려가 식당으로 가는 길에 나머지 집 안도 보여준다.

"여기는 뭐야?" 지하로 가는 문을 열어보며 밀리가 묻는다. "왜
잠겨 있어?"

"지하실이야." 잭이 말한다.

"지하 뭐야?"

"물건들 넣어놓는 곳이야."

"보면 안 돼?"

"지금은 말고." 잭이 잠시 말을 멈춘다. "하지만 우리랑 살러 오
게 되면 꼭 보여줄게."

더 이상 참기가 힘들지만 잭의 손이 내 옆구리를 꽉 끌어안고 있

어 나는 아무 말도 하지 못한다. 우리는 햄과 샐러드 등으로 간단한 점심을 먹는다. 그리고 커피를 마실 때 밀리가 다시 정원에 나가봐도 되냐고 물어서 우리는 잔을 들고 테라스로 나간다.

"우리가 밀리를 위해 마련한 이 집이 마음에 들었으면 좋겠네요." 잭이 의자를 빼주며 재니스에게 말한다.

"당연하죠. 수리가 끝날 때까지 밀리에게 안 보여준 이유를 알겠어요. 정말 대단해요. 고생 많았겠어요."

"네, 집수리하는 와중에 사는 게 쉽지는 않았죠. 하지만 그럴 가치가 있었어요. 그렇지, 여보?"

"응, 맞아." 나는 간단히 대꾸하고 화제를 돌린다. "밀리 생일 파티는 어디서 할까? 집 안? 정원?"

"원래는 식당에서 하려고 했는데 날씨가 좋으니 여기 테라스에서 해도 될 것 같아. 그러면 밀리와 다른 아이들은 정원에서 놀 수 있고."

"다른 분들도 초대했어요?" 재니스가 탄성을 지른다.

"제대로 된 파티를 열어주려고요. 우리 친구들도 만나게 해주고요." 잭이 설명한다. "다른 아이들은 밀리보다 어리지만 밀리를 큰언니로 대해주었으면 좋겠네요." 잭이 시계를 본다. "다른 손님들은 세 시에 오라고 했어요. 그럼 그레이스랑 내가 준비를 하는 동안 재니스가 밀리 좀 봐주겠어요?"

재니스가 고개를 끄덕인다. "나도 밀리를 준비 좀 시켜야겠네요."

"그 전에 먼저 밀리에게 줄 것이 있어요." 잭이 정원 저쪽에 가 있는 밀리를 부른다. "밀리, 응접실에 가보면 의자 뒤에 커다란 상자가 하나 있을 거야. 나한테 갖다줄래?"

밀리가 집 안으로 사라지자 나는 그게 대체 뭔지 걱정이 된다. 설마 재니스 앞에서 어리석은 짓을 할 리는 없지만 말이다. 밀리가 상자를 열고 넓적한 허리띠가 달린 풍성한 노란 공단 드레스를 꺼내는 걸 보고서야 나는 안도한다.

"예쁘다, 잭." 나도 모르게 말도 안 되는 감사의 말이 나온다. 그리고 밀리가 잭의 목을 얼싸안으며 기뻐하는 것을 보자 늘 그렇듯 자책과 후회로 가슴이 미어진다.

재니스가 놀라서 나를 쳐다본다. "그레이스는 같이 안 골랐어요?"

"네, 밀리의 생일 파티는 잭이 혼자 다 준비했어요. 혼자서도 완벽하게 하니까."

"밀리 방으로 가서 갈아입히면 어떨까요?" 잭이 말한다.

재니스와 밀리가 가자 잭이 나에게 말한다. "즐길 수 있을 동안은 즐기게 해줘야지. 어쩐지 진짜 침실은 그렇게 좋아하지 않을 것 같으니까 말이야. 안 그래? 참, 이제 파티 준비를 해야지."

안 그래도 커다란 나무 식탁을 최대한 늘려 아홉 명의 어른과 다섯 명의 아이가 복닥거리지 않고 앉을 수 있게 만든다. 나는 주방과 테라스를 오가며 접시와 잔들을 나르는 동안, 밀리의 방에 대한 잭의 언급을 잊어버리려 무진 애를 쓴다.

"어때?" 음식이 잔뜩 차려진 탁자를 보며 잭이 묻는다.

"멋지네." 나는 테라스 주위에 걸린 배너와 풍선을 보며 감탄한다. "밀리가 좋아할 거야."

때마침 재니스와 밀리가 나타난다. 새 드레스를 입고 머리에 리본을 단 밀리의 모습은 눈부셨다.

"아름다운 소녀가 나타났네!" 잭이 외치자 밀리가 얼굴을 붉힌다. 나는 밀리를 불안하게 바라보며 밀리가 잭에게 넘어가지 않길 바라본다.

"고마워, 잭." 밀리가 말하고 놀라서 파티장을 둘러본다. "멋지다."

"밀리, 너무 예쁘다." 내가 밀리에게 간다.

밀리가 내 목을 끌어안으며 속삭인다. "나는 나쁜 남자 안 잊는다."

"네 말이 맞아, 밀리. 잭은 아주 좋은 남자야." 내가 잭을 의식하고 웃으며 대꾸한다.

밀리가 고개를 끄덕인다. "잭 좋아."

초인종이 울리고 밀리가 신이 나서 외친다. "파티 시작!"

잭이 애정 가득한 표정으로 내 손을 잡고 함께 문을 열러 현관으로 간다. 에스터와 루퍼스와 두 아이를 안내해 서로 소개를 해준다. 밀리를 보고 너무 예쁘다고 칭찬하는데 모이라와 자일스가 도착하고 곧 다이앤과 애덤도 아이들과 함께 들어온다.

"밖에서도 소리가 들려서 굳이 초인종은 안 눌렀어." 다이앤이 설명하며 내게 키스를 건넨다.

많은 사람과 인사도 해야 하고 소개도 해야 하니 잭도 나에게서 눈을 뗄 수밖에 없어서 나에게도 다이앤 귀에 대고 "도와줘, 잭은 미친놈이야” 하고 속삭일 충분한 시간이 주어지지만, 다급하게 말해보아도 다이앤은 농담으로 생각하거나 잭이 밀리의 파티를 위해 들인 공을 에둘러 말하는 것으로 들을 것이다. 잭이 나를 주방으로 데리고 가서 어른들을 위한 샴페인과 아이들을 위한 색색의 음료를 내오게 한다. 잭은 자리에 앉은 나의 어깨를 두 손으로 꽉 붙잡아 경고를 전한다. 자기는 대화를 하면서도 내가 하는 모든 대화를 들을 수 있다는 경고.

밀리가 선물을 열어본다. 나는 우리가 밀리에게 어떤 선물을 사주었는지 모른다. 지난 2주 동안 평정을 유지하려 애쓰느라 감히 물어보지도 못했다. 늘 그렇듯 잭은 센스 있게도 예쁜 은 목걸이를 샀다. 펜던트에는 M이 새겨져 있다.

“예쁘다!” 밀리가 환하게 웃으며 모두에게 들어 보인다.

“실은 그건 내 선물이야. 그레이스는 자기만의 특별 선물을 준비했거든.” 잭이 말한다.

밀리가 궁금한 표정으로 나를 보아서 나는 웃어 보이며 좋은 선물이기만을 빈다.

“그레이스는 네 방에 걸 사랑스런 그림들을 그렸어. 그렇지, 여보?”

나는 얼굴에서 핏기가 빠져나가는 것을 느끼며 탁자 가장자리를 꽉 잡는다.

밀리가 손뼉을 치며 묻는다. “봐도 돼?”

“아직은 안 돼.” 잭이 미안하다는 듯 말한다. “하지만 네가 이사오면 네 방에 걸려 있을 거야.”

"어떤 그림인데?" 루퍼스가 묻는다.

"초상화." 잭이 대답한다. "아주 사실적인 그림들이야. 그레이스는 세부 사항들을 정말 잘 관찰해내거든."

"괜찮아, 그레이스?" 에스터가 걱정스레 묻는다.

"더워서." 내가 간신히 말한다. "적응이 안 됐나 봐."

잭이 물을 건네며 걱정하는 척한다. "마셔, 자기. 그럼 좀 나을 거야."

밀리가 불안하게 쳐다본다. 나는 한 모금 마시고 말해준다. "좀 낫네. 다른 선물도 열어봐. 그러고 나서 게임을 하자."

모이라와 자일스는 은팔찌를 주었고 다이앤과 애덤스는 은제 보석함을 주었지만 나는 제대로 구경하지도 못한다. 무너지지 않으려고 온 정신을 붙드는 데 집중하고 있기 때문이다. 에스터가 의아하게 쳐다보지만 그런 데 신경 쓸 상황이 아니다.

"에스터, 우리도 밀리에게 선물을 줄까?" 루퍼스가 부른다.

"그래야지." 에스터가 정신을 차리고 밀리에게 미소를 지으며 예쁘게 싼 선물을 건넨다. "마음에 들었으면 좋겠다."

밀리가 열어보니 뚜껑이 금속과 유리 구슬로 예쁘게 장식된 커다랗고 빨간 공단 상자다. 밀리가 정말 좋아하는 종류의 물건이다. 밀리가 기쁨의 함성을 지르고 나는 조금 정신을 차려 에스터에게 감사의 미소를 지어 보인다.

"물건들 넣어두는 상자야." 에스터가 밀리에게 말한다. "새 방에 두면 잘 어울릴 것 같아서."

밀리가 에스터를 향해 환히 웃는다. "새 방 노랑." 자랑스럽게 말한다. "내 새 방은 노랑이야."

에스터가 어리둥절한 표정을 짓는다. "빨강 아니었나?"

밀리가 고개를 젓는다. "노랑. 내가 제일 좋아하는 색."

"빨강인 줄 알았는데?"

"노랑."

에스터가 잭에게 묻는다. "밀리가 제일 좋아하는 색이 빨강이라서 밀리의 방을 빨강으로 꾸미고 있다고 하지 않았나요?"

"아니요, 그렇지 않은데요."

"잭, 당신이 그랬잖아요. 지난번에 우리 점심 먹는 날 끼어들었을 때요." 다이앤도 거든다.

"아, 그랬나요? 미안하네요. 그때 내가 딴생각을 하고 있었나 봐요."

"하지만 그때 말고도 여러 번 그렇게 말했어요." 에스터가 계속 주장한다. "우리 집에 저녁 먹으러 왔을 때에도 밀리에게 얼른 빨간 방을 보여주고 싶다고 했어요." 이번엔 나를 본다. "그렇지, 그레이스?"

"그랬나? 기억이 안 나네." 나는 웅얼거린다.

"뭐, 상관있나요?" 잭이 밀리를 향해 고갯짓한다. 밀리는 다른 선물들을 상자에 넣느라 정신이 없다. "정말 좋아하네요."

"하지만 두 번이나 같은 실수를 하다니, 참 이상하네요." 에스터가 정말로 황당하다는 듯 말한다.

"내가 그런 줄도 모르고 있었네요."

"뭐, 다시 가져가서 노란 걸로 바꿔와도 되니까."

"제발 그러지 마." 내가 에스터에게 말한다. "잭 말이 맞아. 밀리가 좋아하는데."

이후로 에스터는 잭을 계속 지켜본다. 잭은 나를 겁주려다가 생각도 못한 의심을 사게 됐다. 에스터 말고는 아무도 눈치채지 못한 것 같지만. 에스터는 잭에게서 빨간 상자로 시선을 옮기더니, 별안간 인상을 쓴다. 그리고 갑자기 나를 본다. "물어도 되는지 모르겠지만, 그레이스, 괜찮아? 안색이 너무 창백해."

"괜찮아." 내가 에스터를 안심시킨다.

"나도 좀 걱정하고 있었어." 다이앤도 묻는다. "살도 빠졌고. 다이어트 하는 건 아니지?"

"아니, 그냥 요즘 입맛이 없어서."

"병원에 가봐야 할 것 같아."

"그렇게."

"잭, 그레이스 좀 신경 써줘야겠어요." 에스터가 잭을 찬찬히 보며 말한다.

"그래야죠." 잭이 미소를 지으며 안주머니에 손을 넣어 봉투를 하나 꺼낸다. "오늘 밀리만 선물을 받아야 하는 건 아니니까."

"애덤, 좀 잘 봐줘." 다이앤이 툴툴거린다.

"여기 있어, 여보." 잭이 나에게 봉투를 건넨다. "열어봐."

내가 열어보니 비행기 표다.

"얼른, 그레이스, 이번에는 잭이 어디로 데리고 가는 거야?" 다이앤이 재촉한다.

"태국." 천천히 대답하는데, 밀리가 수면제 알약을 준 이후 2주

간 준비해왔던 일들이 수포로 돌아가겠다는 생각이 든다.

"운 좋은 여자야." 모이라가 미소 지으며 나에게 말한다.

"뭐라고 해봐, 그레이스." 에스터가 일깨운다.

나는 얼른 고개를 든다. "너무 놀라서. 정말 고마워, 잭. 하지만 정말 여행 갈 시간이 있을까?"

"밀리가 오기 전에 마지막으로 휴가를 다녀오고 싶다며." 마치 내가 밀리를 짐으로 생각한다는 듯한 말투다.

"하지만 당신이 안 될 거라고 했잖아. 토머신 재판 때문에."

"그래, 하지만 그때까지 끝날 수 있게 열심히 하고 있어."

"언제 가?" 자일스가 묻는다.

"6월 5일로 예약했어."

애덤이 놀라서 본다. "토머신 재판을 그렇게 일찍 끝낼 수 있다고?"

"그래야지. 다음 주에 시작될 거야."

"그렇더라도……. 이번에는 그렇게 쉽지 않을 텐데. 몇몇 기사를 보면 남편이 너무 깨끗하잖아."

잭이 눈썹을 치켜올린다. "그 기사를 믿어?"

"그건 아니지만, 아내에게 애인이 있어서 남편에게 누명을 씌웠다는 음모론은 먹히기 좋지."

"완전 날조야."

"그럼 승리를 확신해?"

"당연하지. 이제까지 져본 적이 없는데, 굳이 지려고 노력할 필요는 없지 않아?"

애덤이 나를 본다. "어떻게 생각해요, 그레이스? 당신도 기사 봤죠?"

"나요? 당연히 남편이 나쁜 놈이라고 생각하죠." 내가 그들의 대화 내용에 대해 아는 게 아무것도 없다는 걸 알면 어떤 표정을 지을지 궁금하다.

"미안하지만 나는 그가 아내를 패는 남자라고 생각할 수가 없던데." 다이앤도 끼어든다. "정말 그런 남자같이는 안 보여."

"잭이 그러는데, 그런 남자들이 제일 나쁜 종류래." 내가 가볍게 말한다.

에스터가 눈을 깜빡이며 나를 본다. "남편이 그렇게 유명한 사건을 맡으면 정말 재미있을 것 같아." 나에게서 시선을 떼지 않는다.

"실은 잭은 집에 와서 직장 얘기 잘 안 해. 더구나 자기가 맡은 사건에 대해서는 안 알려줘. 의뢰인의 비밀을 지켜야 하니까. 다이앤도 마찬가지일 거야." 나는 초조한 척하며 잭을 본다. "그나저나 우리 여행은 밀리가 같이 갈 수 있을 때까지 미루는 게 좋지 않을까?"

"왜?"

"재판이 그때까지 안 끝나면 어떻게 해?"

"끝나."

"하지만 혹시라도……."

"그럼 당신 먼저 가고, 나는 뒤따라가면 되지."

나는 그를 노려본다.

"여행을 취소할 순 없어, 그레이스. 다들 얘기하듯 우리에겐 휴식이 필요해."

"정말 나 혼자 가게 하겠다고?" 그런 일은 없을 걸 알면서 내가 묻는다.

"그럼."

에스터가 만족스러운 듯 잭에게 말한다. "너그럽기도 하지."

"전혀요. 내가 못 간다고 해서 나의 아름다운 아내까지 여행을 못 가게 하면 안 되죠."

"잭이 올 때까지 내가 같이 가주면 정말 좋겠는데." 다이앤이 끼어든다.

"미안해요, 다이앤. 하지만 난 꼭 갈 거예요." 잭이 말하고 일어선다. "그레이스, 주방 일 좀 도와줘."

나는 모든 것이 엉망이 돼버린 듯해 비틀거리며 잭을 따라간다.

"태국에 가는 게 전혀 내키지 않는 것 같네." 잭이 나에게 케이크에 꽂을 초를 건네주며 말한다. "가자고 한 건 너면서."

"재판 때문에 그러지 뭐."

"그럼 취소하는 게 좋을 것 같아?"

나는 안도에 몸을 떤다. "응."

"그럼 밀리가 더 일찍, 예를 들면 다음 주에 이사 올 수 있을까? 실은 아예 오늘부터 그냥 눌러살아도 되는데. 필요한 짐은 주중에 내가 가서 가져오면 되고. 밀리가 예쁜 빨간 방에 들어가 있는 동안 말이야. 어때, 그레이스? 그렇게 하자고 해볼까? 아니면 다음 달에 태국에 갈래?"

"태국에 가자." 나는 얼어붙어 말한다.

"그럴 줄 알았지. 자, 그럼 성냥은 어디 있더라?"

다른 사람들과 함께 생일 축하 노래를 부르고 촛불을 끄는 동안 절망감에 휩쓸리지 않으려 무진 애를 쓴다. 다 같이 웃고 농담하는 사람들을 둘러보며, 내 삶이 어쩌다가 여기 사람들 아무도 상상조차 못하는 생지옥이 되었는지 이해해보려 애를 쓴다. 만일 내가 갑자기 일어서서 밀리가 잭 때문에 크나큰 위험에 처해 있다고 말한다면, 잭이 밀리를 끔찍한 방에 가둬놓고 공포로 미쳐가게 만들려 한다고 말한다면, 잭은 사실 살인자이며 나를 열다섯 달 동안 가둬놓았다고 말한다면, 아무도 믿지 않을 것이다. 잭은 무슨 말을 할까? 우리가 결혼한 후에야 나에게 정신 병력이 있다는 걸 알게 됐다고, 신혼여행 때는 내가 사람들로 가득한 로비에서 잭이 나를 가두고 있다고 난리를 쳤다고, 그 호텔 매니저와 주치의와 경찰이 기꺼이 내 발작을 확인해줄 거라고 하겠지. 지난 열다섯 달 동안 너무 힘들었다고, 특히나 공공장소에서 내가 또 난동을 부릴까 봐 가는 데마다 따라가주어야 했다고. 밀리가 내 편이 되어 잭이 자기를 계단에서 밀었다고 주장해도, 잭은 황당해하며 내가 밀리에게 망상을 심어주었다고 하겠지. 내가 들어도 잭의 말이 훨씬 그럴듯한데, 여기 모인 사람들이 과연 내 말을 믿어줄까?

우리는 케이크를 먹고 샴페인을 좀 더 마신다. 밀리와 아이들은 게임을 시작하고 우리는 앉아서 대화를 나눈다. 집중하기 힘들지만, 재니스가 이토록 아름다운 집으로 밀리를 보러 올 생각을 하니 기쁘다고 하는 말이 들린다.

"아예 날을 잡을까요?" 내가 다른 사람들을 보며 말한다. "음악 축제 때 다 함께 소풍을 가면 어때요? 밀리와 아이들을 보니 잘 어울리는 것 같아요. 음악 축제가 7월 초라고 했나요?"

"정말 좋은 생각이야!" 다이앤이 외친다. "동물원으로 소풍을 가는 건 어때요? 방학 하자마자 데려가겠다고 약속했거든."

"밀리가 아주 좋아할 거예요." 나는 열심히 대답한다.

"그렇게 서두르기 전에 그레이스, 깜짝 선물이 하나 더 있어. 이번에는 당신과 밀리 둘 다에게." 잭이 끼어든다.

나는 오싹해지는 것을 느낀다. "또?"

"그렇게 걱정스런 표정 짓지 마. 잭이 설마 나쁜 걸 주겠어?" 모이라가 농담을 한다.

"실은 좀 있다 얘기하고 싶었는데. 여름 내내 다른 약속들로 다 차버리면 안 되잖아. 당신과 밀리 데리고 부모님 만나러 뉴질랜드 갈 생각이거든." 잭이 아쉽다는 듯 말한다.

"뉴질랜드!" 다이앤이 숨을 헐떡인다. "아, 나 정말 뉴질랜드 가고 싶었는데."

"어, 언제?" 내가 더듬거린다.

"이사 와서 밀리가 좀 자리 잡은 다음, 7월 중순에 가려고." 잭이 대답한다.

"하지만 밀리는 8월부터 원예용품점에서 일하기로 했잖아." 잭이 또 무슨 짓을 꾸미고 있나 싶어 나는 끈질기게 이의를 제기한다. "한두 주 갔다오고 말기엔 먼 곳이기도 하고."

"상황을 설명하면 한두 주 늦게 시작해도 괜찮을 거야."

"이사하자마자 뉴질랜드에 다녀오는 건 밀리한테 너무 힘들지 않을까? 차라리 크리스마스 때 가는 게 낫지 않아?"

"밀리가 정말 좋아할 거예요." 재니스가 끼어든다. "수업 때 부모님이 계신 뉴질랜드에 대해 공부하고 나서 내내 가고 싶어 했거든요."

"나는 뉴질랜드 가면 돌아오고 싶지 않을 것 같아." 다이앤이 말한다. "그렇게 아름답다면서?"

"그럴 위험도 물론 있지요." 잭이 얼른 동의한다. "뉴질랜드와 사랑에 빠진 나머지 부모님과 살겠다고 안 돌아오려 할지도 모르겠네요."

그제야 잭이 밀리의 잠적을 기획하고 있다는 사실을 깨닫는다. "밀리는 절대 그러지 않을 거야." 내가 미칠 듯한 불안감을 억누르며 열심히 말한다. "무엇보다 나랑 떨어져 있으려 할 리 없어."

"그럼 당신도 있겠다고 할 수도 있지." 나만이 장난스러운 잭의 말투에 가려진 온전한 의미를 알아듣는다. 나의 잠적 역시 준비하고 있는 것이다.

"내가 왜 그러겠어. 난 결코 당신을 떠나지 않아, 잭. 당신도 알고 있지?" 하지만 죽일 수는 있지, 하고 나는 속으로 덧붙인다. 실은 그렇게 할 작정이다.

매트리스 밑에 숨겨둔 수면제 알약은 내 삶에 새로운 이유가 돼주었다. 6개월 만에 처음으로 잭에게서 도망칠 가능성이 정말로 생긴 듯했다. 밀리가 이런 식으로 직접 개입해 내가 다시 힘을 내도록 만들다니 고맙고도 미안했다. 다리를 다치고, 나를 만나지 못해 상처받고, 잠을 못 자는 척까지 해가면서 얻어낸 약이다. 절대 실망시킬 순 없었다. 하지만 계획을 주의 깊게 세워야 했다. 이 약이 얼마나 되는 양인지 알 수 없다는 것도 문제였다. 어떻게 해서 잭에게 먹인다 해도, 효과가 나타나려면 얼마나 걸릴지, 효과가 어떻게 나타날지도 알 수 없었다. 잭을 기절시키려면 얼마나 먹여야 할까? 선택지도 많고 고려해야 할 조건과 가능성도 다양했다.

　나는 잭의 술에 수면제를 탈 방법을 찾기 시작했다. 우리가 같이 술을 마실 때는 다른 사람들과 함께 저녁 식사를 할 때뿐이다. 일을 성사시키려면 이 집에서 식사를 할 때 약을 먹여야 한다. 나는 밤새 모든 가능성을 검토해보았다. 다음 날 저녁, 잭이 음식을 가져다줄 때쯤 운좋게 좋은 생각이 떠올랐다. 하지만 바로 기초 작업에 들어가야 했다.

　잭이 들어올 때 나는 등을 돌리고 멍한 척 침대에 앉아 있었다. 내가 다른 때처럼 몸을 돌려 쟁반을 받지 않자, 잭은 그냥 침대 위에 놓고 말 한마디 없이 나가버렸다. 전날 밀리와 점심을 먹은 후 아무것도 먹지 못했으니 음식을 그냥 놓아두기가 힘들었지만 나는 먹지 않기로 결심을 굳혔다. 다음 날 잭이 아무것도 가져오지 않아서 쟁반은 거기 그대로 있었다. 굶주림은 견디기 힘들었다. 찌르는 듯한 아픔만 살짝 달랠 수 있도록 조금만 먹을까 하는 생각이 들 때마다 지하실을 떠올리고 그 안에 있는 밀리를 상상했다. 그럼 괜찮아졌다.

사흘째가 되자 전날 밥을 주지 않은 게 신경이 쓰였는지 잭이 아침을 가져왔다. 그러고는 이틀 전에 준 음식이 그대로 있는 것을 보고 의아하게 쳐다보며 물었다.

"배 안 고파?"

"응." 나는 고개를 저었다.

"그렇다면 아침도 도로 가져가야겠네." 잭은 쟁반 두 개를 다 들고 나갔다.

음식이 주위에 없으니 견디기가 좀 더 쉬웠다. 굶주림의 고통을 잊기 위해 나는 명상을 했다. 하지만 내가 주말까지 아무것도 먹지 않고 가져다준 와인도 건드리지 않자, 잭은 의심스러워했다.

"단식투쟁이라도 하는 거야?" 또 먹지 않은 쟁반을 새로운 것으로 교체하며 잭이 물었다.

나는 느릿느릿 고개를 저었다. "그냥 배가 안 고파서 그래."

"왜 안 고프지?"

나는 잠시 뜸을 들였다. "이 정도가 될 거라고는 정말 생각도 못했던 것 같아. 어쨌든 밀리를 구할 수 있을 줄 알았지."

"아하, 선은 언제나 악을 이긴다고? 아니면 백마 탄 기사가 와서 너와 밀리를 구해줄 거라고?"

"그런 거지." 나는 약간 울먹였다. "하지만 그럴 리 없잖아? 밀리는 우리랑 같이 살게 될 거고 내가 할 수 있는 일은 없겠지."

"위로가 될지는 모르겠지만, 그전에도 네가 할 수 있는 일은 아무것도 없었다는 점도 일깨워주지. 하지만 받아들이기 시작했다니 기쁘네. 장기적으로 보면 순순히 받아들이는 게 여러모로 훨씬 편할 거야."

나는 너무나 맛있어 보이는 감자와 닭을 애써 무시하고 와인을 가리켰다. "와인 대신 위스키 한 잔 마실 순 없을까?"

"위스키?"

"응."

"위스키를 마시는 줄 몰랐는데."

"나도 네가 사이코패스인 줄 몰랐어. 그냥 위스키 한 잔만 갖다 줘, 잭." 나는 피곤한 듯 눈을 비비며 말했다. "아버지랑 가끔 마셨어. 알고 싶은지 모르겠지만."

쳐다보는 눈길을 느끼고서 나는 낙담한 모습을 연출하려 고개를 계속 수그렸다. 잭은 방을 나간 다음 문을 잠갔다. 정말 위스키를 가져올지는 알 수 없었다. 닭고기 냄새가 진동하는 가운데 나도 모르게 천천히 숫자를 세기 시작했다. 100을 셀 때까지 잭이 오지 않으면 다 먹어치우겠다고 다짐했다. 50도 안 셌는데 발소리가 들렸다. 열쇠가 돌아가는 소리를 들으며 나는 눈을 감았다. 만일 위스키를 가져온 게 아니면 울음이 터질 것 같았다. 거의 일주일이나 음식을 참은 노력이 수포로 돌아간 것이니까.

"자."

눈을 뜨니 플라스틱 컵이 보였다. "이게 뭐야?" 내가 의심하듯 물었다.

"위스키."

내가 받으려 하자 잭이 손을 거둬갔다. "먼저 먹어. 몸이 약해져서 밀리를 돌보지 못하면 넌 나에게 아무 쓸모가 없어."

그 말은 오싹했지만 내가 맞는 방법을 찾았다는 것을 알려주었다. 전에는 어떤 요구도 들어준 적이 없었다. 몸을 말리게 좀 큰 수건을 달라는 요구조차도. 하지만 목적 달성을 눈앞에 둔 시점에서 나에게 무슨 일이 일어나면 난처해질 게 뻔했다. 그러다 보니 수상한 요구가 아닌 한 들어줄 가능성이 커진 것이다. 엄청난 성과였다. 원래는 조금 더 단식을 할 예정이었지만 위스키를 더 가져오게 만들려면 타협이 필요했다. 잭이 퇴근을 하자마자 위스키를 가져오게 해야 했다. 자기 것을 따르는 동시에 내 것도 따르는 습관을 들일 필요가 있었다.

"식욕이 돌아올까 싶어서 달라고 했던 거야." 나는 팔을 그대로 뻗은 채 말했다. "그러니 그냥 주면 안 될까?"

안 된다고 할 줄 알았는데 잠깐 망설이는 듯하더니 건네주었다. 나는 다급한 척하며 입에 컵을 갖다 댔다. 냄새에 속이 뒤집힐 것 같았다. 하지만 적어도 위스키라는 건 확인할 수 있었다. 잭의 시선을 의식하며 한 모금 마셨다. 난생 처음 마셔보는 위스키는 충격적일 정도로 맛이 썼다.

"네 취향이 영 아니야?" 잭이 놀렸다. 내가 위스키를 마시고 싶어 한다는 걸 믿어서가 아니라, 위스키를 달라는 진짜 이유가 뭔지 알아내기 위해 주었다는 것을 알 수 있었다.

"플라스틱 컵에 담긴 위스키 마셔본 적 있어?" 내가 쏘아붙이고 한 모금 더 마셨다. "전혀 같은 맛이 아니라고. 다음엔 유리잔에 좀 갖다줘보든지." 나는 다시 컵을 들어 전부 털어 넣었다.

"자, 이제 먹어." 잭이 쟁반을 내밀었다.

위스키 때문에 머리가 빙빙 돌았다. 나는 쟁반을 무릎에 놓았다. 너무 맛있어 보였고 15초 만에 싹 비워버릴 수 있을 것 같았다. 허겁지겁 달려들지 않고 천천히 깨작거리며 아무 맛도 못 느끼는 척하느라 무진 애를 써야 했다. 반이나 먹고서야 간신히 멈출 수 있었다. 나이프와 포크를 내려놓는데 누가 더 미운지 알 수 없었다. 나자신인지, 잭인지.

"좀 더 먹지?" 잭이 인상을 썼다.

"미안." 내가 무기력하게 대답했다. "내일은 더 먹을게."

잭이 쟁반을 들고 나갔다. 여전히 배가 고팠지만 승리의 맛은 그 어떤 식사보다 달콤했다.

잭은 바보가 아니었다. 다음 날 내가 또 먹지 않자 내 가장 큰 약점을 이용하기로 했다. "내일 밀리를 보러 가는 건 취소해야겠군." 하면서 쟁반을 들었다. "네가 먹지 않으면 점심 식사를 하는 의미가 없으니."

그런 희생은 감수할 준비가 되어 있었다. "알았어." 내가 어깨를 으쓱하고 말자 잭의 얼굴엔 놀란 표정이 떠올랐다. 내가 괜찮으니 가자고 주장할 줄 알았던 것이다. 기쁘게도 잭을 또 한 방 먹였다.

"밀리가 매우 실망할 텐데." 잭이 한숨을 지었다.

"뭐, 처음도 아닌데."

잭이 잠시 생각에 잠겼다. "밀리의 생일 축하 파티를 취소하게 만들려고 수작을 부리는 건 아니겠지?"

그건 내가 예상 못한 추리였을 뿐 아니라 바라는 바도 전혀 아니었다. 하지만 나에게 유리한 쪽으로 대화를 끌어갈 수 있을 것 같았다.

"내가 왜 그러겠어?" 나는 시간을 벌어보려는 목적으로 물었다.

"그거야 네가 알겠지."

"너도 내 입장이 한번 돼봐. 밀리가 이 집을 보면 아주 기뻐할 텐데, 그럼 내 기분이 어떻겠어? 네가 준비해놓은 것들을 다 보고도 나는 아무것도 할 수가 없는데?"

"생각해볼게." 잭이 잠시 생각하는 척한다. "좋진 않겠지?"

나는 눈물을 억지로 짜낸다. "그래, 맞았어. 좋지 않아. 아주 안 좋아. 차라리 죽는 게 낫겠어."

"그럼 단식투쟁이 맞군."

"아니, 당연히 아니지. 밀리에게는 내가 필요하다는 거 알아. 내가 체력을 유지해야 한다는 것도. 하지만 입맛이 없는 걸 어떡해. 내 처지가 되면 대부분 사람들이 그럴걸." 나는 목소리를 한 옥타브 올렸다. "단 하루도 먹고 싶은 걸 먹을 수도 없고 먹고 싶을 때 먹을 수도 없이 사는 게 어떤 건지 알기나 해? 그야말로 모든 것을 타인에게 구속된 채 살면서, 벌을 준다느니 귀찮다느니 하며 이삼일씩 아무것도 먹지 못하게 하면 어떤 기분이 드는지 알아? 내가 어떤 취급을 당해왔는지는 본인이 잘 알고 있겠지, 잭!"

"그렇게 툭하면 도망치려 하질 말았어야지. 안 그랬으면 이 방에 가둘 필요도 없었어. 나와 함께 완벽하게 품위 있는 삶을 살고 있었 겠지." 잭이 외쳤다.

"품위? 일거수일투족을 조종당하면서? 넌 품위가 뭔지 몰라! 맘 대로 해, 잭. 어차피 일주일을 더 안 먹으면 다음 주 밀리의 생일 파 티에는 참석을 못 하겠지."

"먹어두는 게 좋을걸." 내 말의 심각성을 깨달은 잭이 위협적인 어조를 띠었다.

"안 그러면 어쩔 건데?" 내가 코웃음을 쳤다. "강제로 먹이려 고? 그럴 수 없다는 걸 알 텐데." 나는 잠시 가만있다가 덧붙였다. "하지만 내가 이렇게 죽어버리는 게 밀리에게도, 너에게도 좋지 않 다면, 저녁에 위스키 한잔씩 따라주는 게 어때? 너도 매일 마시잖아. 그럼 내 입맛도 좀 돌아올지 모르지."

"명령은 내가 해, 기억하라고."

그렇게 말하긴 했지만, 음식에 관한 한 잭은 더 이상 결정권이 없었다. 내 건강을 유지시켜야 한다는 것을 깨닫고 잭은 내가 시킨 대로 위스키를 갖다주기 시작했다. 정말 입맛을 잃은 것처럼 보여 야 했기에 절대로 많이 먹지는 않았다. 밀리의 파티 날이 다가왔다. 두 달 후면 밀리가 이 집에 살러 올 것이었다. 하지만 그전에 목표 를 달성할 수도 있겠다는 생각이 들었다. 매일 저녁 나에게 위스키 를 갖다주는 습관이 무사히 유지되는 한 말이다.

현재

나는 발치에 짐 가방을 두고 집 앞에 섰다. 이중 대문은 닫혀 있지만 내가 나온 작은 문은 조금 열려 있다. 에스터의 자동차가 가까워오는 소리가 들린다. 나는 집 쪽으로 몸을 돌려 살짝 손을 흔든다. 에스터가 내 앞에 차를 세우고 나와서 트렁크를 연다.

"내가 현관까지 들어가도 되는데 뭐 하러 나왔어." 에스터가 나를 도와 짐 가방을 트렁크에 넣는다.

"조금이라도 시간을 아끼려고. 급하게 연락했는데 이렇게 와줘서 고마워."

"괜찮아. 근데 비행기 시간 맞추려면 서둘러야겠다." 에스터가 트렁크를 닫는다.

나는 다시 집을 향해 손을 흔들고 키스를 날려 보낸 다음, 문을 닫는다. "나랑 같이 가면 좋을 텐데." 나는 칭얼대듯 말한다. "저렇게 기분이 안 좋을 때 혼자 놔두고 떠나기도 싫고."

"진 건 처음이지?"

"응. 그래서 더 힘들어하는 것 같아. 하지만 잭은 디나 앤더슨의 남편이 정말 폭력을 행사했다고 생각해. 아니면 애초에 사건을 맡지 않았겠지. 그녀가 잭을 믿지 못하고 그런 것들을 감추고 있을 줄은 몰랐던 거야. 애인이 있다는 사실도 말이야."

"아무래도 애인이 그랬을 것 같아."

"나는 모르겠어. 하지만 나중에 잭이 와서 얘기해주겠지. 우스운 건 이제까지 전 세계를 혼자서 쏘다니며 살았는데, 혼자 태국에서 며칠 지낼 생각을 하니 당황스럽다는 거야. 잭과 늘 같이 있는 게 너무 익숙해졌나 봐. 나흘 동안이나 혼자 뭘 하라는 건지 모르겠어."

"푹 쉬라는 거지."

"그냥 기다렸다가 같이 가도 되는데 너무 고집을 부리니까. 그리고 잭이 한번 마음을 먹으면 입씨름해봐야 소용이 없다는 걸 알거든." 나는 에스터를 지긋이 본다. "알지? 잭도 가끔 완벽하지 못할 때가 있어."

"아내 먼저 여행을 가라고 주장하는 건 나쁜 게 아냐."

"그렇긴 하지. 돌아와서 그 많은 서류 작업들을 다 해야 한다면 여행이 전혀 즐겁지 않을 거라고 이야기하더라고. 나도 이해해. 이번 여행에서는 편히 보내야 하거든. 우리끼리 가는 마지막 여행이 될지도 모르니까. 남아서 일을 다 처리한 후 가고 싶어 하는 것도 당연해. 재판에서 이겼으면 당연히 돌아온 다음에 남은 일을 처리해도 아무렇지 않았겠지만."

"혼자서 상처를 핥고 싶은 거겠지. 남자들이 그렇잖아." 에스터도 맞장구친다.

"실은 태국에 있는 동안 임신을 하고 싶어. 그래서 더 완전히 긴장을 풀어버리고 싶은 거야. 마침 때가 맞거든." 내가 얼굴을 좀 붉히며 털어놓는다.

에스터가 운전대에서 손을 떼고 내 손을 꼭 잡는다. "정말 잘되길 바랄게."

"성공하면 제일 먼저 알려줄게. 더 이상 기다리기 힘들어. 지난번 유산 때 잭도 굉장히 실망했어. 나를 위해 아무렇지 않은 척하지만 정말 힘들어하는 걸 알 수 있었어. 더구나 내가 바로 다시 임신을 하지 못하니까. 시간이 좀 걸리기 마련이라고, 내 몸이 먼저 회복되어야 한다고 설명했지만, 혹시라도 자기 때문에 그런가, 자기가 너무 고된 직업이라 직장에서 너무 스트레스가 많아서 그런가 생각하더라고."

"이번 주말에 저녁 먹으러 오라고 하면 어떨까?"

"솔직히, 그냥 집에서 서류나 파고 있고 싶어 할 것 같아. 물어봐도 돼. 근데 전화를 안 받을 수도 있어. 며칠 안 받을 작정인 것 같더라고. 오늘 오후에 법원을 나서면서 이미 기자들한테 데였잖아. 며칠은 더 시달릴 거 같고. 하지만 메시지를 남겨봐. 나한테도 연락이 안 되면 그러라고 했어. 시차 문제도 있으니까."

"잭은 화요일에 간다고?"

"응, 화요일 저녁 비행기를 타고 수요일 새벽에 온대. 하루 이틀 늦어질 수도 있다고 했지만. 그냥 한 말일 거야. 그러길 빌어."

"그럼 겨우 나흘 혼자 있는 거네. 와, 나도 딱 나흘만 그렇게 혼자 있어봤으면 소원이 없겠다. 화요일에 데려다줄 필요는 없을까? 루퍼스가 할 수 있는데."

"아냐, 괜찮아. 애덤이 해주겠다고 했지만 잭이 차를 공항에 가지고 가서 놔둘 거야. 어차피 돌아올 때 차가 필요하잖아. 아침 여섯 시에 도착하는 비행기라 누구한테 나와달라고 부탁할 수도 없어."

공항으로 가는 동안 이야기가 술술 나와 놀라울 정도다. 에스터는 이렇게 지극히 일상적인 얘기를 나누는 게 만족스러운 것 같았다. 에스터가 아이들을 데리고 주말에 밀리를 보러 가도 되느냐고 묻는다. 차나 마시러 가면 어떨까 한다고. 밀리와 아이즐링이 파티에서 매우 잘 놀았다는 것이다. 내가 여행을 가 있는 동안 밀리를 방문해줄 사람이 있어서 감사하다. 재니스에게 말해달라고 해서 나는 그러겠다고 약속한다.

우리는 15분 여유 있게 공항에 도착한다. 나를 출국장에 내려주고 에스터가 기운차게 손을 흔든다. 나는 터미널로 들어가 영국 항공의 카운터를 찾는다. 짐 가방을 맡기고 라운지의 구석 자리에 앉아 내가 타고 갈 비행편이 호출되길 기다린다.

밀리의 파티 날까지만 해도 나는 잭을 죽일 생각은 하지 못했다. 상상은 해보았지만 벌건 대낮에 누군가를 죽인다는 건 생각만 해도 몸서리가 쳐졌다. 아마 그래서 와인 병으로 때려 기절시키는 데 실패한 것 같다. 혹시 죽을까 봐 겁이 나 더 세게 치질 못했던 것이다. 게다가 잭을 죽이면 분명 감옥에 가게 될 텐데, 그럼 밀리는 어떻게 하지? 그래서 나는 그저 내가 도망칠 동안 기절하게만 만들고 싶었다. 하지만 잭이 나와 밀리를 뉴질랜드로 데리고 간다는 말을 듣는 순간, 결과가 어찌 되든 상관없이 잭을 죽여야 한다는 사실을 깨달았다. 잭에게서 도망치는 것만으로는 결코 충분하지 않았다.

"결국 그렇게 하려는 거로군." 나는 쓰디쓰게 말을 뱉었다. 파티가 끝난 후 밀리와 재니스와 작별 인사를 하고 나서였다. "집을 닫아걸고 다 뉴질랜드로 간 척하려는 거야. 그러고 나서 갑자기 혼자 나타나 밀리와 나는 뉴질랜드에 남기로 했다고 사람들에게 알리는 거지. 우린 지하실에 갇혀 있고."

"뭐 그와 비슷하겠지. 집을 닫아건다는 것만 빼고. 내가 여기 없는 척하는 게 쉬운 일은 아니니, 너희 둘만 보낼 변명거리를 만들어내야겠지. 내가 합류하는 게 점점 늦어져 결국 나만 가지 못 하고 두 사람이 돌아오기만 기다리게 되겠지. 내가 막 너희를 데리러 공항으로 가려고 하는데, 밀리가 비행기를 타지 않겠다고 한다는 네 눈물 어린 전화를 받게 되겠지. 사랑하는 남편과 미친 여동생 사이에서 마음이 찢어지는 너 역시 비행기를 타지 못하고. 그러면 사랑하

는 남편인 나는 사람들에게, 네가 밀리를 두고 오길 얼마나 힘들어
하는지 알기에 조금 더 있다 와도 된다고 허락했다고 알릴 거야. 다
만 조금 더가 점점 더 길어지고 어느 날, 네가 돌아오지 않겠다고 말
하는 슬픈 순간이 닥치지. 상처받은 남편에게 사람들은 감히 얘기
도 꺼내지 못하게 될 테고, 결국 너와 밀리가 존재했단 사실을 까맣
게 잊게 될 거야.”

“내 부모님은? 우리가 사라진 걸 어떻게 설명할 건데?”

“죽이면 되지. 자, 이제 방으로 올라가.”

나는 순간 고개를 휙 돌려, 얼마나 충격을 받았는지 잭이 보지
못하게 했다. 잭을 죽이고 살길을 찾는 건 이제 절체절명의 과제가
되었다. 그리고 이대로 방으로 돌아가는 건 또 다른 기회를 놓치는
것이었다. 다음 작전을 실행에 옮길 때였다.

“아래층에 좀 더 있으면 안 돼?” 내가 물었다.

“안 돼.”

“왜?”

“잘 알 텐데.”

“내가 마지막으로 도망치려 한 게 언제야? 날 봐, 잭! 정말 내가
위협이 될 수 있을 것 같아? 지난 여섯 달 동안 최대한 완벽하게 행
동하는 것 말고 딴짓하는 거 본 적 있어? 내가 또 지하실에 가고 싶
어 할 것 같아?”

“그래, 지하실 여행이 바람직한 결과를 낳은 것 같긴 해. 하지만
상관없어. 어서 올라가.”

“그럼 다른 방으로 옮겨주면 안 돼?”

"왜?"

"왜인 것 같아? 이제 저 방은 정말 지긋지긋하니까! 매일 똑같은 벽을 얼마나 더 보고 있어야 해?"

"그럼 좋아."

나는 놀라서 잭을 보았다. "정말?"

"그래, 이리 와. 지하로 데려다주지. 대신 거기 벽을 보고 있으면 되겠네. 어때? 아니면 갑자기 지금 방도 그다지 나쁘지 않은 것 같은 생각이 들어?"

"그래, 내 방도 그렇게 나쁘진 않은 것 같은 생각이 들어." 내가 멍하니 말했다.

"그거 안타깝네. 지하 방을 너무 오래 비워둔 것 같았거든. 비밀을 하나 알려줄까?" 잭이 내 귓가에 속삭였다. "오늘 밀리를 그냥 보내기가 너무 힘들었어. 생각보다 훨씬 힘들더라고. 실은 너무 힘들어서 우리가 태국에서 돌아오자마자 같이 살자고 말할 작정이야. 어떻게 생각해, 그레이스? 정말 행복한 가족이 탄생하겠지?"

그때 나는 태국에 가기 전에 죽여야 함을 깨달았다. 시간이 정말 얼마 남지 않았다는 게 무서웠지만, 날짜가 확실해지자 정신을 차리는 데 도움이 되었다. 앞장서서 계단을 올라가면서 재빨리 다음 행동을 궁리해냈다.

"위스키 가지고 올라올 때, 네 것도 가져와서 같이 마시지 않을래?" 내가 옷을 벗으며 물었다.

"내가 그런 짓을 왜 하겠어?"

나는 내키지 않는 듯 느릿느릿 말했다. "하루에 24시간을 아무도 보지 못하고 골방에 갇혀 있으니까 이젠 정말 미쳐버릴 것 같아. 차라리 그랬으면 좋겠다 싶기도 하고." 그러다 목소리를 높였다. "그럼 어떻게 할 건데, 잭? 내가 미치면 어떻게 할 거야?"

"걱정 마. 너는 안 미쳐." 잭이 퉁명스레 대꾸하며 나를 방에 밀어 넣고 문을 닫았다.

"미쳐버릴 것 같아!" 나는 소리소리 질렀다. "정말 미쳐버릴 것 같아! 그리고 위스키는 유리잔에 줘!"

다른 요구를 모조리 거절했기 때문인지 아니면 정말 내가 미쳐버릴 것 같아서 그랬는지, 10분 후 잭이 잔을 두 개 들고 나타났다.

"고마워." 내가 말하며 한 모금 들이켰다. "뭐 하나 물어봐도 돼?"

"그래."

"토머신 재판 말이야. 여배우랑 결혼하지 않았나? 데나인가? 신문을 볼 수 있던 옛날 옛적에 읽은 것 같기도 하고."

"디나 앤더슨."

"그럼 그 여자가 남편이 자길 때린다고 고소한 거야?"

"의뢰인에 대해서는 말 못 해."

"오늘 보니까 다들 알고 있는 것 같던데, 네가 얘기해준 게 아니라면 신문에 다 나오는 얘기 아냐? 재산 대부분을 자선사업에 쓴 사람 같은데."

"그렇다고 아내를 때리지 않는 건 아니지."

"여자에게 애인이 있다는 말은 뭐야?"

"애덤이 그냥 약 올리려고 한 말이야."

"그럼 사실이 아닌 거야?"

"전혀 아니지. 타블로이드 하나가 여자에게 흠집을 내려고 이야기를 지어낸 거야."

"왜?"

"왜냐하면 앤터니 토머신이 주주 가운데 하나니까. 그만하고 얼른 다 마셔. 잔을 놔두고 갈 순 없으니까."

잭이 나간 후 매트리스 아래에 두었던 휴지를 꺼내 펼쳐보았다. 알약을 세보니 모두 스무 개였다. 잭을 죽일 수 있는 분량인지는 알 수 없었다. 얼마나 강한 약인지 알아봐야 하고, 으깨면 물에 잘 녹는지도 봐야 하므로, 내가 먼저 먹어볼 생각이었다. 나는 욕실로 들어가 휴지를 두 마디 찢은 다음, 한참을 신중하게 생각한 끝에 네 개를 그 사이에 놓았다. 그 정도면 잘못되지는 않고 기절만 할 수 있는 양이길 바랐다. 바닥에 휴지를 놓고 최대한 발로 밟았다. 컵이 없어서 알약 조각들을 샴푸 병뚜껑에 넣고 물을 넣었다. 좀 녹긴 했지만 다 녹진 않았다. 일단 마시면서, 나머지 약들을 더 미세하게 가루로 만들 방법을 찾아야겠다고 생각했다.

15분쯤 지나자 졸리기 시작했고 바로 잠이 들었다. 나는 아무것도 모르고 열네 시간을 잤다. 일어나서도 좀처럼 몸을 가누기가 힘들었고 엄청나게 목이 말랐다. 잭의 몸무게는 내 두 배니까 여덟 알이면 비슷한 효과를 줄 수 있겠지만 열여섯 알로 바로 죽이긴 힘들 것 같았다. 그게 문제였다. 일단 잭이 의식을 잃으면 내가 직접 그의 목숨을 끊을 방법을 찾아야 했다. 분명 잭이 죽기를 바라지만 실제 행동에 옮길 때가 되면 과연 내가 주방으로 가서 서랍에서 칼을 찾아 그의 가슴에 찔러 넣을 수 있을지 확신이 안 섰다.

나는 일단 거기까지는 생각하지 않기로 했다. 대신 잭이 저녁에 위스키를 가져왔을 때 내 방에 좀 더 오래 머물도록 만드는 데 집중했다. 하루 종일 아무와도 얘기를 못 나눠 미쳐버릴 것 같다는 말을 반복하면서. 밀리의 파티 날 그랬던 것처럼, 결국에는 자기 술도 가져오기 시작할 정도로 자연스러워지기를 꾀했다. 그러지 않으면 잭에게 약을 먹일 방법이 없었다.

토머신 재판이 생각보다 간단하지 않다는 게 드러나면서 내게 행운이 찾아왔다. 재판이 일주일 정도 진행됐을 때였다. 내가 침대에 앉아 위스키를 홀짝이는 동안 잭은 앤터니 토머신이 끝도 없이 세워대는 평판 증인에 대해 불평을 늘어놓았다. 나는 잭도 한잔 마셔야 할 것 같다고 말해주었다. 잭은 내려가서 위스키 한 잔을 가져왔다. 그 후로 잭은 위스키를 두 잔씩 가져오기 시작했다. 잭이 미적거리는 시간이 평소보다 길어질 때는 그날 재판에 대해 말하고 싶어서 그런 듯했다. 잭이 결코 자세히 이야기해주지는 않았지만, 잭의 말로 미루어보아도 앤터니 토머신은 자신의 좋은 성품을 증명해주는 영향력 있는 사람들을 줄줄이 불러들이며 강력한 방어전을 펼치고 있는 게 분명했다. 재판은 늘어지기 시작했고 잭이 다시 태국 얘기를 꺼내지 않아서 나는 그가 여행을 취소하거나 적어도 연기한 줄 알았다.

우리가 여행을 떠나기로 돼 있던 날의 전날 저녁이었다. 잭이 평소처럼 잔 두 개를 들고 올라왔다.

"쭉 마셔. 짐을 싸야 해." 잭이 잔을 건네며 말했다.

"짐?"

"그래. 내일 태국에 가잖아."

나는 경악하여 그를 쳐다보았다. "재판도 안 끝났는데?" 말이 더 듬더듬 나왔다.

"내일 끝날 거야." 잭이 자기 잔을 흔들며 음울하게 말했다.

"배심원들이 평의에 들어갔는지 몰랐네."

"벌써 이틀째 하고 있어. 내일 점심까지는 평결을 내리겠다고 약속했지."

자세히 보니 안색이 아주 좋지 않았다. "네가 이길 거지?"

잭이 위스키를 대부분 털어 넣었다. "그 멍청한 년이 나한테 거짓말을 했어."

"무슨 말이야?"

"애인이 있더라고."

"그럼 그 남자가?"

"아냐, 때린 건 남편이었어." 잭이 단호하게 말했다. 나에게조차 그렇게밖에 말을 할 수 없는 것이다.

"그럼 걱정할 게 없네, 그렇지 않아?"

잭이 잔을 비웠다. "태국에 가게 돼서 얼마나 다행인지 몰라. 내가 배심원들에게 확신을 주지 못했다면 내가 진 최초의 재판이 될 테고, 언론은 좋아서 날뛰겠지. '추락한 에인절' 따위의 한심한 제목을 뽑아서. 자, 다 마셨어? 이제 짐 쌀 시간이야."

옆방에서 잭이 지켜보는 동안 옷장에서 옷을 꺼내며, 내가 얼마나 떨고 있는지 잭이 눈치채지 못하기만을 빌었다. 아무것이나 집어 가방에 던져 넣는데, 머릿속은 온통 다음 날 잭이 돌아오면 그를 죽여야만 한다는 생각으로 꽉 찼다. 계획했던 시기보다 아직 한참 전이었다. 나는 바보같이 여행이 취소되었다고 넘겨짚고 말았다. 하지만 잭 역시 다른 생각으로 꽉 찬 것처럼 보였다. 승리가 그에게 얼마나 중요한지 알게 되니, 내일 돌아올 때 그가 어떤 상태일지 걱정이 됐다. 우리는 저녁 비행기를 타기로 돼 있었다. 하지만 만일 잭이 진다면 언론을 피하기 위해 곧장 공항으로 가자고 고집할 것이었다. 그렇게 되면 약을 먹일 시간이 없을 것이었다. 그날 밤, 나는 난생처음 소원이 생긴 사람처럼 기도를 했다. 신에게 잭이 기존에 저지른 악과 또 앞으로 저지를 악을 모두 고했다. 몰리를 생각했다. 잭이 가둬놓아서 목말라 죽은 몰리를. 밀리를 생각했다. 잭이 계획하고 있는 끔찍한 인생을. 그리고 지하에 있는 방을 생각했다. 그랬더니 갑자기 내 문제에 대한 답이 떠올랐다. 어떻게 하면 확실히 죽게 만들 수 있을지 깨달았다. 완벽한 방법이었다. 제대로만 된다면 내 손으로 그를 죽이지 않아도 되는 아주 완벽한 방법이었다.

현재

비행기가 이륙하니 긴장이 조금 풀린다. 하지만 방콕에 도착하더라도 내내 주변을 흘긋거릴 수밖에 없으리라는 것을 안다. 불안감을 결코 떨치지 못할 것 같다. 밀리가 안전하게 학교에 있다는 사실조차 내 공포를 잠재우지는 못한다. 잭이 어떻게 해서든 우리를 쫓아올 것 같다. 재니스에게 잭이 자기 표를 밀리에게 주었다고 말하면서 밀리를 공항으로 데려다달라고 부탁할까도 생각했지만, 밀리는 휘말리게 만들지 않는 쪽이 나았다. 나 혼자만 챙기기도 버거운 시간이 될 텐데 밀리까지 지켜봐야 하면 훨씬 더 힘들지 모른다. 지난 몇 시간 동안 겪은 일을 생각하면 아주 작은 일에도 폭발해버릴 수 있으니 정말이지 정신을 바짝 차려야 한다. 태국에 도착하고 나면 잠시나마 가면을 내려놓을 시간이 있을 것이라고 스스로를 다독인다. 아무도 안 보는 곳에서 말이다.

방콕에서 입국장을 지나는 것은 악몽이었다. 금방이라도 잭의 손이 내 어깨를 움켜잡을 듯했다. 하지만 아무리 해도 나보다 먼저 도착할 수는 없을 것이다. 그러나 택시를 타기 전에 나도 모르게 기사의 얼굴을 살피며 혹시나 잭이 아닌지 확인하고 있다.

호텔에 도착하니 미스터 호가 나를 따뜻하게 맞이해준다. 나에 대해 보고서를 써준 매니저다. 혼자 온 나를 보고 놀라는 그에게, 나도 똑같이 놀라는 표정을 지어준다. 그리고 나를 잘 돌봐달라고 잭이 보낸 이메일을 받지 못했냐고 묻는다. 미스터 호는 기꺼이 그러겠다고 대답한다. 내가 남편은 일 때문에 수요일에 올 거라고 말하자 그는 동정 어린 표정을 짓는다.

매니저가 주저하더니 묻는다. 내 남편 잭 에인절이 앤터니 토머신 재판과 관련해서 몇몇 영자 신문에 나온 그 사람이냐고. 나는 엄숙한 표정으로 고개를 끄덕인다. 그리고 우리가 묵는 방을 아무도 모르게 해달라고 부탁한다. 매니저는 어제 토머신이 석방되었다는 뉴스를 들었다고 한다. 내가 사실이라고 확인해주자, 에인절 씨가 많이 실망했겠다고 말한다. 그래서 나는 그렇다고, 더구나 소송에 진 건 처음이어서 더 실망했다고 알려준다. 미스터 호는 체크인을 해주며 비행은 어땠냐고, 요즘 건강은 좀 어떠냐고 묻는다. 내 정신 상태를 말하는 것이다. 내가 잠을 잘 못 잔다고 하자 매니저는 에인절 씨 같은 좋은 손님에게는 스위트룸으로 업그레이드 해주겠다고 한다. 내가 괴물과 결혼했다는 것을 알게 된 방으로 또 가지 않아도 되다니 너무 기분이 좋아 키스라도 해주고 싶다.

매니저는 나를 스위트룸으로 직접 안내하겠다고 고집을 부린다.

저명한 변호사가 왜 매번 작은 방을 선택하는지 아무래도 의아해할 것 같아, 남편은 휴가 때 돈을 뿌리며 이목을 끌기보다 조용히 지내고 싶어 한다는 말을 덧붙인다.

미스터 호가 떠나자 나는 텔레비전을 틀어 스카이 뉴스 채널을 찾는다. 아시아에서도 토머신 판결은 화제가 되었다. 앤터니 토머신이 법정에서 나와 기자들에게 말을 하고, 배경으로는 기자들에게 포위된 잭이 보이는 어제의 뉴스 장면이다. 더 이상 볼 수가 없어 텔레비전을 얼른 끈다. 샤워가 너무 하고 싶지만 먼저 전화를 해야 한다. 재니스에게 그리고 잭에게 안전하게 도착했다고 알려야 한다. 다행히 둘 다 번호는 외우고 있다. 잭의 번호는 처음 만난 날부터, 그리고 재니스의 전화번호는 지금 나에게 세상에서 가장 중요한 번호다. 시계를 본다. 태국은 오후 세 시니 영국은 오전 아홉 시다. 잭 에인절의 아내로서의 우선순위를 지켜 먼저 잭에게 전화를 건다. 잭이 1년 사이에 전화번호를 바꿨으면 어떻게 하나 순간 아찔해지지만, 음성 사서함으로 연결되는 소리를 듣고 안도감에 맥이 풀린다. 나는 심호흡을 하고 마음을 안정시킨 후 사랑하는 아내가 남편에게 남길 법한 짧은 메시지를 남긴다.

"안녕, 여보, 나야. 당신이 못 올지도 모른다고 했지만 그래도 기대는 했었는데. 벌써 보고 싶어. 아직 자고 있겠지? 나는 안전하게 호텔에 도착했어. 그리고 미스터 호가 안됐다면서 방을 업그레이드 해줬어. 그래도 당신 없이 지내야 한다니 싫다. 어쨌든 기자들이 너무 괴롭히지 않길 빌게. 서류 작업도 잘 끝내고. 너무 열심히 일하지 마. 시간 날 때 전화해. 방은 107호야. 전화 안 오면 이따 또 걸게. 사랑해. 안녕.”

전화를 끊고 재니스의 휴대전화로 전화를 건다. 토요일 아침이니 식사 후 밀리와 승마 연습을 하러 가고 있을 것이다. 재니스가 바로 받지 않아 심장이 두근거린다. 잭이 정말 밀리를 어떻게 한 게 아닐까? 하지만 재니스는 전화를 받는다. 나는 에스터와 아이들이 내일 갈 거라는 말을 해준다. 그러고 나서 밀리와 통화한다. 일단은 밀리가 무사하다는 것만으로도 기분이 좋아진다.

나는 욕실로 들어간다. 샤워 부스는 구석에 불투명한 칸막이로 가려져 있다. 샤워를 하고 나오다가 그 뒤에 숨어 있는 잭을 발견할 가능성도 있다. 욕실 문을 열어놓고 침실 문도 열어놓으면 응접실과 현관문까지 내다보인다. 욕실 문과 침실 문을 둘 다 열어놓은 채 욕조에 물을 받는다. 옷을 벗고 조심스레 뜨거운 물속으로 들어간다. 뜨거운 물이 어깨까지 차오르자 어제 오후 세 시에 잭이 집 안으로 들어오는 소리를 듣는 순간 나를 집어삼켰던 긴장이 녹아내리며 나는 통곡을 터뜨린다.

겨우 정신을 차리고 보니 물이 차가워졌다. 나는 벌벌 떨며 일어나 호텔의 가운으로 몸을 감싸고 침실로 나간다. 너무 배가 고파 룸서비스 메뉴를 본다. 아무 일 없는 척하려면 자주 방을 나서야 한다는 것을 알지만 아직은 그럴 기운이 없다. 룸서비스로 클럽샌드위치를 주문하고도 막상 샌드위치가 도착하자 무섭다는 생각에 문을 열 수가 없다. 문에 체인도 걸어두었건만. 그래서 쟁반을 문 밖에 놔달라고 요청한다. 그렇게 한다고 누가 복도에 숨어 있다가 내가 문을 열자마자 덮칠 가능성이 사라지는 것은 아니다. 겨우 용기를 그러모아 문을 열고 쟁반을 들여오니 축하의 와인도 한 병 시킬걸 하는 후회가 밀려온다. 하지만 축하하는 모든 것이 끝난 후에 해도 늦지 않다. 내 계산이 맞다면 지금으로부터 약 5일 후가 될 것이다. 정말 그럴지는 아직 알 수 없지만, 적어도 지금으로선 그렇다.

다 먹고 나서 짐을 풀고 시계를 보니 겨우 다섯 시 삼십 분이다. 호텔 도착 첫날부터 혼자 내려가 저녁을 먹으리라 생각하는 사람은 없을 테니 계속 방에 있어도 될 것 같다. 갑자기 피로가 몰려와 침대에 눕지만 잠이 올 것 같지 않다. 하지만 눈을 떠보니 방은 어둠에 잠겨 있다. 깜짝 놀라 벌떡 일어난다. 온 방을 돌아다니며 불을 전부 켠다. 다시 잠이 들 순 없을 것 같다. 눈을 뜨는 순간 잭이 내려다보고 있을 것 같다. 내 생각 하나만을 벗 삼아 밤을 지새우기로 한다.

아침이 오자 나는 옷을 입고 잭에게 전화를 한다.

"안녕, 여보. 영국은 새벽 두 시니까 통화가 안 될 것 같긴 했어. 하지만 일어나면 들으라고 메시지 남기는 거야. 어제 자기 전에 전화하려고 했는데, 여섯 시에 눕자마자 잠이 들어서 10분 전에 일어났어. 정말 피곤했나 봐. 이제 내려가서 아침 먹으려고. 하지만 하루 종일 뭘 해야 할지 모르겠어. 산책을 나갈 수도 있지만 그냥 수영장에서 보낼 것 같아. 일어나면 전화 줄래? 내가 방에 없어도 안내 데스크에 메모 남겨줘. 정말 이렇게 멀리 떨어져 있다니……. 어쨌든 사랑하고 보고 싶어. 전화 꼭 해줘."

아침을 먹으러 간다. 미스터 호가 또 근무 중이다. 나에게 인사를 하며 테라스에 앉겠냐고 묻는다. 로비를 지나며 나는 언제나 잭이 식당으로 가는 길에 내 팔을 꽉 잡고 위협의 말을 속삭이던 기억을 떠올린다.

테라스로 나가 과일과 팬케이크를 잔뜩 가져와 구석 자리로 가
는데 나처럼 당한 사람이 또 있을까 궁금해진다. 앞으로도 아무한
테도 얘기하지 못할 테니, 내가 괴물과 결혼했다는 게 세상에 영원
히 비밀로 묻힌다는 게 기이하게 느껴진다. 물론 내 계획대로 모든
것이 잘 진행된 경우에 말이다.

시간을 때워야 하는 처지니 음식을 천천히 먹는다. 그러다 여
기서 목을 빼고 보면 내가 그토록 오랫동안 외로운 시간을 보냈던
6층 방의 발코니가 보인다는 것을 깨닫는다. 식당에서 한 시간 이
상 앉아 있자니 책이라도 가져올걸 그랬다는 생각이 든다. 혼자 멍
하니 앉아 있으면 이상해 보일지 모른다. 서둘러 떠나는 경우가 아
니라면 대개 휴가지에서 읽을 책을 챙길 것이다. 잭이랑 연출 사진
을 찍으러 나갔을 때 중고 서점을 본 기억이 난다. 호텔을 나와 어
렵지 않게 그 서점을 찾았다. 이런 곳을 너무 좋아하지만 너무 오래
머무르면 눈에 띌 것 같아서 책을 두어 권 사가지고 호텔로 돌아온
다. 한때는 그토록 공포스러웠던 이곳이 이 정도로 안전하게 느껴
지는 게 경이롭다.

방에서 비키니로 갈아입고 책과 수건을 들고 수영장으로 간다.
수영을 하고 나오는데 남자 몇 명이 날 쳐다보는 것 같다. 말을 걸면
해줄 말을 준비한다. 남편이 이틀 후면 온다고. 세 시까지 책을 읽고
수영을 하며 시간을 천천히 보낸다. 그러고 나서 방으로 올라가 잭
의 휴대전화에 실망이 담긴 메시지를 남긴다.

"잭, 나야. 전화해줄 줄 알았는데. 아직 자는 거야? 그동안 하루

24시간씩 일하며 무리한 걸 생각하면 잘된 일이지만. 나는 내내 수영장에 있었어. 이젠 산책하러 가려고. 돌아와서 전화할게. 사랑해.”

방에서 한 시간 정도 있다 로비로 내려가 미스터 호에게 손을 흔들어준다. 아무래도 24시간 내내 일하는 것 같다. 주변을 돌아다니다가 시장을 발견하고 재니스와 밀리에게 줄 실크 스카프를 산다. 엽서도 사고 바에 들어가 무알콜 칵테일을 주문한 다음 책을 읽고 엽서를 쓰고 내일은 또 뭘 하며 시간을 보내나 잠시 걱정한다.

다시 호텔로 돌아왔더니 미스터 호가 득달같이 달려와 잘 지내고 있냐고 걱정해준다. 잭이 없으니 어찌해야 할지 모르겠다고 털어놓으며, 다음 날 일일 관광을 예약해줄 수 있는지 묻는다. 그는 호텔의 다른 손님들도 몇 명 참여하는 고대 사원 1박 여행이 있다며 가겠냐고 묻는다. 바로 이거라는 생각이 들지만 너무 좋아하는 티를 내지 않도록 조심하며, 흠, 글쎄요, 하다가 언제 돌아오느냐고 묻고 나서, 잭이 수요일 아침에 오기로 되어 있다고 말한다. 미스터 호는 화요일 저녁에 돌아온다고 장담한다. 나는 좀 더 망설이다가 설득당한 척한다. 그리고 내일 아주 일찍 일어나야 할 테니 저녁은 방에서 먹어야겠다고 말한다. 나는 방으로 올라가 다시 잭에게 전화를 건다.

“안녕, 여보, 아직도 연락이 안 되네. 에스터네에 점심 먹으러 갔나? 에스터가 초대할 거라고 얘기했거든. 당신이 바쁘긴 하겠지만 휴식도 필요할 거라고 말해줬어. 그나저나 난 사원으로 1박 관광을 가기로 했어. 내일 아침 일찍 떠나. 미스터 호가 권해줬어. 적어도 당신 올 때까지 시간을 보낼 수 있을 테니까. 화요일 저녁까지, 그러니까 영국 시간으로는 화요일 오후까지 통화를 못하게 되는 게 아닌가 싶어서 좀 속상하긴 해. 영국에 돌아가면 휴대전화를 사야겠어. 어쨌든 호텔에 돌아오자마자 전화할게. 당신이 공항으로 떠나기 전에 통화할 수 있을지도 모르니까. 내가 공항으로 마중을 나갈까 생각 중이야. 당신은 그러지 말라고 했지만 나흘이나 나랑 떨어져 있으면 생각이 바뀔지도 모르지! 보고 싶어 죽겠어. 정말이지 다시는 일이 많아도 당신 혼자 놓아두고 여행 오지 않을 거야. 이제 가서 짐이나 챙겨야겠다. 내가 너무너무 사랑하는 거 알지? 화요일에 전화하자. 일 너무 열심히 하지 마!"

다음 날 아침 여행을 가서 나는 어느 사랑스러운 중년 부부에게 들러붙는다. 남편이 나중에 오기로 해서 기다리는 중이라고 하니 그들은 기꺼이 끼워준다. 잭이 매 맞는 아내들을 위해 일한다고 자랑스레 떠드는데, 정말 그런 것 같은 기분마저 든다. 중년 부부가 이것저것 물어보며 추측하다가 결국 신문 기사를 기억해내서, 나도 잭 에인절이 내 남편이라고 인정할 수밖에 없다. 다행히도 예의 바른 사람들이라 토머신 재판 얘기를 캐묻지는 않는다. 대신 나는 밀리 이야기를 들려준다. 곧 우리 부부와 같이 살 예정이라고, 그렇게 허락해준 남편이 얼마나 고마운지 모른다고. 그리고 밀리의 노란 방에 대해서도, 얼마 전 열어주었던 열여덟 번째 생일 파티에 대해서도 들려준다. 화요일 저녁, 호텔로 돌아올 즈음에 예상대로 우리는 굳건한 친구가 된다. 그리고 각자의 방으로 흩어지기 전에 잭이 도착하면 같이 식사하자는 친절한 초대를 받는다.

방으로 돌아오니 거의 열한 시다. 영국은 다섯 시니까 잭이 이미 공항으로 떠났을 가능성이 크다. 그래서 나는 전화를 걸고, 곧장 음성 사서함에 메시지를 남긴다. 이번에는 확실하게 걱정하는 티를 낸다.

"잭, 나야. 방금 사원 여행에서 돌아왔어. 생각보다 늦었지? 하지만 왜 전화를 아직도 안 받는지 모르겠어. 아직도 일하고 있는 건 아니지? 이제 공항으로 가야 할 시간이잖아. 메시지 듣는 대로 바로 전화해줄래? 오늘 출발할 건지라도 알려줘야지. 연락이 잘 안 될 거라고 하긴 했지만 적어도 출발 전에 한 번은 통화할 수 있을 줄 알았어! 나한테 메시지라도 남겨줄 거라고 생각했다고. 바가지 긁으려는 건 아니지만 이젠 좀 걱정되기 시작해. 혹시 안 올 예정이거나 나랑 얘기하기 싫은 거 아니지? 메시지 확인하는 대로 전화해줘. 내가 잘까 봐 걱정하진 말고. 나 안 잘 거야!"

나는 30분쯤 있다가 다시 전화를 걸었고, 음성 메시지로 넘어가자 또 메시지를 남겼다. "나야, 전화해" 하고는 그냥 한숨만 쉬고 끊었다. 나는 핸드백에서 잭의 명함을 꺼내 사무실로 전화를 걸었다. 비서가 받자 내 이름은 말하지 않고 애덤을 바꿔달라고 요청했다.

"애덤, 안녕하세요? 그레이스예요."

"그레이스! 태국에서 잘 지내고 있어요?"

"잘 지내요. 태국도 정말 좋고요. 아직 사무실에 있을 것 같아서 전화했는데, 방해한 건 아니죠?"

"아뇨, 괜찮아요. 의뢰인과 회의가 있었지만 다행히 막 끝났어요. 별로 맡고 싶지 않은 사건이었거든요. 마누라가 몽땅 벗겨먹기로 작정한 남자라 안쓰럽긴 하지만 감정에 따라 일을 맡을 순 없죠."

애덤이 웃으며 상황을 설명했다.

"그럼요, 그래야죠." 나도 맞장구를 쳐주었다. "어쨌든 저도 오래 귀찮게는 안 할게요. 그저 주말에 잭을 봤나 싶어서요. 아니면 통화라도 하거나. 이상하게 잭하고 통화가 안 돼서 걱정되기 시작했어요. 기자들 때문에 전화를 안 받을 수도 있다고는 했지만, 전화는 해줄 줄 알았거든요. 혹시 애덤한테는 전화 안 했어요?"

잠시 침묵이 흘렀다. "잭이 아직 영국에 있다고요?"

"네, 오늘까지요. 하지만 오늘 저녁 비행기를 타기로 했어요. 어쩌면 하루 정도 늦어질 수 있다고 했는데, 정말 그럴 거라곤 생각하지 않았거든요. 문제는 통화가 안 된다는 거예요."

"그레이스, 나는 그런 줄 몰랐네요. 당신과 태국에 있는 줄 알았어요. 금요일 저녁에 떠난 줄 알았는데요. 판결 후에요."

"아뇨, 나보고 먼저 가라고 했어요. 서류 처리를 마무리하고 가겠다고요. 태국에서 돌아와서 하고 싶지 않다고요."

"뭐, 그건 이해가 가네요. 휴가에서 돌아와서 뒤처리를 잔뜩 해야 하는 건 정말 싫거든요. 더구나 재판에 진 후라면 더욱 힘들죠. 잭도 지금 기분이 안 좋긴 할 거예요."

"그렇긴 하죠. 실은 그렇게 우울해하는 건 처음 봤어요. 그래서 같이 있고 싶었는데, 혼자 있고 싶다고 하더군요. 내가 곁에 있으면 극복하는 데 시간이 더 걸릴 거고 휴가도 망칠 거라고요. 그래서 먼저 왔죠."

"우리끼리 하는 얘기지만, 애초에 잭이 왜 그 사건을 맡았는지 모르겠어요."

"감정에 따라 일을 맡았는지도 모르겠네요." 내가 넘겨짚어 보았다. "근데요, 애덤, 오늘 잭을 공항에 데려다주겠다고 제안하지 않았어요? 그랬으면 잭이 오늘 비행기를 타기로 한 걸 몰랐을 리가 없는데요."

"내가요?"

"그래요, 지난 금요일에 잭이 그랬어요. 그레이스가 먼저 태국으로 떠날 거라고 했더니 애덤이 그럼 화요일에 공항에 태워다줄까 물었다고요."

"미안하지만, 그레이스, 나는 금요일 아침 이후로 잭이랑 얘기한 적이 없어요. 물론 음성 사서함에 위로의 메시지를 남기긴 했지만요. 그나저나 태국 간 이후로 잭이랑 통화를 한 번도 못했다고요?"

"네. 처음엔 연락이 잘 안 될 거라고 해서 별로 걱정하지 않았어요. 어제부터 오늘까지 1박으로 여행을 다녀오기도 했고요. 하지만 돌아오면 메시지라도 남겨놓을 줄 알았는데, 아무 연락이 없는 거예요. 어쩌면 이미 공항으로 출발했는데 길이 막히고 있을 수도 있죠. 잭이 운전할 때는 전화를 안 받는 걸 알지만, 계속 음성 메시지를 남기는데 아무 답이 없으니 정말 답답하네요."

"어쩌면 금요일에 전화기를 꺼놓고 다시 켜놓는 걸 잊어버렸을 수도 있지요."

"그러네요. 저, 애덤, 더 이상 시간 빼앗기 미안해요. 별일 없을 텐데."

"다른 사람들에게 전화해서 잭과 통화한 적이 있는지 알아볼까요? 그러면 좀 마음이 놓이겠죠?"

나는 반색하며 대답했다. "네, 그래주면 너무 감사하죠. 에스터에게 전화해보면 어떨까요? 공항에 올 때 에스터가 절 태워다주면서 주말 식사에 잭을 초대하겠다고 했거든요."

"그러죠."

"고마워요, 애덤, 다이앤과 아이들은 어때요?"

"잘 지내요. 전화 좀 해보고 다시 전화 드리죠. 거기 전화번호 알려줄래요?"

침대 옆 탁자에 있는 메모지에서 전화번호를 불러주고 침대에 앉아 기다렸다. 책을 읽으려 했지만 집중하기가 어려웠다. 30분쯤 지났을까. 애덤이 다시 전화를 걸어서, 잭과 통화했다는 사람이 없다고 알려주었다. 사무실에서도 다들 금요일에 재판 나가기 전에만 봤다고 했다.

"나도 전화를 걸어봤지만 계속 음성 사서함으로 넘어가네요. 에스터도 그랬대요. 하지만 그럴 수도 있죠. 그냥 잊어버리고 전화기를 안 켰을 거예요."

"그랬을 것 같진 않아요. 더구나 나랑 전화해야 하는데. 게다가 왜 애덤이 태워다준다고 했다고 거짓말을 했을까요?"

"어쩌면 나한테 부탁하려다가 마음을 바꿨을 수도 있죠. 저기, 그레이스, 걱정 말아요. 아무 일 없을 거예요. 분명 오늘 비행기 탔겠죠."

"혹시 영국 항공에 전화하면 잭이 탔는지 알려줄까요?"

"아뇨, 안 알려주죠. 응급 상황이 아닌 한 승객 정보는 비밀이거든요."

"그럼 내일 아침까지 그냥 기다려야겠네요." 나는 한숨을 쉰다.

"뭐, 만나면 걱정시켰다고 한마디 해요. 그리고 나한테도 도착했다고 문자 좀 보내라고 하고요."

"그럼 애덤, 나한테 휴대전화 번호 좀 알려줄래요?"

나는 애덤의 번호를 받아 적은 후 잠자리에 들었지만 좀처럼 잠에 들지 못한다. 다음 날 아침 일찍 예쁘게 차려입고 아름답게 화장한 후에 로비로 내려간다. 또다시 미스터 호가 안내 데스크에 서 있다. 내가 잭을 마중하러 내려왔다는 것을 알고 너무 오래 기다리지 않겠냐고 걱정해준다. 입국 절차도 있고 여기까지 오는 시간도 있으니까. 먼저 아침 식사를 하라고 권하지만, 나는 잭을 기다렸다가 먹겠다고 한다. 도착하면 그도 배가 고플 테니까.

나는 현관문에서 가까운 곳에 자리를 잡고 기다린다. 초조하게 시계를 들여다본다. 뭔가 잘못된 게 분명해지자 나는 미스터 호에게 가서 런던발 비행기가 제시간에 도착했는지 알아봐줄 수 있는지 묻는다. 그가 컴퓨터를 확인하더니, 비행기가 연착되어 이제야 착륙했다고 한다. 운이 좋다. 또 몇 시간을 불안해 못 견디는 척 연기하지 않아도 되게 생겼다. 안도하는 표정을 지으니 미스터 호가 미소를 짓는다. 다시 앉아 기다리기 시작하는 내게 미스터 호는 친절하게도 차를 한 잔 갖다준다.

그로부터 다시 두 시간이 지났는데, 잭은 여전히 도착하지 않는다. 다시 또 걱정을 해야 할 시간이다. 나는 안내 데스크의 전화를 써도 되냐고 묻고 잭에게 전화를 건다. 잭이 수요일 저녁 비행기를 타야 할 수도 있다고 하긴 했지만, 그랬다면 전화를 먼저 했을 텐데 그러지 않아 걱정이 된다고, 미스터 호에게 말해둔다. 또다시 음성 사서함으로 넘어가자, 나는 실망과 좌절로 울먹이며 떨리는 목소리를 낸다.

"잭, 어디야? 비행기가 연착된 건 알았지만, 그래도 지금은 도착했어야 할 시간인데. 내일 오는 거야? 그러면 전화라도 해줘야지. 나흘 동안 아무 소식도 듣지 못한 내가 얼마나 걱정할지 모르는 거야? 전화 받기가 싫어도, 나한테 전화해줄 수는 있잖아. 내 메시지는 다 받았지? 제발 전화 좀 해줘, 잭. 나 혼자 와서 이러고 있는데, 거기선 무슨 일이 있는지도 모르겠고. 여기서 잘 대접받고 있긴 하지만." 미스터 호가 듣는 것을 깨닫고 서둘러 덧붙인다. "하지만 당신이 안 오면 무슨 의미가 있어. 제발 무슨 일인지 전화 좀 해줘. 지금 로비인데, 이제 방으로 올라갈 거야. 안내 데스크의 미스터 호에게 메시지 좀 남겨주든가. 사랑해."

전화를 끊자 미스터 호가 딱한 표정을 짓는다. 미스터 호는 나에게 아침 식사를 하러 가라고 권한다. 내가 배가 고프지 않다고 해도, 그는 잭이 전화하면 불러주겠다면서 재차 아침 식사를 권한다. 나는 못 이기는 척 식당으로 간다.

테라스 쪽으로 가다가, 어제 여행에서 만난 마거릿, 리처드 부부와 마주친다. 나는 눈물을 그렁거리며 잭이 안 왔다고 하소연한다. 그들은 걱정하지 말라며, 늦을 수도 있다고 하지 않았냐며, 자기들이랑 같이 하루를 보내자고 고집한다. 나는 잭이 전화하거나 갑자기 올 수도 있으니 그냥 호텔에 있어야겠다고, 하지만 만일 잭이 안 오면 오후에는 같이 다니겠다고 한다.

나는 방으로 올라가 애덤에게 전화를 한다. 다행히 그가 전화를 받지 않아, 그냥 잭이 오지 않았다는 메시지만 남긴다. 오후에는 마거릿과 리처드를 만나서, 잭에게 여러 번 전화를 했는데 여전히 소식이 없다고 괴로운 표정을 짓는다. 그럼에도 아주 친절한 그들 덕분에 나름 즐거운 시간을 보낸다. 그러는 와중에도 틈틈이 잭에게 전화를 건다.

저녁에 나의 새로운 친구들이 나 혼자 시무룩하게 있도록 둘 수 없다고 고집을 부려서 우리는 저녁도 함께 먹는다. 그들은 쾌활하게 내일 잭과 만날 일이 기대된다고 말한다. 자정쯤에야 겨우 방으로 돌아왔는데 애덤이 메시지를 남겼다. 전화를 못 받아서 미안하다며, 잭이 있는지 집에 가봐도 되는지 묻는다. 나는 애덤에게 전화를 걸어 괜찮으면 그렇게 해달라고 부탁한다. 그러다가 잭이 그날 비행기를 탈 예정이면 벌써 공항으로 떠났을 거라는 결론을 내린다. 그래서 애덤에게 안 그래도 되겠다고, 잭이 내일 도착하면 연락해주겠다고 말한다. 그리고 우리 모두를 걱정시켰으니 단단히 혼내줘야겠다는 농담을 한다.

다음 날 아침, 마거릿과 리처드가 잭을 기다리는 나와 같이 있어준다. 그리고 그들은 잭이 또 나타나지 않아 괴로워하는 내 모습을 지켜본다. 마거릿의 제안에 따라 나는 영국 항공에 연락해 잭이 비행기를 탔는지 알아보려 하지만 그들은 알려줄 수 없다며 거절한다. 그래서 영국 대사관에 전화해 사정을 설명한다. 잭의 이름이 알려졌기 때문인지 한번 알아보겠다고 말한다. 얼마 후 대사관에서 전화가 왔는데 잭이 비행기에 타지 않았다고 알려준다. 나는 울음을 터뜨린다. 겨우 정신을 수습하고 집에도 없는 것 같다고 말하지만, 대사관에서는 딱하다는 투로 더 이상 해줄 수 있는 일이 없다고 말한다. 그리고 영국에 있는 친구나 친척에게 부탁해 찾아보라고 조언한다. 나는 감사 인사를 하고 전화를 끊는다.

마거릿이 옆에서 지켜보는 가운데 나는 애덤에게 떨리는 목소리로 전화한다. 그는 즉시 우리 집에 가보겠다고 하고 30분 후 다시 전화해 지금 대문 앞인데 문이 닫혀 있고 초인종을 눌러도 아무도 대답하지 않는다고 말한다. 그래서 나는 잭이 공항 가는 길에 사고가 난 게 아닐까 걱정이 든다. 애덤은 그렇지 않을 거라고 하면서도 다른 사람들에게도 연락해 조금 더 알아보겠다고 말한다.

애덤이 다시 연락해주기를 기다리는데 다이앤에게서 전화가 온다. 다이앤은 애덤이 노력하고 있다고 나를 안심시키려 애를 쓴다. 내가 전화를 끊자 마거릿이 조심스레 이것저것 묻는데, 잭에게 혹시 다른 사람이 있는지 궁금해하는 것 같다. 누구랑 도망간 게 아닌지 말이다. 나는 기겁하며 그런 생각은 한 번도 못 해봤다고, 잭은 그런 의심을 할 만한 행동을 한 적이 없다고, 하지만 그럴 가능성도 생각은 해봐야겠다고 말한다.

그때 전화가 다시 울린다.

"그레이스?"

"애덤……." 나는 마치 그가 하려는 말을 듣기가 겁나는 것처럼 머뭇머뭇 묻는다. "혹시 무슨 말 들었어요?"

"내가 전화한 병원 어디에도 잭이 없었어요."

"그랬군요." 나는 안도의 한숨을 쉰다.

"그런데 아무리 전화를 돌려봐도, 지난 며칠 동안 잭이랑 연락했다는 사람이 없네요. 그러니 결국 상황은 원점으로 돌아온 것 같아요."

나는 마거릿을 쳐다본다. 마거릿은 격려하듯 고개를 끄덕인다. 나는 목소리를 좀 고른 후 말한다. "애덤, 물어볼 것이 있어요."

"그래요."

"혹시 잭에게 누구 다른 사람이 생겼을 가능성이 있을까요? 사무실 동료라든지."

"누가 생겨요? 잭이?" 애덤이 놀란다. "아뇨, 물론 아니죠. 잭은 그런 짓을 할 사람이 아녜요. 당신을 만나기 전에도 거들떠보는 여자가 거의 없었고 당신을 만난 이후로는 더 그랬죠. 알잖아요, 그레이스."

그 소리를 들은 마거릿이 내 손을 꼭 쥔다.

"그래요." 나는 고개를 숙인다. "그냥 갑자기 연락도 안 되고 사라져버린 게 너무 이상해서요."

"혹시 달리 생각나는 친구들은 없나요? 내가 모르는?"

"글쎄요……. 아, 모이라와 자일스가 있네요. 밀리의 파티 때 왔던, 하지만 전화번호가 없어요."

"내가 알아볼게요. 성이 뭐죠?"

"킬번호즈일 거예요."

"내가 전화해보고 연락할게요."

애덤이 30분 후 전화해서 그들 역시 잭이랑 통화하거나 만난 적이 없다고 말한다. 나는 미칠 지경이 된다. 다들 어찌할 바를 몰라

한다. 하지만 마거릿, 리처드, 애덤, 다이앤 모두 실종 신고를 하기에는 너무 이르다며 오늘은 그냥 자고 내일 아침 잭이 오는지 보는 수밖에 없겠다고 한다.

다음 날도 잭은 나타나지 않는다. 나는 모든 것을 미스터 호, 마거릿과 리처드, 애덤에게 맡기고 멍하니 시간을 보낸다. 집으로 돌아가고 싶다는 내게 다들 잭이 나타날지도 모르니 하루만 더 기다려보라고 말한다. 그래서 나는 그렇게 한다. 그날 오후, 영국 시간으로 오전 여덟 시에 애덤이 전화해 자기가 경찰에 연락했으며 내가 허락하면 기꺼이 집으로 들어가 잭이 어디로 갔는지 알아보겠다고 한다.

경찰에게서 전화가 걸려온다. 경찰은 나에게 잭을 마지막으로 본 게 언제인지 묻는다. 나는 공항으로 가기 전 에스터가 나를 데리러 왔을 때 서재에서 손을 흔드는 모습을 보았다고 말한다. 퇴근 후 집에 와서 위스키를 많이 마셨기 때문에 나를 공항에 데려다줄 수는 없었다고 설명한다. 그리고 토머신 재판 때문에 나 혼자 태국으로 먼저 가야 할 수도 있다고 얼마 전부터 잭이 언질을 주긴 했지만, 나 혼자 떠나고 싶지는 않았다고 덧붙인다. 경찰은 최대한 빨리 다시 연락을 주겠다고 말하고 끊는다. 나는 방에서 마거릿과 나란히 앉아 손을 잡고 기다린다. 내가 기다리는 소식을 들으려면 시간이 오래 걸릴 것임을 알기에, 마거릿에게 침대에 누워서 기다리고 싶다고 말한다.

까무룩 잠이 들었다가 깨어나니 태국에 온 이후 내내 기다리던 순간이 마침내 찾아오고 있다. 그것은 호텔 방문을 두드리는 노크 소리로 시작된다. 내가 움직이지 않자, 마거릿이 나간다. 남자의 목소리가 들리고 마거릿이 침대로 와 내 어깨에 손을 얹고 나를 약간 흔들어 깨운다. 누가 찾아왔다고 말한다. 내가 일어나자 마거릿이 조용히 방을 나간다. 그녀를 부르고 싶다. 나 혼자 두고 가지 말라고. 하지만 남자가 벌써 나에게 오고 있으니 너무 늦었다. 심장이 마구 뛰고 호흡이 가빠진다. 나는 감히 남자를 쳐다보지도 못한다. 겨우 바닥과 그의 구두에 시선을 고정할 뿐이다. 예상처럼 윤을 낸 좋은 가죽 구두다. 남자가 내 이름을 부르고 나는 고개를 든다. 그는 기후에도, 격식에도 맞는, 가벼운 직물로 된 짙은 색 정장을 입고 있다. 호감 가는 얼굴이지만 표정은 당연히 진중하다.

"에인절 부인?" 남자가 다시 말한다.

"네?" 나는 떨리는 목소리로 대답한다.

"저는 앨러스테어 스트래천입니다. 영국 대사관에서 나왔습니다." 그가 돌아본다. 그의 뒤에는 젊은 여성이 서 있다. "이쪽은 비비언 대시무어입니다. 저희와 잠깐 얘기 좀 나누실까요?"

나는 벌떡 일어난다. "잭 때문이죠? 찾았나요?"

"네, 영국에서 경찰이 찾았습니다."

나는 안도의 표정을 짓는다. "아, 다행이에요! 어디 있어요? 왜 연락이 안 됐죠? 이리로 오는 중인가요?"

"와서 좀 앉으실까요?" 젊은 여자가 말한다.

"네, 그럴게요." 나는 그들을 따라 응접실로 간다. 소파에 앉아 묻는다. "잭은 어디 있어요? 이리로 오는 중이죠?"

스트래천이 목청을 가다듬는다. "정말 유감입니다, 에인절 부인.

에인절 씨는 사망하셨습니다."

나는 눈을 휘둥그레 뜨고 그를 응시한다. 얼굴을 일그러뜨리며 더듬거린다. "이해가 안 가네요."

스트래천이 안절부절못한다. "유감이지만 남편 분은 사망한 채 발견되었습니다, 에인절 부인."

나는 격렬하게 고개를 젓는다. "그럴 리 없어요. 이리 오기로 했다고요. 그러겠다고 했어요. 잭은 어디 있죠? 어디 있는지 알아야겠어요. 왜 안 온 거죠?" 나는 부들부들 떨며 외친다.

"에인절 부인, 굉장히 힘든 거 압니다만, 몇 가지 질문을 드려야겠습니다." 젊은 여자가 말한다. "누굴 좀 데려올까요? 친구 분이나……."

"네, 네. 마거릿 좀 불러주겠어요?" 나는 고개를 끄덕인다.

스트래천이 나간다. 뭐라고 하는 소리가 들리더니 마거릿이 들어온다. 마거릿의 충격 받은 표정을 보자 내 몸이 미친 듯이 떨리기 시작한다. "잭이 죽었대요. 하지만 그럴 리 없어요. 그럴 리가."

"진정해." 마거릿이 중얼거리며 내 옆에 앉아 팔을 두른다. "진정해."

"차를 좀 가져오는 게 좋겠군요." 젊은 여자가 일어선다. 전화로 안내 데스크에 얘기한다.

"자동차 사고가 난 건가요?" 내가 마거릿에게 얼빠진 듯 묻는다. "그런 거예요? 공항으로 오다가 그런 거예요? 그래서 못 온 거예요?"

"나도 몰라." 마거릿이 조용히 말한다.

"그런 걸 거예요." 나는 고개를 끄덕거린다. "비행기 시간이 늦어서 너무 빨리 달리다가 사고가 난 걸 거예요. 그런 거죠?"

마거릿이 스트래천을 흘긋 본다. "나도 모르겠어."

내가 이를 딱딱 부딪기 시작한다. "추워요."

할 일이 생겨 안도한 마거릿이 벌떡 일어난다. "스웨터 줄까? 옷장에 있나?"

"응, 그럴 거예요. 스웨터 말고 카디건이 좋겠어요. 아니다, 욕실 가운, 가운 좀 줄래요?"

"알았어." 마거릿이 욕실에서 가운을 찾아내서 내 어깨에 둘러준다.

"고마워요."

"좀 괜찮아?"

"응, 하지만 잭은 안 죽었어요. 뭔가 오해가 있었을 거예요."

때마침 들려온 노크 소리에 마거릿은 내 말에 대꾸하기를 피한다. 젊은 여자가 문을 열자 미스터 호가 들어온다. 그 뒤로 여자 직원이 수레를 끌고 따라온다.

"더 도와드릴 일이 있으면 알려주십시오." 미스터 호가 나를 살펴보고서 조용히 방을 나간다. 나는 계속 고개를 숙이고 있다.

여자 직원이 분주히 차를 따르며 설탕을 넣겠냐고 묻는다.

"아뇨, 괜찮아요." 내 앞에 놓인 잔을 집어 들지만 너무 떨려 차를 손에 쏟고 만다. 화들짝 놀라 잔을 놓쳐버린다. "미안해요." 눈물이 흐른다. "미안합니다."

"괜찮아." 마거릿이 서둘러 냅킨으로 손을 닦아준다.

정신을 가다듬으려 노력한다. "미안해요, 이름이 뭐라고 했죠?"

내가 스트래천에게 묻는다.

"앨러스테어 스트래천입니다."

"스트래천 씨, 남편이 죽었다고 하셨죠?"

"네, 유감입니다."

"그렇다면 어떻게 죽었는지 알려줄 수 있나요? 순식간에 일어난 일이었나요? 누구 또 다친 사람이 있나요? 어디서 그랬나요? 난 알아야겠어요. 어떻게 그랬는지요."

"자동차 사고가 아니었습니다."

"아니라고요? 그럼 어떻게……."

스트래천은 불편한 표정을 지었다. "어떻게 말씀드려야 할지 모르겠네요. 하지만 아무래도 남편 분은 스스로 목숨을 끊은 듯합니다."

나는 끝내 울음을 터뜨린다.

과거

살인을 피할 수 없을 거라는 사실을 깨닫고, 나는 밤새도록 세부 계획을 궁리했다. 기회의 순간에 잭이 정확히 내가 의도한 곳에 서 있도록 만들 방법을 짜내야 했다. 잭이 토머신 재판에서 질 경우를 가정해 계획을 짜면서도 모든 가능성들을 대비하려 했다. 승소할 경우에는 어떻게 할지도 아주 신중히 생각해봤는데, 그래도 약을 먹이기로 했다. 그리고 의식을 잃은 동안 경찰에 전화하기로 했다. 지하에 있는 방을 보여주고 나를 가두었던 방을 보여준다면 경찰이 내 말을 믿어줄지도 모른다. 만일 공항으로 출발하기 전에 약을 먹이지 못한다면 비행기 안에서 어떻게든 먹이고 태국에 도착한 후 도움을 청하기로 했다. 둘 다 썩 좋은 방법은 아니었지만, 별수 없었다. 잭이 패소하지 않을 수도 있었고, 패소하더라도 위스키를 안 가지고 올라올 수도 있었다.

다음 날은 바로 운명의 날이었다. 나는 오전 내내 남은 알약을 최대한 고운 가루로 부수었다. 그리고 휴지에 넣고 꼬아서 소매 안에 숨겼다. 오후에 드디어 검은 대문이 열리고 자갈 튀기는 소리가 들리자 심장이 방망이질 치기 시작했다. 너무 심하게 뛰어 들키는 게 아닌가 걱정이 될 정도였다. 드디어 때가 왔다. 잭이 이겼든 졌든 나는 행동에 돌입해야 했다.

잭이 현관으로 들어와서 셔터를 작동시켰다. 주방으로 가는 소리가 들렸다. 그리고 익숙한 냉장고 문 여닫는 소리, 얼음 꺼내는 소리와 찬장 문 여닫는 소리, 유리잔 하나에 얼음이 떨어지는 소리가 들렸다. 나는 숨을 죽였다. 두 번째 잔에도 얼음이 떨어지는 소리가 들렸다. 계단을 올라오는 발소리가 무거워서 모든 것을 짐작할 수 있었다. 나는 왼쪽 눈을 마구 비비기 시작했다. 잭이 방문을 따고 들어왔을 무렵, 새빨개지도록 비빈 눈이 마구 쓰렸다.

"그래서 어떻게 됐어?" 내가 물었다.

잭이 잔을 내밀었다. "졌어."

"졌다고?" 내가 잔을 받으며 물었다.

잭은 대답도 없이 위스키를 마셨다. 약을 탈 새도 없이 다 마셔 버리는 게 아닐까 두려웠다.

나는 침대에서 내려와 눈을 마구 깜빡거리며 말했다. "눈에 뭐가 들어갔어. 한번 봐줄래?"

"뭐?"

"내 눈 좀 봐줘. 날벌레 같은 게 들어간 것 같아."

잭이 반쯤 감은 내 눈을 들여다봤다.

나는 가루가 든 휴지를 소매에서 꺼내 손에 들었다. "그래서 어떻게 됐어?" 손바닥 안의 휴지를 펴려 애를 쓰며 물었다.

"디나 앤더슨이 나를 완전히 엿 먹였지." 잭이 쓸쓸하게 말했다. "눈 좀 더 떠볼래?"

나는 최대한 동작을 작게 해서 내가 들고 있던 잔 위에서 휴지를 털어 가루를 넣었다. "아파서 안 되겠어." 그렇게 말하면서 내용물을 손가락으로 휘저었다. "잘 좀 봐봐. 잔은 내가 들고 있을게."

짜증 섞인 한숨과 함께 잭이 나에게 잔을 넘기고 두 손으로 내 눈꺼풀을 벌렸다. "아무것도 안 보여."

"거울이 있으면 내가 직접 할 수 있을 텐데." 내가 투덜거렸다.

"됐어. 저절로 나오겠지."

잭이 손을 내밀자 나는 내 잔을 내밀었다. "무엇을 위해 건배하지?"

"복수." 잭이 음울하게 대꾸했다.

나는 잔을 들었다. "복수를 위해." 나는 위스키를 반쯤 털어 넣고, 잭도 그렇게 하는 것을 기쁜 마음으로 바라보았다.

"아무도 나를 이렇게 바보로 만들 수는 없어. 앤터니 토머신은 쓴맛을 보게 될 거야."

"하지만 무죄였잖아." 내가 반박했다. 약효가 날 때까지 계속 말을 시켜야 했다.

"그게 무슨 상관이야?" 잭이 다시 한 모금 마셨다.

위스키에 조그만 하얀 알갱이들이 보이는 것 같아서 순간 긴장했다.

"내 직업이 왜 최고인지 알아?"

"뭔데?"

"얻어터진 여자들 앞에 앉아 내가 그들을 팼다고 생각하는 거야." 잭이 나머지 잔을 비웠다. "그리고 사진들, 그 어여쁜 상처의 사진들을 음미할 수 있다는 게 그야말로 이 직업의 특권 가운데 하나지."

화가 치민 나는 나도 모르게 잔을 들어 남은 위스키를 잭의 얼굴에 뿌려버렸다. 잭이 지르는 분노의 고함을 맞닥뜨리며 내가 너무 빨리 행동했다는 것을 깨닫고 나니 온몸이 얼어붙는 것만 같았다.

하지만 잭이 위스키 때문에 따가운 눈을 감고 달려든 덕분에, 순간적으로 유리한 입장이 된 나는 있는 힘을 다해 그를 밀쳤고, 그는 비틀거리다 침대 위로 넘어졌다. 잭이 잠시 버둥거리는 사이 나는 재빨리 문을 쾅 닫고 아래층으로 달려 내려갔다. 나에게는 숨을 곳이 필요했다. 지금 잡혀서는 안 되었다. 위층에서 문이 부서져라 열리며 잭이 쿵쾅거리며 내려왔다. 나는 손님방으로 들어가 옷장 속에 들어갔다. 몇 분이라도 버틸 수 있지 않을까 싶었다.

이번에 나를 부르는 목소리는 전혀 노래하는 투가 아니었다. 으르렁거리며 외치는 소리가 무시무시한 내면의 폭발을 그대로 드러내고 있어 나는 옷장 속 코트 뒤에 숨어서 떨었다. 몇 분이 지났다. 잭은 응접실에서 가구를 이 잡듯 확인하고 있는 듯했다. 너무나 두려운 순간이었지만 한편으로는 매 순간이 지날 때마다 약효가 나타날 가능성이 점점 더 커지고 있는 중이라는 것도 알고 있었다.

드디어 이쪽으로 오는 발소리가 들렸다. 나는 다리에서 힘이 빠져나가는 듯했다. 손님방 문이 열리자 그대로 주저앉았다. 소름 끼치는 침묵이 이어졌다. 나는 옷장 밖에 잭이 있다는 걸 알고 있었고 그는 옷장 안에 내가 있다는 것을 알고 있었다. 하지만 내가 식은땀을 흘리고 있는 순간을 즐기는 듯했다. 내게서 풍겨 나오는 공포를 만끽하고 있는 것이다.

갑자기 옷장에도 열쇠가 있을지 모른다는 생각이 들었다. 금세라도 잭이 열쇠 구멍에 넣고 돌릴 것 같아 숨도 쉴 수 없었다. 그렇게 되면 다음 계획을 실행하는 것도, 밀리를 구하는 것도 불가능해진다. 공포에 앞이 캄캄해진 나는 문을 박차고 뛰어나가 잭의 발치에 고꾸라졌다.

잭이 내 머리칼을 잡고 나를 일으켜 세웠다. 때릴지 모른다는 생각에 정신이 아득해진 나는 살려달라고 빌기 시작했다. 지하실에 가두지 말아달라고 빌면서, 잘못했다고, 거기 가두지만 않으면 무슨 일이든 하겠다고, 마구잡이로 주절거렸다.

예상했던 대로 지하실이라는 말에 잭은 나를 끌고 복도로 나갔다. 나는 있는 힘껏 버텨서 잭이 어쩔 수 없이 나를 안아 들게 만들었다. 그런 다음에는 몸을 축 늘어뜨려서 내가 포기했다고 생각하게 만들었다. 잭이 나를 안고 밀리를 위해 그토록 공들여 준비한 지하실까지 가는 동안 나는 내가 앞으로 해야 할 일에 온 정신을 집중했다. 그래서 잭이 나를 지하로 던져 넣으려는 순간 있는 힘을 다해 잭에게 달라붙었다. 잭은 불같이 화를 내며 나를 떨쳐버리려 애를 쓰고 고래고래 욕을 했지만 발음은 이미 느려지고 있었다. 나는 계속 그에게 꼭 달라붙은 채 몸을 점점 낮췄다. 마침내 바닥까지 내려갔을 때 붙잡고 있던 잭의 무릎을 있는 힘을 다해 당겼다. 잭의 다리가 확 꺾이며 비틀거렸을 때 나는 남은 힘을 전부 모아 그를 바닥으로 넘어뜨렸다. 쾅 자빠진 충격에다 약 기운으로 몸이 무거워져서 꼼짝 못하는 귀중한 몇 초 동안 나는 정신없이 그곳을 빠져나가 문을 세게 닫았다.

계단을 달려 올라가는데 잭이 문을 마구 두드리며 당장 열라고 고함쳤다. 그 무서운 목소리에 울음이 터졌다. 일층에 도착해 지하실로 내려가는 문을 발로 차서 닫았더니 더 이상 아무 소리도 들리지 않았다. 나는 한 번에 두 칸씩 이층으로 뛰어올라가 내 방에서 뒹

굴고 있는 위스키 잔 두 개를 주워 주방으로 가지고 왔다. 아래층에서 온갖 소리가 느껴졌지만 나는 해야 할 일에 온 신경을 집중했다. 그래도 떨리는 손으로 잔들을 깨끗이 씻고 주의 깊게 닦아 찬장에 도로 넣었다. 다시 서둘러 내 방으로 올라가 침대를 정리하고 샴푸와 비누 조각, 수건을 잭의 욕실로 옮겼다. 파자마를 벗어 빨래 바구니에 넣고 내 옷들이 보관된 침실로 가서 재빨리 옷을 입었다. 구두 몇 켤레와 속옷과 원피스를 몇 벌 꺼내 주 침실로 가져와 늘어놓았다. 다시 옷방으로 돌아와 전날 잭이 싸놓게 시킨 짐 가방을 가지고 아래층으로 내려왔다.

집에서 나가는 건 문제없었다. 현관문을 여는 데 열쇠가 필요하지는 않았다. 하지만 돈도 없이 공항에 어떻게 갈지 알 수 없었다. 잭이 그날 아침 걸치고 나갔던 재킷을 코트장에 걸어놓았을 것이었다. 하지만 그의 옷을 뒤지기는 싫어서, 내 여권과 비행기표를 찾는 동안 돈도 발견할 수 있길 바랐다. 서재 문을 열고 불을 켰다. 책상 위에 얌전히 놓여 있는 여권과 티켓을 보니 안도감에 신음 같은 환호성이 터져 나왔다. 그 옆에는 봉투도 있었고 태국 돈 밧이 들어 있었다. 카디건 소매로 손가락을 싸고 서랍을 하나 열어보았지만 파운드 지폐는 없었다. 다른 서랍은 뒤질 엄두가 나질 않아서 비행기표와 여권과 바트만 들고 다시 복도로 나와 코트장으로 갔다. 돈 없이 공항으로 갈 수는 없으니 재킷을 찾아 지갑을 꺼냈다. 가능한 한 조심스레 열어 50파운드짜리 지폐 다섯 장을 꺼냈다. 지갑을 닫으려는데 잭의 명함이 눈에 들어왔다. 그의 사무실로 전화를 걸어야 할 테니 하나를 챙겼다.

지금이 몇 시인지도 모른다는 생각이 들어 다시 주방으로 가 전자레인지의 시계를 보니 벌써 네 시 반이었다. 더구나 금요일 밤 출발이니 일곱 시까지 출국장에 도착하려면 슬슬 떠나야 했다. 그토록 주의 깊게 계획하고 또 계획했는데, 공항까지 어떻게 갈지는 계획을 못 했다. 어렴풋이 택시를 탈 생각을 했던 것 같다. 하지만 그제야 택시를 부를 번호도 모른다는 걸 깨달았다. 제일 가까운 기차역은 15분 정도 걸어 나가야 했다. 그러다가 늦는 건 차치하고 도로를 따라 무거운 짐 가방을 끌고 가면서 이목을 끌 수는 없었다. 더 이상 시간을 끌 수도 없었다. 나는 다시 복도로 나와 전화를 들었다. 전화교환원이 요즘은 없나? 잠시 멍해졌다. 누구에게 전화를 걸어야 하나 싶던 와중에 에스터의 번호가 떠올랐다. 제대로 기억해낼 수 있을지 자신이 없었지만 일단 걸었다.

"여보세요?"

나는 안도의 한숨을 쉬었다. "에스터, 그레이스야. 방해한 건 아닌지 모르겠다."

"아니, 전혀. 실은 라디오 듣고 있었어. 토머신 재판 때문에 난리네." 그러고 나서 뭐라 말할지 난감한 듯 잠시 말을 끊었다. "잭이 많이 속상하겠다."

미칠 듯한 심정이었지만 침착하게 대꾸하려 노력했다. "응, 아무래도 그런 것 같아."

"괜찮아, 그레이스? 너도 목소리가 별로 안 좋다."

"잭 때문에." 나는 시인했다. "오늘 태국에 못 가겠다지 뭐야. 서류 작업할 게 너무 많대. 예약할 당시에는 진작 끝날 줄 알았는데,

디나 앤더슨에게 애인이 있었다는 증거가 나와서 이렇게 됐어."

"너도 속상하겠다. 하지만 나중에 가도 되는 거지?"

"실은 그것 때문에. 잭이 나보고 먼저 가래. 자기는 다 정리하고 화요일에 오겠다고. 내가 기다렸다 같이 가겠다고 했지만 티켓을 둘 다 날릴 필요가 있냐며, 자기는 화요일에 새로 사야 할 거래."

"정말 그렇긴 하네."

"그래도 기다리고 싶은데." 나는 불안에 떨며 가까스로 웃었다. "하지만 잭의 상태로 봐서는 혼자 내버려두어야 할 것 같기도 하고. 잭이 집에 와서 위스키를 마셨거든. 공항에 갈 택시를 부르려는데 아는 번호가 하나도 없지 뭐야. 컴퓨터가 서재에 있는데 들어가서 잭을 방해하기도 꺼림칙해서, 혹시 에스터가 근처 택시 회사 전화번호를 아는지 물어보려고."

"내가 데려다줄까? 아이들도 학교에서 돌아왔고 루퍼스도 오늘은 집에서 일해서 가능해."

정말 그러고 싶지는 않았다. "정말 고맙지만, 금요일 저녁에 공항에 데려다달라고 할 순 없지."

"급하게 택시를 부르기도 쉽지 않을 거야. 언제 출발해야 하는데?"

"최대한 빨리." 나는 주저하면서 대답했다. "일곱 시까지 가야 하거든."

"그럼 내가 데려다줘야겠다."

"그냥 택시 타도 괜찮은데. 번호는 몰라?"

"자, 자, 내가 데려다줄게. 정말 괜찮다니까. 애들 목욕도 떠맡길

"수 있고."

"정말 미안해서……."

"내가 하겠다는데 뭐." 에스터의 말투에 왠지 경계심이 들었다.

"너무 폐가 되는 일이라 그렇지."

"그렇지 않아." 에스터는 단호했다. "짐은 다 챙겼어?"

"응, 짐은 어제 싸뒀거든."

"그럼 루퍼스에게 얘기하고 바로 갈게. 15분쯤 걸릴 거야."

"정말 고마워, 에스터. 나도 잭에게 말할게."

전화를 끊고 나자 어찌할 바를 모르겠다. 에스터 같은 사람 앞에서 과연 아무 일도 없었던 척할 수 있을까?

승무원이 몸을 숙여 나에게 말한다. "40분 후면 히스로 공항에 도
착합니다."

"고맙습니다." 나는 갑자기 공포가 밀려오는 것을 느끼며 심호
흡을 하려 애쓴다. 지금 와서 일을 망칠 수는 없다. 열두 시간 전에
마거릿이 지켜보는 가운데 방콕 공항 출국장으로 들어간 이후로 오
직 한 가지 생각뿐이었는데도, 막상 착륙하면 어떻게 해야 할지 모
르겠다. 다이앤과 애덤이 마중을 나와 그들의 집으로 나를 데려가
주기로 했다. 그러니 그때부터 그들에게 할 말을 아주 주의 깊게 선
택해야 할 것이다. 그걸 또 그대로 경찰에서 반복해야 할 테니.

안전띠 모양의 불이 들어오고 비행기가 하강하기 시작한다. 나
는 눈을 감고 실수하지 않도록 기도한다. 더구나 애덤은 경찰이 잭
의 시신을 발견한 이래로 계속 연락을 담당하고 있다. 뭔가 곤란한

일이 생기지 않기를, 경찰에서 잭의 죽음을 수상하게 생각하지 않기를 기도한다. 만일 경찰에서 의심하기 시작한다면 나는 어떻게 해야 할지 모르겠다. 그때그때 대처하는 수밖에 없다. 문제는 내가 모르는 게 너무 많다는 것이다.

잭이 스스로 목숨을 끊었다고 스트래천이 말했을 때 내가 느낀 안도감은 이루 말할 수 없지만, 그가 '그런 것 같다'는 말을 사용했다는 것을 깨닫고 나자 다시 불안감이 밀려왔다. 스스로 조심하느라 그런 건지 아니면 영국 경찰로부터 의심의 여지가 있다는 말을 들은 건지 알 수 없다. 만일 주변 사람들이나 동료들, 친구들에게 이미 조사를 시작했다면 잭이 자살할 사람이 아니라는 결론에 도달했을지도 모른다. 경찰은 분명 나에게 왜 잭이 자살했는지 이유를 아느냐고 물을 것이다. 그럼 난 그가 재판에서 처음 진 것이 자살의 충분한 이유가 된다는 것을 납득시켜야 할 터다. 우리 결혼에 문제가 있었는지를 물을지도 모른다. 만일 내가 문제를 털어놓으면 당연히 살해 의심을 받을 것이다. 그럴 순 없다. 스트래천은 잭이 약물 과용으로 죽었다고 했지만 그의 시신이 어디서 발견되었다든가 하는 자세한 내용은 알려주지 않았다. 나 또한 물어보는 게 좋지 않을 것 같았다. 하지만 만일 잭이 지하실을 빠져나왔다면? 어디 스위치 같은 게 숨겨져 있어서 죽기 전에 가까스로 위층으로 올라왔고 무슨 메모라도 남겼다면?

정보가 없는 상태에서 제대로 준비를 하는 건 불가능하다. 모든 것이 준비한 대로 됐고 잭도 지하실에서 발견되었다면, 경찰은 분명 왜 그 방이 왜 있는 거냐고 물을 것이다. 알고 있었다고 인정하는 것이 나에게 도움이 될지 아니면 전혀 몰랐다고 하는 것이 좋을지 판단이 안 선다. 만일 알았다고 하려면 잭이 재판에 가기 전에 정신적으로 준비하면서 매 맞는 아내들을 변호하는 일의 중요성을 스스로 되새기기 위해 가 있곤 했다고 말을 만들어내야 한다. 몰랐다고 하려면 우리의 아름다운 집에 그런 공간이 있었다는 걸 알고 충격을 받은 척해야 한다. 어차피 지하에 숨겨져 있던 공간이니 몰랐다고 해도 말은 된다. 그러나 경찰이 그 방에서 내 지문을 찾아내면 거짓말이 밝혀질 것이다. 그러니 사실대로 말하는 게 좋겠다. 하지만 진짜 사실 말고, 아내에 대한 사랑이 넘치는 남편으로서의 외양이 유지될 수 있는 쪽으로 해야 한다. 아니면 내가 밀리를 지키기 위해 살인을 한 건 아닌지 의심을 받을 수도 있다. 더 나쁘게는 내가 돈 때문에 잭을 죽였다고 생각할 수도 있다. 빈틈없이 신중하게 대답해야 한다는 생각에 온몸이 조여온다.

입국장을 나와서 나를 기다리는 사람들을 찾으려 두리번거린다. 다이앤과 애덤을 만난다면 남편을 잃은 아내에 걸맞은 모습으로 안도의 눈물을 터뜨릴 수 있을 것 같다. 하지만 나를 향해 손을 흔드는 에스터를 보니 겁부터 나기 시작한다.

"내가 나와도 괜찮지?" 에스터가 나를 껴안으며 말한다. "오늘 할 일이 없어 자원했어. 내가 다이앤네로 데려다줄게. 많이 힘들지? 무슨 위로를 해줘야 할지 모르겠다."

"난 아직도 믿을 수가 없어." 나는 혼란스런 표정으로 고개를 젓는다. 다이앤이 아니라 에스터를 본 충격에 눈물이 쏙 들어간다. "잭이 죽었다는 게 믿기지 않아."

"너무 충격을 받아서 그래." 에스터가 내 가방을 가져간다. "자, 먼저 어디 가서 커피 한잔 마시자."

심장이 덜커덕 내려앉는다. 다이앤보다 에스터 앞에서 연기하는 건 훨씬 더 힘든 일이다. "그냥 다이앤 집으로 가면 안 될까? 애덤이랑 얘기하고 싶어. 그리고 경찰서도 바로 가야 해서. 사건을 맡은 형사가 나랑 얘기하고 싶어 한댔어."

"지금 가면 출근길 교통 정체에 걸려서 꼼짝도 못 할 거야. 먼저 커피 한잔하는 게 나아." 하면서 에스터가 식당가로 앞장선다. 카페를 하나 발견하자 곧장 가운데 자리로 가서 우리는 시끄러운 아이들 사이에 둘러싸인다. "앉아. 내가 커피 가져올게."

그저 에스터에게서 도망치고 싶은 마음만 가득하지만 그럴 수 없다. 에스터가 마중 나가겠다고 자원하고 카페로 나를 이끌었다면 할 말이 있기 때문이리라. 정신을 차리려 애써보지만 자꾸만 멍해지면서, 잭을 죽인 걸 에스터가 알아챘으면 어쩌나, 공항으로 가던 날 내 행동이 수상했던 걸까, 내가 한 짓을 경찰에 알리겠다고 협박하는 건 아닐까, 하는 생각들이 떠오른다. 커피를 가지고 오는 에스터를 보자 속이 울렁거린다.

에스터가 내 앞에 커피를 놓는다.

"고마워." 내가 눈물 어린 미소를 짓는다.

"그레이스, 잭이 어떻게 죽었는지 알아?" 에스터가 설탕을 자기 커피에 넣으며 묻는다.

"그게 무슨 말이야?" 나는 더듬거리며 반문한다.

"어떻게 죽었는지는 알지?"

"약물 과용이었다며."

"그랬지, 하지만 그래서 죽은 게 아냐."

"뭐라고? 그럼 대체……."

"잭이 약 분량을 잘못 계산했는지, 충분하지가 않았어. 그래서 결국 사인은 약물 과용이 아니야."

나는 고개를 절레절레 흔든다. "무슨 말인지 모르겠어."

"그래, 잭은 약을 죽을 만큼 충분히 먹지 않았기 때문에 다시 깨어났지."

"그럼 어떻게 죽었다는 거야?"

"탈수로."

나는 기겁한 표정을 지어 보인다. "탈수?"

"그래. 약물을 과용하고 약 4일 후에."

"하지만 만일 깨어났다면 왜 그냥 가서 물을 마시지 않았어?"

"그럴 수 없었거든. 잭의 시신은 지하에 있는 방에서 발견되었어."

"지하 방이라고?"

"그래, 더구나 그 방은 안에서는 열 수 없게 되어 있었지. 즉 잭은 목이 말라도 나올 수 없었던 거야." 에스터가 커피를 저으며 말한다. "노력은 했던 것 같지만."

"불쌍한 잭. 가여워라. 얼마나 고통스러웠을지 상상이 안 되네." 나는 조용히 말한다.

"왜 그런 짓을 했는지 짐작 가는 거라도 있어?"

"전혀. 내가 그렇게 놓아두고 떠나지 않았더라면, 내가 태국으로 가버리지 않았더라면 잭은 죽지 않았을 거야."

"재판에서 돌아왔을 때 어땠어?"

"물론 져서 속상해했지."

"속상하다고 자살을 하다니 전혀 잭답지 않잖아. 적어도 사람들은 그렇게 생각할 거야. 그러니 그냥 속상한 것보다는 조금 더 좌절한 것이 아닐까? 내 말은 그러니까, 진 게 처음이라며?"

"응, 맞아."

"그러니 완전히 낙담했겠지. 자기 경력이 끝난 것 같다던가 그런 얘기를 했을지도 몰라. 하지만 넌 그냥 순간적으로 하는 말인 줄 알았을 뿐 심각하게 받아들이지 않은 거지."

나는 에스터를 노려본다.

"그러지 않았어, 그레이스? 자기 경력이 끝난 것 같다고 하지 않았어?"

"응." 나는 천천히 고개를 끄덕인다. "그랬어."

"그럼 그래서 자살한 거겠네. 실패를 참을 수 없어서."

"그랬겠지."

"그럼 왜 너를 먼저 보내고 싶어 했는지도 설명이 돼. 네가 가고 얼마 지나지 않아서 약을 먹은 것 같으니까. 어디서 났는지 짐작이 가? 잭이 가끔 수면제를 먹어?"

"가끔." 나는 순간적으로 대답을 생각해낸다. "의사 처방이 필요 없는 거였어. 그냥 약국에서 샀지. 밀리가 먹던 거랑 같은 거였어. 밀리의 교장 선생님에게 약 이름을 물었던 기억이 나."

"지하실 문이 안에서는 열리지 않는다는 사실을 알았기 때문에 약을 충분히 먹지 않아도 된다고 생각했던 것 같아. 죽기로 단단히 결심을 한 거지." 에스터는 그렇게 말한 후 커피를 마신다. "경찰에서 분명 그 방에 대해 물을 텐데, 알고 있었지? 잭이 보여주었을 테니까."

"응."

에스터가 스푼을 만지작거린다. "경찰은 그 방이 무슨 용도인지 물을 거야." 에스터는 처음으로 확신이 없어 보인다. "방이 온통 붉은색으로 칠해져 있는 것 같더라고. 천장부터 바닥까지. 그리고 벽에는 잔인하게 얻어맞은 여자들 그림이 걸려 있고." 믿기지가 않는다는 듯이 말한다.

나는 더 말이 이어지길 기다린다. 경찰에게 어떻게 말하라고 에스터가 말해주길 기다린다. 하지만 에스터는 말이 없다. 어떻게 설명해야 하는지 알지 못하기 때문이다. 침묵이 점점 길어진다. 그래서 내가 비행기에서 생각한 답변을 내놓는다. "잭은 그 방을 일종의 별실로 사용했어. 우리가 이사하고 조금 있다가 보여줬지. 재판에 가기 전에 거기서 시간을 보내면 좋다고 했어. 서류도 검토하고 생생한 증거 같은 것도 보면서. 워낙 감정적 소모가 큰 일이라 집에서는 정신적 준비를 하기가 힘들다고 했어. 그래서 지하에 별도로 작업실을 만든 거야."

에스터가 알았다는 듯이 고개를 끄덕인다. "그럼 그림들은?"

나는 머리가 핑 도는 것 같다. 내가 그려내야 했던 초상화들에 대해서는 잊고 있었던 것이다.

에스터가 나를 찬찬히 보고 있다.

정신을 차려야 한다. "나는 그림들은 못 봤어. 잭이 나중에 걸었나 봐."

"너무 사실적으로 그려져 있어서 너한테 충격을 줄까 봐 보여주지 않았나 보다."

"그랬나 봐. 잭은 배려심이 많으니까."

"경찰은 그 방이 안에서는 열리지 않는 걸 알았느냐고도 물을 거야."

"몰랐어. 난 한 번밖에 안 가봤거든. 그런 줄은 몰랐어." 내가 제대로 대답한 건지 알고 싶어 에스터를 쳐다본다.

"걱정 마, 그레이스. 경찰이 많이 괴롭히지는 않을 거야. 잭이 네가 정신적으로 불안정하다고 얘기해둔 거 알지? 그러니 조심해서 대하려 노력할 거야." 에스터는 잠시 후 덧붙인다. "어쩌면 그 부분을 좀 활용해야 할지도 몰라."

"그런데 에스터는 이 모든 걸 어떻게 다 아는 거야? 잭이 죽은 거랑 발견된 곳, 초상화, 경찰이 물어볼 내용까지."

"애덤이 알려줬어. 내일이면 온 신문이 도배될 테니, 준비를 해야 하잖아. 애덤이 직접 얘기해주고 싶어 했지만 나는 너랑 같이 잭을 마지막으로 본 사람이니까 내가 나가야겠다고 했지."

나는 에스터를 빤히 쳐다본다. "잭을 마지막으로 본 사람?" 말이 더듬거리며 나온다.

"그래, 지난 금요일에 내가 너 공항 데려다줄 때. 트렁크에 짐 가방 넣은 다음에 우리한테 잭이 손을 흔들었잖아. 서재 창문 앞에 서 있었지."

"응." 하고 나는 천천히 대답한다. "그랬지."

"그리고 잭이 대문까지 나오지 않은 이유는 바로 일을 시작했기 때문이라고 네가 그랬잖아. 하지만 기억이 안 나는 게 있는데, 그때 잭이 재킷을 입고 있었던가?"

"아니, 안 입고 있었어. 넥타이도 안 하고 있었고. 퇴근해서 바로 벗었지."

"잭은 손을 흔들고서 키스도 날렸지."

"그래, 그랬지." 에스터가 얼마나 엄청난 일을 해주고 있는지 깨닫고 나자 몸이 부들부들 떨린다. "고마워." 하고 중얼거린다.

에스터가 손을 뻗어 내 손을 감싼다. "다 잘될 거야, 그레이스. 걱정 마."

속 깊은 곳에서부터 눈물이 솟아오른다. "뭐가 어떻게 된 건지……. 혹시 밀리가 너한테 뭐라고 했어?" 하지만 설령 밀리가 에스터에게 잭이 계단에서 밀었다고 말했더라도, 에스터가 나를 위해 이 모든 거짓말을 기꺼이 해줄 이유는 되지 못한다.

"조지 클루니 싫어한다는 것만." 에스터가 미소를 짓는다.

나는 멍하니 에스터를 쳐다본다. "그럼 왜?"

에스터가 나를 빤히 쳐다본다. "밀리의 방 색깔이 뭐였지, 그레이스?"

나는 잠시 차마 말을 잇지 못한다. "빨간색." 목소리가 갈라진다. "밀리의 방은 빨간색이었어."

"그럴 거라 생각했어." 에스터가 조용히 대꾸한다.

감사의 말

옮긴이의 말

감사의 말

내게는 고마운 사람들이 너무 많다. 나의 에이전트 커밀라 레이를 만나게 되어 너무나 행운이었다! 메리, 에마, 로재나 등 달리앤더슨 에이전시의 모든 분에게도 깊은 감사를 전한다.

환상적인 편집자인 샐리 윌리엄슨도 매우 고맙고 앨리슨, 제니퍼, 클리오, 카라, 미라의 다른 팀 멤버들뿐만 아니라 미다스의 베키도 고맙다.

내가 스스로에 대한 믿음을 갖기 훨씬 전부터 나를 믿고 지지해주었던 제러드 러드에게 무한한 감사를 그리고 잰 마이클의 이루 헤아릴 수 없이 넉넉한 도움에도 마음 깊은 곳으로부터 나온 감사를 전하고 싶다.

온갖 도움을 주고 격려를 해준 나의 딸들과 글 쓸 공간을 마련해준 남편에게 특별한 감사를 보낸다. 서점으로 가서 내 책을 사겠다고 고집하는 나의 부모님에게 또 늘 지치지도 않고 잘 쓰고 있냐고 물어주는 나의 사랑스런 친구들, 루이즈와 도미니크, 캐런과 필립에게 그리고 내 모든 글을 한 단어도 빠뜨리지 않고 읽어주는 나의 자매 크리스틴에게도 감사한다.

옮긴이의 말

완벽한 결혼은 완벽한 거짓말이다

오락용 범죄 소설이란 바로 이런 것이다. 특히나 감성적이고 마음이 여려 자주 남에게 휘둘리는 사람이라면, 가끔은 이런 소설을 읽으며 카타르시스를 느끼고 싶을 때가 있을 것 같다.

이야기는 한 치 앞을 내다볼 수 없게 전개된다. 심지어 대화 내용도 다음 문장을 도저히 예측할 수가 없다. 주인공 그레이스가 처한 곤경을 점차 알아가면서 또한 그녀의 성격이 파악되면서 자꾸 당하기만 하는 그녀 때문에 분통이 터질 독자도 많을 것이다. 어떨 때는 사악한 잭보다도 무력한 그레이스가 더 미워진다. 그녀의 나약함이 지긋지긋해진다. 그렇게 북받치는 울화를 쌓아가다가 마침내 반격이 시작되면, 통쾌함에 일상의 스트레스가 싹 날아가는 듯하다.

백화점에서 구매 담당자로 일하는 30대 여성 그레이스에게는 열다섯 살 이상 어린 동생 밀리가 있다. 부모를 대신해 그녀를 돌보다시피 하며 결혼이 늦어지던 어느 날, 공원에서 잘생긴 40대 남자를 만난다. 야외 음악당에서 혼자 춤을 추며 시선을 끌던 다운증후군이 있는 밀리에게 선뜻 손을 내밀어준 남자, 능력 있는 변호사에다가 배려심까지 깊은 잭에게 그레이스는 곧바로 사랑을 느낀다. 잭은 밀리에게도 더할 나위 없이 친절하게 대하며 결혼 후에도 다 함께 살자고 제안한다.

결혼 이후에도 잭은 아내를 과잉보호할 정도로 사랑이 넘치는 남편이자, 이웃과도 종종 저녁 파티를 하며 즐겁게 어울리는 완벽한 남자다. 그러나 완벽해 보이는 결혼이 실은 완벽한 거짓말일 수도 있을까? 사랑받는 완벽한 아내는 실은 끔찍한 폭력의 희생자이며, 아름다운 저택은 감옥이고, 매 맞는 여자들을 헌신적으로 변호하는 법률가이자 가족을 세심하게 돌보는 남자가 실은 사이코패스일 수 있을까?

이 책의 원제인 'Behind Closed Doors'란 '은밀히, 비공개로'라는 뜻으로 '밀실 회담을 나누다' 등에 주로 쓰이는 표현이다. 공식적인 일들도 밀실에서 부당하고 야만적인 방식으로 처리되는 경우가 아직 너무나 많은 이 시대에, 더구나 각자의 집으로 돌아가 현관문을 닫은 후 개인적인 영역에서 벌어지는 일들은 어떨까? 공식적으로는 누구에게나 좋아 보이는 행동을 하고서, 아무도 안 보는 곳에서는 자기만의 사악한 욕심을 채우기 위한 밀담을 나누는 이들처럼 모든 것에 철저히 이중적인 모습을 보이며 살아가는 인간은 오늘날에도 존재한다.

아내의 다운증후군 여동생과도 기꺼이 함께 살겠다는 남편이자

매 맞는 여자들을 헌신적으로 변호하는 법률가에게는 보통 사람은 생각지도 못하는 숨은 이유가 있고, 심지어 느긋한 미소의 나라 태국으로의 여행에도 평범한 사람들이 생각하는 관광과 휴식이 아닌 다른 끔찍한 목적이 있다.

동물적 폭력은 문명의 발달에 따라 분명 줄어들지만, 심리적 폭력은 더욱 교묘하고 기이한 형태로 현대 사회에서 개인 삶의 틈새를 파고든다. 이 소설의 악당 잭 역시 아내에게 따귀 한 번 때리지 않고 자신의 가학적 욕망을 관철한다. 세상에 이런 일이 있을까 싶지만, 멀쩡한 사람을 정신병자로 몰아가고 노예로 부리고 감금하는 일 정도는 요즘도 너무나 흔하게 일어난다. 어수룩한 사람들만 당하는 일도 아니다. 이 소설의 주인공 그레이스도 충분히 지성인이지만, 남보다 조금 부드럽고 감성적인 성격에 무척 사랑스러운 동생이 있다는 것이 결정적인 약점이 되어버린다.

B. A. 패리스는 이러한 심리적 폭력을 심리 스릴러라는 장르를 통해 효과적으로 이야기한다. 그레이스의 평온하고 안락한 일상이 한순간에 완전히 공포의 세계로 얼굴이 바뀌는 설정은 독자의 주의를 단숨에 빨아들이고, 지난한 고군분투를 거쳐 마침내 반전을 성공하는 전개는 답답함과 통쾌함을 한층 극대화한다. 영국 최고의 미스터리 작가의 솜씨는 우리가 모두 그레이스가 된 듯한 느낌을 주면서 누구든 언제나 그레이스가 될 수 있음을 일깨운다.

소설 속 그레이스에게, 그리고 현실 속의 평범한 그레이스들에게, 힘 있고 똑똑하고 잔인한 자들의 폭력을 물리치고 행복을, 아니 생존권을 되찾을 방법이 과연 있을까? 혹시나 있다면 어떤 전략이,

누구와의 연대가 필요할까? 그 해답을 이 책에서 찾을 수도 있을 것이다.

비하인드 도어

초판 1쇄 발행	2021년 12월 06일
초판 14쇄 발행	2024년 10월 10일

지은이	B. A. 패리스
옮긴이	이수영

책임편집	김혜영
디자인	mykc
책임마케팅	김서연, 김예진, 김소희, 김찬빈, 박상은, 이서윤, 최혜연
	노진현, 최지현, 최정연, 조형한, 김가현, 황정아
마케팅	유인철
경영지원	백선희, 권영환, 이기경
제작	제이오

펴낸이	서현동
펴낸곳	㈜오펜하우스
출판등록	제2024-000141호(2024년 5월 16일)
주소	서울특별시 강남구 테헤란로 419, 11층 (삼성동, 강남파이낸스플라자)
이메일	info@ofh.co.kr